Desvios do Destino

VI KEELAND

Desvios do Destino

Tradução
Isabela Sampaio

HARLEQUIN
Rio de Janeiro, 2024

Copyright © 2023 by Vi Keeland. Todos os direitos reservados.
Copyright da tradução © 2024 por Editora HR LTDA. Todos os direitos reservados.

Título original: Something Unexpected

Todos os direitos desta publicação são reservados à Casa dos Livros Editora LTDA. Nenhuma parte desta obra pode ser apropriada e estocada em sistema de banco de dados ou processo similar, em qualquer forma ou meio, seja eletrônico, de fotocópia, gravação etc., sem a permissão dos detentores do copyright.

Produção editorial	Cristhiane Ruiz
Copidesque	Mariana Dias
Revisão	Thais Entriel e Helena Mayrink
Design de capa	Osmane Garcia
Projeto gráfico e diagramação	Abreu's System
Foto de capa	Shutterstock

CIP-Brasil. Catalogação na Publicação
Sindicato Nacional dos Editores de Livros, RJ

K34d
   Keeland, Vi
     Desvios do destino / Vi Keeland ; tradução Isabela Sampaio. – 1. ed. – Rio de Janeiro : Harlequin, 2024.
     336 p. ; 23 cm.

   Tradução de: Something unexpected
   ISBN 9786559704200

   1. Romance americano. I. Sampaio, Isabela. II. Título.

24-92677   CDD: 813
                                         CDU: 82-31(73)

Gabriela Faray Ferreira Lopes – Bibliotecária – CRB-7/6643

Harlequin é uma marca licenciada à Editora HR Ltda. Todos os direitos reservados à Editora HR LTDA.

Rua da Quitanda, 86, sala 601A – Centro,
Rio de Janeiro/RJ – CEP 20091-005
Tel.: (21) 3175-1030
www.harpercollins.com.br

Para minha Sarah e seu amor inabalável pela avó e pelo Harry Styles.

CAPÍTULO 1
Nora

— Você só pode estar de sacanagem... — murmurei. Então me virei e gritei por cima do ombro: — Ah, e obrigada por me deixar com a conta!

O atendente do bar se aproximou.

— Tudo bem, senhora?

Suspirei.

— Tudo. É que o cara que conheci no Tinder não era nada do que eu esperava.

Da outra ponta do balcão, uma voz grave soou:

— Que surpresa. Talvez você devesse procurar em lugares um pouco mais respeitáveis...

Semicerrei os olhos.

— *Como é que é?*

O cara chacoalhou o gelo no copo sem levantar a cabeça.

— Qual foi o problema? Ele não era tão bonitão quanto na foto? Tinha que ter dado um desconto para o cara. Vocês, mulheres, são mestres em esconder as coisas. Deus sabe que a gente vai para a cama com alguém de cabelo comprido, um bronzeado bacana e lábios carnudos, e, pela manhã, acordamos ao lado de uma pessoa que nem reconhecemos, por causa de toda a maquiagem, os apliques e os truques que vocês usam para aumentar os lábios.

Estou ouvindo isso mesmo?

— Se você não fosse tão grosseiro e *olhasse* para a pessoa enquanto fala com ela, talvez notasse que não tenho aplique, uso muito pouca maquiagem e sou *naturalmente* avantajada em *todos* os lugares certos.

Aquilo pareceu chamar a atenção dele. A cabeça do cara se ergueu, e ele passou os olhos rapidamente pelo meu rosto antes de eles se prenderem no meu decote. Isso me permitiu dar uma boa olhada nele pela primeira vez. O rosto que acompanhava aquela atitude não tinha *nada* a ver com o que eu esperava. Levando em conta como ele ficou na defensiva por achar que o cara do meu quase encontro não tinha correspondido aos meus padrões, imaginei que ele já tivesse alguma experiência em decepcionar mulheres. Mas, na verdade, esse tipo não decepcionava ninguém. Era mais novo do que a imagem que a voz ranzinza fazia parecer, e o cabelo castanho-escuro precisava de um corte. Mesmo assim, eu teria gostado de deslizar os dedos por ali, caso meu encontro do Tinder tivesse sido com *ele*. Tinha uma mandíbula forte e másculo, com indícios de barba por fazer, um nariz aquilino, pele bronzeada e olhos cor de safira contornados pelos cílios pretos mais espessos que já vi.

Pena que ele também era um *babaca*.

Quando seus olhos finalmente encontraram os meus, arqueei a sobrancelha.

— Quem de nós dois é o superficial mesmo?

Ele contraiu o lábio.

— Eu nunca disse que não apreciava coisas bonitas. Só que você deveria considerar dar uma chance a alguém.

Balancei a cabeça.

— Não que seja da sua conta, mas ele não era o que eu esperava porque tinha uma marca de aliança de casamento no dedo. Deve ter tirado o anel dois segundos antes de entrar aqui. Não foi por causa da aparência dele.

— Então me desculpe. — Ele fez sinal para o atendente do bar. — A próxima rodada dela é por minha conta.

Apontei para o uísque caro que o sujeito do Tinder tinha deixado pela metade no balcão... sem nenhum dinheiro junto.

— Que tal isso aqui ser por sua conta?

Ele deu uma risadinha.

— Combinado.

Tomei um gole do meu vinho, ainda irritada com o babaca com quem eu tinha perdido três dias conversando. Algum tempo depois, gritei de novo para o sr. Convencido:

— Ei, você usa o quê, então?

— Oi?

— Qual aplicativo de encontros você usa? Disse que eu deveria procurar alguém em um lugar mais respeitável.

— Ah. — Ele deu de ombros. — Não uso nenhum.

— Você é casado?

— Não.

— Tem namorada?

— Não.

— Então você só... o quê? Fica zanzando pelo supermercado fingindo fazer compras?

— Algo assim. — Ele abriu um sorriso enviesado. — Você sempre usa o Tinder?

— Depende do que quero.

— O que você queria hoje à noite?

Refleti sobre a pergunta. Sejamos francos, encontrei o cara no Tinder três dias antes e marquei de encontrá-lo no bar do saguão do meu hotel. Acho que estava claro o que nós dois esperávamos que acontecesse. Mas não era uma simples questão de desejo físico... pelo menos para mim.

— Eu queria esquecer — respondi.

A máscara de superioridade dele talvez tenha vacilado, só um pouquinho. Em seguida, o celular tocou, e ele deslizou a tela para atender.

— Avise que vou chegar em cinco minutos — disse ele. — Preciso dar uma passada no meu quarto, onde deixei minhas anotações e o prospecto. — Ele não disse mais nada antes de desligar e erguer o queixo em direção ao atendente do bar. — Estou com pressa. Posso pôr na conta do meu quarto?

O atendente fez que sim.

— É claro.

— Quarto 212. — O arrogante enfiou a mão no bolso e tirou um maço de notas. Jogou algumas no bar e apontou para mim. — Coloque também os gastos dela desta noite na conta do meu quarto, por favor.

— Pode deixar.

Ergui minha taça de vinho.

— É uma pena que tenha que ir. Talvez você não seja tão babaca assim.

O lábio dele se contraiu de leve.

— Fui eu que marquei a reunião, então não posso perdê-la. Mas, por outro lado, sou eu quem vou sair perdendo, com certeza.

Abri um sorriso.

— Com certeza...

Se bem que, enquanto eu o observava se levantar e me dava conta de que ele tinha muito mais do que um metro e oitenta e que a camisa social lhe caía *muito* bem, comecei a cogitar se quem sairia perdendo era eu. E então ele desapareceu com um simples aceno de cabeça.

Quarenta e cinco minutos depois, pedi ao atendente do bar para guardar meu lugar — embora eu fosse a única pessoa ali — e fui ao banheiro feminino. Bocejando enquanto lavava as mãos, concluí que estava na hora de dar a noite por encerrada. Mas, quando voltei, havia um homem sentado na cadeira ao lado da minha. Não um homem qualquer, mas o arrogante bonitão que tinha pagado a minha conta.

Tomei o meu lugar, que agora tinha uma nova taça de vinho bem em frente.

— Como foi a reunião? — perguntei.

— Você realmente se importa?

— Não, estava sendo educada. Você deveria tentar de vez em quando. — Eu me virei para encará-lo e tentei ignorar o fato de que ele era ainda mais bonito de perto. Nunca tinha usado a palavra *ardente* para descrever os olhos de alguém, mas os dele eram exatamente assim. *Olhos ardentes e provocantes*. Sem mencionar que ele tinha um cheiro bom pra caramba. — Sabe, só porque você é gato não quer dizer que pode ser grosso. Talvez isso funcione no supermercado, mas não vai funcionar comigo.

Ele arqueou a sobrancelha.

— Você me acha gato?

Revirei os olhos.

— Você deveria ter focado na parte de ser grosso. Mas era de se esperar que só tenha ouvido que é bonito.

— Foi por isso que escolheu o cara do Tinder? Ele era educado?

— Ele era legal, sim. Também era engraçado, me fazia rir.

Ele ergueu o próprio drinque.

— Legal e engraçado resultou em um cara casado que deixou você com a conta. De repente, não seria melhor dar uma chance para o cara gato e grosso?

Dei uma risadinha. Até que ele tinha razão.

— Você tem nome? Ou prefere ser chamado de sr. Convencido? Porque é assim que tenho te chamado mentalmente.

O sr. Convencido estendeu a mão.

— Beck.

Quando coloquei a mão na dele, o homem a levou aos lábios e beijou o dorso. Aquilo me deixou arrepiada dos pés à cabeça, mas é lógico que eu não diria nada a ele.

— É assim que fazem no supermercado? Beijam a mão de uma desconhecida e a convidam para casa?

— Minha casa fica a quase cinco mil quilômetros daqui.

— Ah. Então você não está querendo substituir o cara que dispensei mais cedo?

Ele abriu um sorriso.

— Se você estiver mesmo em busca de um substituto, bem, eu *estou* aqui. Mas gostaria de saber seu nome antes, pelo menos.

Eu ri.

— Nora.

— Prazer em conhecê-la, Nora.

— O que está fazendo aqui no meio do nada, Beck?

— Vim visitar a família. E você?

— Viagem com as amigas. Estamos só de passagem por alguns dias.

O celular de Beck vibrou no balcão. Ele se curvou para olhar a tela e balançou a cabeça.

— Passo metade do dia fora, e o caos se instala no escritório.
— Não vai atender?
— Dá para esperar até amanhã.
— O que você faz da vida para ser tão popular assim?
— Trabalho no ramo das fusões e aquisições.
— Parece chique, mas não faço ideia do que seja.
— Varia. Tem dias que minha empresa ajuda outras de tamanhos semelhantes a se consolidarem e virarem um conglomerado. Outros dias, ajudamos alguma empresa poderosa a adquirir outra mais fraca.
— A empresa menor quer ser adquirida?
— Nem sempre. Há transações amigáveis e há transações hostis. A de agora, que tem feito meu celular tocar a noite toda, não é uma amigável. — Ele tomou um gole do drinque. — O que você faz?
— Faço livros de mesa.
— Aqueles livros grossos com fotos de viagens ou que falam da moda ao longo dos anos e coisas desse tipo? Livros que as pessoas deixam expostos?
— Exatamente.
— Então você é autora ou fotógrafa?
Dei de ombros.
— Os dois, acho. Mas ainda acho surreal poder ganhar a vida fazendo algo tão divertido. Estudei jornalismo almejando me tornar escritora. Fotografia sempre foi meu hobby, mas agora escrevo os textos e tiro as fotos para meus livros.
— Como entrou nesse mercado?
— Depois da faculdade, resolvi entrar em contato com uma agente na esperança de vender um thriller que eu estava escrevendo. Na época, eu tinha um blogue por diversão. Tirava fotos de pessoas que moravam nas ruas de Nova York e, embaixo de cada uma, escrevia uma história curta sobre a pessoa. A assinatura do meu e-mail redirecionava para o site. A agente para quem enviei os capítulos não gostou muito da história, mas reparou no link e deu uma olhada no blogue. Ela perguntou se, em vez do thriller, eu estaria interessada em trabalhar em um livro de mesa. Falei que sim e, nos oito anos seguintes, criei vinte e cinco livros sobre pessoas

que moram nas ruas de diferentes cidades. Ano passado, comecei uma coleção sobre grafite e grafiteiros em diversas cidades.

— Parece bem mais divertido do que fusões e aquisições.

Sorri.

— Tenho certeza de que deve ser. Em termos de carreira, eu me considero muito sortuda. Ganho bem fazendo algo que amo e tenho a chance de viajar para todo canto. E, além disso, tive a oportunidade de conhecer pessoas incríveis, e consigo doar uma porcentagem das vendas dos livros para apoiar programas de moradia para quem precisa.

Os olhos de Beck percorreram meu rosto.

— Do que está tentando se esquecer, Nora?

Levei um segundo para entender do que ele estava falando. Foi o que eu disse que estava tentando fazer quando tinha marcado com o cara do Tinder.

— As pessoas não sentem vontade de se esquecer da vida de vez em quando?

— Talvez. — Ele esfregou um lábio no outro. — Mas, geralmente, existe um motivo, tipo um relacionamento complicado, estresse no trabalho, dificuldades financeiras ou problemas familiares.

Passei o dedo pela condensação no fundo da taça enquanto Beck aguardava, em silêncio, pela minha resposta. Virei-me para ele.

— Você quer saber por que prefiro o Tinder a conhecer pessoas no supermercado ou no bar?

— Por quê?

— Porque é fácil achar homens dispostos a me fazer esquecer e que não se importam o suficiente para me perguntar *por que* só o que quero deles é sexo.

Beck brindou a mim com o próprio copo antes de levá-lo aos lábios.

— Entendi.

Enquanto ele bebia, notei o relógio gigante no pulso — um Audemars Piguet, não um Rolex. Sempre achei que o tipo de relógio que um homem usa diz muito a respeito dele. A maioria dos homens usa um Rolex como símbolo de status, ostentando ter condições de pagar o preço de um carro para decorar o pulso. E eles sabem que os outros estão cientes disso, já que é uma das marcas de luxo mais populares do mundo. Por outro lado, Audemars Piguet não é uma marca muito conhecida por quem não entende de relógio, e costuma ser ainda mais cara. A maioria dos homens usa Rolex pelos outros, mas quem usa Audemars Piguet quer agradar apenas a si mesmo. O sr. Convencido tinha acabado de subir um degrau no meu conceito.

O segundo critério que eu quase sempre usava para avaliar um homem era a bebida que ele pedia. O copo de Beck já estava cheio quando voltei do banheiro, então eu não tinha certeza do que era o líquido âmbar. Presumi algum tipo de uísque.

— Isso é conhaque? — perguntei, apontando para o copo diante dele.

Ele o estendeu na minha direção.

— Uísque. Quer experimentar?

— Não, mas estou curiosa para saber o tipo.

Ele inclinou a cabeça.

— Por quê?

— Não sei. É só que sempre achei que certos tipos de homem pedem certos tipos de bebida. — Apontei o pulso dele com os olhos. — Relógios também dizem muito sobre as pessoas.

— Então a marca do meu relógio e do uísque que estou tomando vão ajudar você a entender quem eu sou?

Dei de ombros.

— Talvez.

Ele terminou de beber o que restava no copo e fez sinal para o atendente do bar, que se aproximou na mesma hora.

— Qual é a marca desse uísque mesmo? — perguntou.

— É um Hillcrest Reserve. Foi produzido há mais ou menos dezesseis quilômetros daqui pela terceira geração de uma família de destiladores.

Beck empurrou o copo para a frente no balcão.

— Obrigado. Pode trazer outro, quando puder.

Assim que o atendente se afastou, Beck olhou para mim.

— Parece que se chama Hillcrest Reserve.

Franzi as sobrancelhas.

— Você não sabia disso quando fez o pedido?

Ele balançou a cabeça.

— Não. Perguntei se tinham algum uísque artesanal produzido na região. Gosto de experimentar comidas e uísques locais quando viajo. Eu moro em Manhattan. Posso entrar em qualquer bar e pedir um Macallan de duzentos dólares a dose. Mas não um Hillcrest Reserve.

Abri um sorriso.

— Gostei disso.

— Mas você parece surpresa. Imagino que minha escolha não combina com o tipo de homem que achou que eu fosse.

— Não mesmo.

— O que achou que eu estava bebendo?

Meu sorriso cresceu.

— O Macallan de duzentos dólares a dose que você pode pedir em qualquer lugar.

Beck deu uma risadinha.

— E que tipo de homem pede isso?

Tomei um gole do meu vinho e repousei a taça na mesa.

— O tipo de homem que mora em Manhattan, trabalha com fusões e aquisições e usa um terno chique com Rolex. Basicamente, todo cara insuportável de Wall Street que fica do lado de fora do Cipriani em uma sexta-feira à tarde para o happy hour.

Beck jogou a cabeça para trás com uma gargalhada. Eu tinha acabado de insultar o cara, e ele achou engraçado.

— Acho que causei uma primeira impressão de merda.

Declarei, impassível:

— Você me disse que eu deveria procurar encontros em lugares mais *respeitáveis*.

— Achei que você merecesse coisa melhor.

— Papo furado. Você está sendo legal comigo porque agora sabe que eu estava procurando uma noitada sem compromisso e acha que tem chances de ser o substituto.

— Estou fora da disputa?

Eu o olhei de cima a baixo outra vez. *Cacete, como ele é bonito.*

— Você está por um fio porque é lindo.

Ele abriu um sorriso lento e sedutor.

— Gosto da sua sinceridade.

— Gosto do contorno da sua mandíbula.

Os olhos dele brilharam.

— Você vai gostar ainda mais do meu pau enorme.

Mordi o lábio inferior. Aquela conversa tinha acabado de seguir por um caminho que me lembrava das mensagens que eu trocava no Tinder — definitivamente um terreno em que eu me sentia mais à vontade do que explicando por que eu queria esquecer minha vida por um tempo.

— Como faço para saber se você não é um serial killer?

— Como você sabia que o fracassado do Tinder não era?

Bem pensado. Tomei um gole do vinho.

— Quantos anos você tem?

— Sou velho o bastante para saber o que fazer com você, mas novo o bastante para não precisar de nenhum comprimido para ajudar.

Abri um sorrisinho.

— Ah, é? Você sabe o que fazer comigo?

Ele sorriu, todo confiante.

— Sei, sim.

O ar crepitou entre nós. Por alguma razão, eu sabia que aquele cara daria conta do recado. Talvez por causa da autoconfiança comedida que ele demonstrava, ou talvez porque um homem com aquela aparência devia ter muita prática — o que seria um ponto negativo se eu estivesse procurando algo que fosse durar mais de uma noite, mas que não importaria muito se atendesse aos meus propósitos de sexo casual.

Olhei naqueles olhos azuis demais.

— Então me conte.

— Contar o quê?

— O que você faria comigo.

O sorriso malicioso que se espalhou no rosto dele quase me fez querer voltar atrás com a pergunta que eu tinha feito. *Quase*.

Beck ergueu o copo e tomou um gole de uísque antes de se inclinar na direção do meu ouvido.

— Eu começaria enfiando a cara na sua boceta até você gozar na minha língua. Depois, eu te foderia como se te odiasse.

Meu Deus. Meus dedos dos pés chegaram a se contorcer. *Negócio fechado!*

Ele se afastou para me olhar e ergueu a sobrancelha.

Eu estava prestes a dizer que sim, perguntando a mim mesma se estaria louca por considerar levar aquele homem para meu quarto no hotel. Enquanto eu refletia, acabei olhando para baixo.

Puta merda. A calça dele estava justa para caramba na virilha, e havia uma protuberância distinta na direção de uma das coxas. Uma protuberância *bem longa e bem grossa*.

Eu era uma mulher que acreditava em sinais, então não pude ignorar *aquele*. Terminei de beber o que restava do vinho e tirei da bolsa uma das duas chaves do quarto, deslizando-a em frente ao homem ao meu lado.

— Quarto 219. Preciso de uns dez minutos para me arrumar.

CAPÍTULO 2
Beck

— Cadê você? Acabei de passar no seu escritório e estava tudo escuro. A reunião com a Franklin começa daqui a dez minutos.

Toquei na tela para colocar meu celular no viva-voz e o apoiei na pia do banheiro para terminar de fazer a barba.

— Estou em Idaho.

— Idaho? — perguntou Jake. — Mas que raio está fazendo aí?

— Aparentemente, Sun Valley é um lugar muito popular para se jogar de penhascos. Vim para cá tentar pôr um pouco de juízo na cabeça da nossa avó, já que ela me bloqueou e não consigo ligar para ela.

— Ah, pelo amor de Deus. Deixe a mulher em paz. Ela está vivendo a vida dela, fazendo o que dá na telha.

— Ela chegou a contar para você que queria *saltar de wingsuit*?

— Não, mas provavelmente também não contei a ela que queria cair de boca naquela enfermeira dela quando estava no hospital no ano passado. Não contamos tudo em reuniões de família.

Meu irmão não se preocupava com nada. Talvez por ter apenas 23 anos e ainda se achar invencível. Dez anos e um casamento antes, eu provavelmente também tinha muito menos preocupações.

— Acho que a amiga com quem ela viaja talvez seja um pouco desequilibrada e a esteja influenciando a fazer algumas loucuras.

— Por que acha isso?

— Bem, para começo de conversa, ontem essa mulher me mandou uma mensagem dizendo que eu deveria parar de ser idiota.

— A amiga da nossa avó manda mensagens para você?

— Ela me passou o número da amiga para emergências, logo antes de me bloquear.

— Deixe-me adivinhar, você tem usado esse número para importunar a boa velhinha já que não consegue falar com a nossa avó?

— Boa velhinha? — Estiquei a pele do pescoço e raspei uma linha precisa com a lâmina. Quando contornei o queixo, eu o cortei. *Merda. Maldito barbeador barato de hotel.* Peguei um pedaço de papel higiênico para estancar o sangramento. — Essa boa velhinha também me chamou de "granulado cinza em um *cupcake* de arco-íris".

Jake riu baixo.

— Cara, ela descreveu você direitinho sem nem te conhecer. Você tem que relaxar um pouco. Nossa avó só está tentando se divertir. Se eu estivesse no lugar dela, preferiria passar três meses vivendo a vida em vez de perder um ano esperando a morte.

Fechei a cara. Eu não entraria naquela discussão de novo. Três semanas antes, nossa avó recebeu a notícia de que o câncer no pâncreas estava de volta. Era a terceira vez em dez anos, e dessa vez a doença tinha se espalhado até os pulmões e o esôfago. Os médicos falaram que mais uma rodada de quimioterapia e de radioterapia provavelmente só aumentaria sua expectativa de vida de três para nove meses. No entanto, também falaram que havia um por cento de chance de que o tratamento levasse o câncer à remissão e de que ela vivesse por muito mais tempo. Nossa avó tinha escolhido não se tratar, decisão que todos apoiamos, por mais que eu, com uma mentalidade bem egoísta, quisesse que ela aproveitasse a chance de ficar por aqui por mais uns dez anos.

Mas, então, ela decidiu fazer uma viagem louca com uma mulher que nenhum de nós sequer conhecia, e, nas últimas semanas, parecia estar em uma missão suicida.

— Tenho que ir. Não sei que horas elas vão embora, e preciso tomar um café antes de discutir com nossa avó.

— O que vai querer que eu faça com a reunião?

— Dê um jeito nela.

— Normalmente, você odeia como eu dou um jeito nas coisas.

— Surpreenda-me. Tchau.

Encerrei a chamada e terminei de me barbear. Pouco tempo depois, desci ao saguão do hotel em busca de cafeína. Após me servir de uma xícara, eu me virei em busca de creme e açúcar, e meus olhos encontraram um par de olhos verdes deslumbrantes que, naquele momento, fuzilavam-me.

Droga.

Nora. A loira linda da noite anterior.

Ela estava sentada à mesa a menos de um metro e meio de distância.

— Pelo visto, você encontrou seu caminho até o café — comentou ela. — Mas, de alguma maneira, se perdeu, ontem à noite, a caminho do segundo andar.

Enfiei as mãos nos bolsos, sentindo-me um idiota.

— Então, sobre isso...

Uma voz feminina familiar, vinda de trás de mim, interrompeu nossa conversa.

— Bom dia, meu bem.

Eu me virei e dei de cara com minha avó. Imaginei que estivesse falando comigo, mas ela franziu a testa ao me ver.

— Beckham? O que está fazendo aqui?

— Vim pôr um pouco de juízo na sua cabeça.

— Espere... — Nora ficou boquiaberta. — Beck vem de Beckham, o neto mal-humorado da Louise?

Eu me voltei para ela.

— Você conhece minha avó?

— Humm... estamos viajando juntas há duas semanas.

— Você é a Eleanor Sutton? Achei que tivesse dito que seu nome era... — *Merda. Só pode ser brincadeira.* Balancei a cabeça. — Nora... é apelido de Eleanor?

Eu tinha imaginado que Eleanor fosse uma senhora de 70 anos, não um mulherão loiro na casa dos 20.

Minha avó apontou para nós dois.

— Vocês se conhecem?

Não tinha como eu explicar a ela que eu tinha dito a sua amiga que eu queria transar com ela como se a odiasse e que, depois, não me dignei a aparecer para dar conta do recado. Então, não soube como responder. Por sorte, Nora foi mais rápida no gatilho do que eu.

Ela colou um sorriso no rosto que até eu sabia que era forçado.

— A gente se conheceu agora, no café.

Minha avó se aproximou e me deu um beijo na bochecha.

— Oi, meu amor. É sempre um prazer te ver. Mas, se veio me dar uma bronca, sinto muito, você perdeu a viagem, e, nesse caso, pode dar meia-volta com esse seu traseiro fofo e ir embora.

Não pude deixar de sorrir.

— Pelo visto, seu senso de humor não mudou nada. Como está se sentindo, vovó?

— Se os médicos idiotas não tivessem me dito que o demônio estava de volta, eu nem saberia. Talvez um pouco mais cansada do que de costume, mas, também, estamos sempre na correria.

— Fico feliz em saber disso. Quer que eu busque um café?

— Acho que precisamos pegar a estrada.

— Na verdade... — Nora franziu a testa. — Eu te mandei uma mensagem mais cedo, Louise. Acho que você não deve ter lido ainda. Eles cancelaram o salto da manhã por causa dos ventos fortes. A empresa disse que vai me atualizar na hora do almoço para confirmar se farão algum salto na parte da tarde, mas, se fizerem, vai ser só depois das quatro.

— Bom, então... — Minha avó se virou para mim. — Estou respirando, e meu rosto está todo maquiado. Sendo assim, você poderia nos levar para tomar café da manhã, de preferência em algum lugar que tenha café com Kahlúa.

Abri um sorriso.

— Pode deixar.

— Acho que vou ficar aqui no hotel — disse Nora. — Tenho trabalho para pôr em dia.

— Você precisa comer. Pode aproveitar e deixar meu neto pagar a conta. Além do mais, talvez ele possa mostrar que não é tão idiota quanto parece ser por mensagem.

Nora estava prestes a tentar recusar de novo, mas era difícil dizer não para uma mulher como minha avó.

— Vamos. — Ela apontou para o saguão. — Era para estarmos no salto, então não tem nada que precise fazer que não possa esperar uma hora.

Nora forçou um sorriso.

— Tudo bem. Vamos.

∽

— Vou querer ovos Benedict e um café com uma dose de Kahlúa — pediu minha avó ao garçom.

Ele sorriu.

— Infelizmente, não temos Kahlúa. Na verdade, não temos nenhum licor.

— Não tem problema. — Minha avó deu um tapinha na bolsa. — Trouxe um pouco aqui. Você pode fingir que não está me vendo temperar nossas bebidas. Eu nunca atrapalharia suas vendas, então espero que não atrapalhe minha alegria.

O garçom deu uma risadinha.

— Não vou ver nada.

Nora fez o pedido em seguida. Enquanto ela falava, concentrei-me no movimento dos lábios — aqueles que eu tinha imaginado fechados ao redor do meu pau enquanto eu me satisfazia sozinho no banho pela manhã. Não foi fácil me comportar na noite anterior, ainda mais depois de ter me dado conta de que meu quarto ficava no mesmo corredor que o dela. Mas, quando paguei a conta e vi quantas taças de vinho Nora tinha tomado, não consegui ir em frente. Eu até poderia ser o homem do qual certas mulheres se arrependiam, mas nunca por não terem tido a capacidade de dizer não.

— Senhor? — Ergui a cabeça e vi o garçom com uma expressão cheia de expectativa.

O sorriso astuto de Nora me fez achar que ela sabia aonde minha cabeça tinha ido parar.

Pigarreei.

— Vou querer ovos Benedict e um café com creme, por favor. — Depois que o garçom se retirou, coloquei o guardanapo no colo. — Então, como vocês duas se conheceram? Não lembro de você ter mencionado Nora para mim antes dessa viagem.

Minha avó deu um tapinha na mão de Nora.

— Ela mora no mesmo prédio que eu.

— Pelo menos o blogue faz sentido agora — comentei.

A cúmplice da minha avó estava postando sobre a viagem delas em um blogue desde o início, filmando minha avó fazendo um monte de loucuras. A página se chamava *Viva como se estivesse morrendo*.

— Como assim? — perguntou Nora.

— Bom, eu tinha imaginado que você fosse mais velha. Não conheço muita gente com mais de 70 anos que tenha um blogue. — Olhei para a minha avó. — Sem querer ofender.

Nora cruzou os braços.

— Bom, se ela não ficou ofendida, eu fiquei. Não tem idade certa para as mulheres fazerem as coisas. Por que só alguém jovem poderia ter um blogue ou saltar de paraquedas?

Meu Deus. *Aquela* era a mulher com quem eu estava trocando mensagens.

— Eu não disse que pessoas mais velhas não podem fazer essas coisas. Só que não conheço muitas que fazem.

— Você já parou para pensar que pode ser porque pessoas jovens e de mente fechada têm preconceito contra idosos e, então, desencorajam os familiares a aproveitarem a vida ao máximo quando deveriam estar incentivando? Acredite se quiser, mas sua avó não precisou ir à biblioteca para ter uma aula e aprender a bloquear você.

Olhei para minha avó.

Ela sorriu.

— Não venha me encarar em busca de ajuda. Você tem cavado a própria cova com a Eleanor desde que lhe passei o número dela para usar em caso de emergência.

— Aliás, falando nessas mensagens maravilhosas que trocamos... — disse Nora. — Na próxima vez que for grosso comigo ou exigir que eu passe uma mensagem para sua avó, em especial aquelas que você sabe muito bem que vão chateá-la, também vou te bloquear.

Normalmente, se alguém falasse daquele jeito comigo, eu estaria salivando e esperando a minha vez de destruir o sujeito. Mas, por algum motivo louco, tudo que consegui fazer foi me imaginar brigando com aquela mulher a sós — e, depois, fodê-la até aquela empáfia toda dela desaparecer.

Sorri ironicamente.

— Entendido. Obrigado pelo aviso.

Minha aceitação pareceu dissipar a raiva dela, e, por meio segundo, considerei mencionar quantas mortes por saltos de *wingsuit* tinham ocorrido nos últimos anos, só para recomeçar a discussão. Mas, então, minha avó começou a falar sobre uma viagem que estavam programando para que pudessem mergulhar com snorkel, e o brilho nos olhos dela aqueceu meu coração. Mergulho com snorkel parecia uma atividade inofensiva...

— E aí, depois que pegamos o jeito — continuou ela —, eles começam a jogar as iscas.

— Jogar as iscas?

Minha avó fez que sim.

— Para os tubarões.

E lá se foi a viagem inofensiva para mergulhar com snorkel.

— É sério mesmo, vó? Nadar com tubarões? Por que você não poderia simplesmente mergulhar e observar os peixes coloridos?

— E por que eu faria isso se posso ver um monstro gigante com cinco fileiras de dentes *comendo* todos os peixes coloridos?

— Eu entendo muito bem querer viajar e fazer coisas, mas por que todas elas têm que ser perigosas? Você nunca teve vontade de fazer nada disso antes de descobrir que...

Minha avó franziu a testa.

— Descobrir que *estou morrendo*. Não tem problema falar em voz alta, Beckham. Eu estou morrendo. Ao que tudo indica, daqui a alguns meses não estarei mais aqui. Então, por que não fazer coisas que resultam em uma descarga de adrenalina e que me fazem temer minha mortalidade? Deus sabe que, dentro de casa, à toa, eu não tenho medo de nada. Quer dizer, qual é a pior coisa que pode acontecer? Eu atravessar com o sinal fechado e ser atropelada por um táxi? Quero me sentir viva. E, caramba, se eu partir um pouco antes do esperado porque as asas do *wingsuit* não funcionaram ou porque um tubarão achou que eu seria uma sobremesa gostosa, pelo menos terei um obituário incrível.

Eu era esperto o bastante para saber quando calar a boca. Eu conversaria com a minha avó quando ela estivesse sozinha e menos na defensiva. Naquele momento, mudei de assunto e tentei desfrutar do relato dela de tudo que tinham feito até então. Aquilo selou a paz pelo resto da nossa refeição.

Depois que voltamos ao hotel, minha avó disse que se deitaria por um tempinho, alegando ter ficado animada demais com o salto de *wingsuit* marcado para aquela manhã e que, por isso, acabou não dormindo bem. Então, eu a acompanhei até o quarto e perguntei se poderíamos almoçar juntos, só nós dois.

Ao chegar à porta, ela beijou minha bochecha.

— Fico feliz em passar o máximo de tempo possível com você. Só que não vai me fazer mudar de ideia, Beck.

— Passo aqui para buscá-la por volta do meio-dia?

No caminho de volta ao meu quarto, resolvi bater na porta de Nora. Fiquei grato por ela não ter comentado nada a respeito do que tinha acontecido entre nós. E eu devia a ela um pedido de desculpas. Também estava claro que eu teria mais chances de convencer minha avó se Nora estivesse do meu lado. Por mais que as duas formassem uma dupla improvável, pareciam bem próximas.

Nora fechou a cara assim que abriu a porta.

— Espero que não esteja achando que vai ganhar uma segunda chance depois de ontem. Você perdeu a oportunidade quando me deu um bolo.

— Então, sobre isso…

Ela começou a fechar a porta.

— Não preciso de explicação nenhuma. Quem saiu perdendo foi você.

Enfiei o pé na fresta da porta.

— Espere um segundo. Talvez você não precise de explicação nenhuma, mas quero dar uma mesmo assim.

Ela revirou os olhos.

— Diga o que precisa dizer e suma.

— Você tinha tomado seis taças de vinho. Eu vi quando paguei a conta.

Nora deu de ombros.

— Foi coisa demais para você pagar? Não vou te reembolsar.

— Não estou reclamando do valor. Mas as seis taças são o motivo de eu não ter aparecido, por mais que eu quisesse. E, acredite, eu queria *muito, muito* ter vindo. Talvez eu tenha até ficado parado na frente da sua porta por uns dez minutos tentando me convencer de que não seria um bosta por bater, já que você tinha me convidado. Mas, no fim, eu não poderia me aproveitar de uma mulher que tinha bebido além da conta.

— Só duas daquelas taças de vinho eram minhas. Louise e eu nos encontramos com duas senhoras para beber antes do meu encontro com o Fracassado do Tinder. Eu tinha dito a ela que pagaria a conta. Eu estava perfeitamente sóbria, ainda mais considerando que fazia algumas horas desde que eu tinha chegado. — Ela inclinou a cabeça. — E, por sinal, *eu queria que se aproveitassem de mim.*

Baixei a cabeça.

— *Merda.*

— Enfim, acabou dando tudo certo. É claro que eu não sabia que você era o neto da Louise… o mesmo cara que tem me tratado como se eu fosse funcionária dele.

Passei a mão pelo cabelo.

— Ela é minha avó. Estou preocupado com ela.

Nora colocou as mãos na cintura.

— Porque ela tem feito coisas perigosas pela primeira vez na vida, né?

— Isso.

— Você sabia que sua avó tem um certificado de mergulho? Ela foi uma das primeiras mulheres a fazer o curso de certificação em 1967. O tipo de mergulho de que ela mais gostava eram aqueles para explorar destroços no fundo do mar.

— Como é que é?

— Sabia que, aos 23 anos, ela navegou pelas Cataratas de Lava, uma das corredeiras mais difíceis do mundo?

— É sério?

Ela fez que sim.

— Sua avó não é a flor delicada que você pensa que ela é. Ela é fodona. Talvez, se parasse de vê-la como uma velhinha que precisa de cuidados, você enxergasse a verdade.

— Por que ela nunca me disse nada?

Nora balançou a cabeça.

— Talvez porque nunca tenha *perguntado*. Você sabe como ela e seu avô se conheceram? Ou por que vamos a uma fazenda em Utah visitar um homem que ela não vê há sessenta anos?

Ela já tinha deixado a situação bem clara. Naquele momento, estava só me irritando.

— Você sabe quem ficou ao lado dela todos os dias depois da primeira cirurgia no pâncreas? Ou depois que o câncer voltou e ela acabou doente por meses durante o tratamento?

— Não estou questionando se você se importa ou não com sua avó. Só estou dizendo que, agora, você precisa apoiar as escolhas dela, não importa quais sejam.

Fiquei em silêncio por um momento.

— Por que está fazendo isso?

— Porque você bateu na minha porta.

Balancei a cabeça.

— Não. Por que está viajando com uma mulher que tem o triplo da sua idade? O que você ganha com isso?

As narinas de Nora se dilataram.

— O que eu *ganho* com isso? Vai se ferrar.

— As pessoas geralmente não fazem coisas de graça.

— O que está insinuando?

— Não estou insinuando nada. Só estou perguntando por que está fazendo essa viagem.

A resposta dela foi rosnar para mim. *Literalmente rosnar*. Logo antes de bater a porta na minha cara.

Fiquei atônito, e, então, um sorriso se insinuou no meu rosto, surpreendendo até a mim. Era bem possível que minha cabeça precisasse ser examinada por um médico, mas Nora Sutton ficava sexy *pra cacete* quando estava irritada.

CAPÍTULO 3
Beck

— Eu espero de verdade que você não tenha vindo até aqui na esperança de ter um repeteco da noite passada — disse Nora.

Sentei-me ao lado dela ao balcão do bar e balancei a cabeça.

— O fuso horário está acabando comigo.

Ela assentiu, depois voltou a se concentrar no próprio vinho.

— Como foi seu salto de *wingsuit* hoje à tarde? — perguntei.

Nora franziu as sobrancelhas.

— Louise contou que fomos?

Balancei a cabeça.

— Por acaso, eu estava olhando pela janela por volta das três da tarde e vi vocês se esgueirando de fininho até o carro. Dois minutos depois, minha avó ligou para dizer que ainda não tinha cochilado, mas que provavelmente dormiria por algumas horas. Liguei os pontos. Fora isso, vi a foto que você postou no blogue. Aliás, é a primeira foto sua que você posta. Por quê?

— Eu não tinha percebido. Mas deve ser porque o blogue é sobre a jornada da Louise.

— Bem, como foi sua tarde?

Nora sorriu.

— Incrível. Se bem que você não teria gostado. Você parece ser inimigo da diversão.

Quando o atendente do bar se aproximou, pedi o mesmo uísque da noite anterior.

— Você não gosta muito de mim, né? — perguntei.

— Não muito. Acho você arrogante.

Esperei até minha bebida chegar e tomei um gole. Desceu queimando, mas a sensação foi boa.

— Também não sou muito seu fã. Você pensa que é a dona da verdade, e acho você irritante.

Nora sorriu ao levar a taça de vinho aos lábios.

— Mas você parece ser fã de algumas *partes* minhas. Vi você de olho em mim algumas vezes no café da manhã.

— Também fiquei de olho na foto que postou no blogue. Mas você estava com um macacão de borracha coladíssimo, então até a droga dos pássaros estavam de olho. Não significa que eu goste de você.

Ela balançou a cabeça e riu.

— Bem, parece que teremos que encontrar uma maneira de nos tolerarmos, já que nós dois nos importamos com sua avó. Talvez devêssemos selar a paz com um aperto de mão.

— Ou... — Esperei até ela olhar para mim. — Podemos transar com raiva e tirar isso da cabeça.

— Transar com raiva parece ser um tema recorrente para você. É o tipo de coisa que você curte?

— Nunca experimentei. Mas você me irrita, e isso me faz querer arrancar suas roupas.

Nora olhou para o lugar entre minhas pernas e suspirou.

— Uma pena você ser neto da Louise. Porque também sou muito fã de uma parte sua.

Abri um sorrisinho malicioso.

— Talvez você devesse dar uma olhada nessa parte de perto. Ou fazer mais do que só olhar também me parece uma boa ideia.

Ela riu e terminou de beber o vinho antes de se virar para mim e estender a mão.

— Amigos?

Peguei a mão dela, mas, em vez de apertá-la, levei-a aos lábios e mordisquei o dedo.

— Ai!

Beijei o local e sorri.

— Se você insiste... mas prefiro minha ideia.

— Aposto que sim.

Porque eu não queria ser um completo canalha, voltei a me concentrar em um assunto mais seguro.

— Então... nunca vi você pela região. Há quanto tempo mora nas Vestry?

— Vestry?

— Torres Vestry. Minha avó disse que você mora no mesmo prédio que ela.

— Ah, sim. — Ela balançou a cabeça. — É claro. Não faz muito tempo. Mais ou menos um ano, talvez. Vou voltar para a Califórnia em breve. Foi lá que eu nasci, mas me mudei para Nova York por causa da faculdade e nunca mais voltei.

Ficamos um instante em silêncio.

— Posso fazer uma pergunta sem que você fique irritada?

Ela sorriu.

— Provavelmente não, mas pergunte mesmo assim.

— Mais cedo, perguntei por que você estava fazendo essa viagem...

— Na verdade — interrompeu Nora —, você me perguntou o que eu *ganharia com isso*, como se eu estivesse tramando alguma coisa.

— Certo. — Fiz que sim. — Talvez a forma como falei não tenha sido das melhores. Tenho certeza de que minha equipe afirmaria que não tenho filtro na hora de falar as coisas, o que às vezes pode ser desagradável.

— Imagino que mais do que só às vezes.

— Que tal se eu reformular minha pergunta assim: quando você soube que minha avó estava planejando a viagem, o que te fez decidir se juntar a ela?

Nora encarou a taça de vinho.

— Minha mãe morreu cedo. Ela era só um pouco mais velha do que eu sou agora. Pensar nisso tem me feito encarar as coisas de um jeito diferente. Em vez de perguntar por que eu deveria ir, agora me pergunto por que eu *não* deveria ir. A vida é curta.

— Sinto muito pela sua perda.

— Obrigada.

— Você se importa se eu perguntar como ela morreu?

O rosto dela ficou tenso, repleto de angústia, e no mesmo instante me arrependi da pergunta.

— Desculpe. — Ergui a mão. — Eu não deveria ter perguntado.

— Tudo bem. Foi por causa de um rabdomiossarcoma, um tumor maligno cardíaco. É raro.

— Não tinha tratamento?

— Alguns podem ser removidos, outros não. Ela não foi uma das felizardas.

Assenti.

— Obrigado por compartilhar comigo.

Ela terminou de beber o vinho.

— É minha vez agora? Não tenho uma pergunta, mas o que tenho a dizer provavelmente vai deixar você irritado.

Abri um sorriso.

— Mande ver.

— Pare de encher o saco da sua avó pelas escolhas dela. A vida é dela, e ela está se divertindo.

— Percebi. Ela estava sorrindo de orelha a orelha quando voltaram escondidas para o hotel depois do salto.

— É assustador quando sabemos que vamos perder alguém. Eu entendo. Mas eu juro, sua avó não é suicida. Ela só quer se sentir viva, e chegar perto da morte *nos termos dela* é o que a permite se sentir assim.

— Vou tentar melhorar.

— Ela fala de você o tempo todo, sabia?

— Ai, ai, ai.

Nora sorriu.

— Quase tudo são coisas boas. Se bem que ela quis dar uma bela surra em você quando falou que a *proibia* de fazer o salto de *wingsuit*. Você ainda não reparou que quando diz a um certo tipo de mulher que ela não pode fazer uma coisa, isso só a incita a querer fazer ainda mais?

Esfreguei um lábio no outro.

— Um certo tipo de mulher, é? Tenho a sensação de que minha avó não é a única que se encaixa nessa categoria nessa viagem.

— Talvez não.

Nora sorriu.

Eu me inclinei em direção a ela.

— Eu te proíbo de transar comigo.

Nora jogou a cabeça para trás e gargalhou. Era uma visão espetacular.

— Sua avó fala que você é esperto — comentou ela, balançando a cabeça. — Entendi o motivo.

— O que mais minha avó fala de mim?

— Várias coisas. Que você é inteligente, que foi o melhor da sua turma em Princeton. É bem-sucedido... abriu a própria empresa um ano depois de formado e investiu com sabedoria em imóveis de Manhattan. Trabalha demais e, aparentemente, puxou isso do avô. É divorciado e tem uma filhinha linda que acho que tem 6 anos, né?

Fiz que sim.

— Continue...

— Você é próximo do seu irmão, que é dez anos mais novo e basicamente seu oposto em tudo. Ele te deixa louco, mas, ainda assim, você o contratou para trabalhar na sua empresa, porque é extremamente leal. Ah, uma vez você foi com sua avó buscar seu irmão na creche, e fez *questão* de carregar o bebê conforto, mas os dois só repararam que você tinha pegado o bebê errado quando chegaram em casa. Assim que voltaram à creche, a polícia estava lá, porque a mãe achou que alguém tinha roubado o filho dela.

Baixei a cabeça.

— Meu Deus, ela precisava mesmo ter contado isso? Ela estava me vendendo tão bem no começo.

Nora sorriu.

— Outra vez, quando vocês dois estavam no metrô, um rato atravessou correndo o vagão. Você perguntou como ele tinha entrado, e sua avó disse que o esqueleto dos ratos permite que passem por frestas. Você passou um mês dormindo de barriga para cima antes de ela descobrir que você estava com medo de se virar e um rato entrar na sua bunda.

— É sério? Para que contar isso?

Nora deu de ombros.

— Estávamos na plataforma uma noite, esperando o metrô, e aí um rato passou correndo pelos trilhos. Louise começou a rir histericamente e depois explicou o porquê. Ela não chegou a mencionar sua idade, então espero que isso não tenha acontecido recentemente.

— Engraçadinha. — Terminei minha bebida e acenei para o atendente. — Estou em posição de desvantagem aqui. Não sei nenhuma história sua.

Ela riu.

— E vai continuar não sabendo.

O atendente do bar se aproximou e apontou para minha bebida.

— Mais um?

— Por favor. — Olhei para Nora. — Mais um vinho?

Ela balançou a cabeça.

— Não, obrigada.

— Beba mais um. Vou embora pela manhã e não estou nem irritando você no momento.

— Na verdade, tenho que trabalhar, preciso aprovar algumas modificações no meu próximo livro. O prazo é hoje.

Fiquei decepcionado. Mesmo sem qualquer chance de ir para o quarto dela, Nora era espirituosa. Eu gostava de ouvir o que saía daqueles lábios carnudos, mesmo ainda querendo deslizar algo entre eles.

Ela pegou a carteira.

Eu a impedi.

— É por minha conta, por favor. É o mínimo que posso fazer por tudo que tem feito pela minha avó.

Ela abriu um sorriso triste.

— Você ainda não entendeu. Eu ganho na mesma medida em que doo a Louise. Não é um favor nem um fardo. Só fazemos coisas que nós duas queremos fazer. — Guardando a carteira outra vez na bolsa, Nora se levantou. — Mas obrigada pela bebida, de qualquer maneira. Foi bom te conhecer, Beck. Pelo menos, eu acho que foi.

Dei uma risadinha.

— Ainda tenho a chave do seu quarto, sabia? Eu poderia deixar você terminar seu trabalho e, depois, terminaríamos o que quase começou ontem à noite. O que acha?

Ela se inclinou e beijou minha bochecha.

— Provavelmente não é uma boa ideia, agora que sei que você é neto da Louise. Eu estaria te usando.

— Não vejo problema em ser usado...

Ela riu.

— Boa noite, Beck. Talvez a gente se veja por aí um dia.

CAPÍTULO 4
Beck

— Bem quando eu estava me acostumando a dar ordens aqui... — meu irmão se encostou no batente da porta do meu escritório —... o ogro volta.

— Você estava dando as ordens aqui? Será que preciso declarar falência?

Jake se afastou da soleira e foi entrando na minha sala. Em seguida, debruçou-se no encosto de uma das cadeiras diante da minha mesa e a inclinou, tirando os pés da frente dela do chão. Os olhos dele se fixaram nos diversos curativos nas minhas mãos. — O que diabo aconteceu?

— *Bitsy* aconteceu — resmunguei.

Jake arqueou as sobrancelhas.

— A cadelinha da nossa avó? Ela mordeu você?

— Aquela cadela me odeia. A bostinha espera até eu cair no sono e, aí, sobe na cama para me acordar mordendo meus dedos. Toda maldita noite.

Meu irmão riu.

— Não tem graça — repliquei. — Você poderia ficar com ela. Tive que pedir para o filho do vizinho tomar conta dela enquanto eu estava fora.

— Nossa avó pediu a você. Além do mais, às vezes eu nem volto para casa à noite.

Balancei a cabeça.

— Você quer alguma coisa? Tenho muito trabalho para pôr em dia.

— Como está a vovó?

— Teimosa. Cheia de opinião. Irredutível.

Jake sorriu.

— Então ela está do mesmo jeito de sempre? Ainda nenhum sinal de que o câncer a esteja afetando?

Tirei o paletó e o pendurei no encosto da cadeira antes de puxá-la para me sentar.

— Acho que ela é a primeira pessoa de quem o câncer tem medo de atacar pela terceira vez.

— Você chegou a conhecer a mulher com quem ela está viajando? A que tem sido uma escrota com você?

— Ah, conheci, sim.

— E foi tão ruim assim? Brigaram de novo?

— Algo do tipo...

Não mencionei que, por mais que a amiga da nossa avó fosse um pé no saco, ela era meu objeto de desejo havia algumas noites. Se meu irmão soubesse, eu não iria duvidar de que ele pegasse um avião para lhe fazer uma visita. Jake tinha o dom de tirar a calcinha de qualquer mulher que conhecia, com aquele seu jeitinho de moleque e a estrutura óssea e o sorriso com covinhas do nosso pai. Os ternos de cinco mil dólares e o relógio chamativo ajudavam. Por falar nisso, meus olhos repousaram no pulso do meu irmão. *Um Rolex*. Pensando bem, talvez ele não tivesse tanta sorte com Nora...

— E aí, o que perdi por aqui? — perguntei, arregaçando as mangas da camisa.

Meu irmão se sentou.

— Não quis falar nada enquanto você estava viajando, mas nossos auditores pegaram alguém roubando.

Franzi as sobrancelhas.

— Quem?

— Ginny Atelier, do setor de contas a pagar. Revisando a contabilidade, perceberam que alguns dos cheques de baixo valor não tinham recibos de comprovação. Assim que a questionaram, ela começou a chorar e admitiu que tinha pegado o dinheiro.

Merda. De todos os meus funcionários, tinha que ser justo ela?

— Ela deu alguma explicação?

Meu irmão fez que sim.

— Ela alega que a mãe está doente e que precisa de dinheiro extra para os remédios que o plano de saúde não cobre. Já falei com o RH. Estão só esperando você concordar para demiti-la.

Soltei um suspiro profundo e balancei a cabeça.

— Talvez não devêssemos demiti-la.

Os olhos do meu irmão quase saltaram das órbitas.

— Você está de brincadeira? É uma história de cortar o coração, mas não a mandar embora é a última coisa que eu esperava de você.

— Por quê? Eu tenho coração...

Meu irmão estreitou os olhos para mim.

— Não tem, não. Você já demitiu pessoas só por terem olhado torto para você. Então tem alguma coisa acontecendo. O que é?

Passei a mão pelo cabelo e suspirei.

— Aquela droga da festa de Natal e aqueles malditos martínis de hortelã. Existe um motivo pelo qual eu fico só no uísque e passo longe da vodca.

Jake riu.

— Meu Deus, você se envolveu com uma funcionária? Que babaca. Quantas broncas já não me deu sobre não misturar negócios com prazer?

— Você é um funcionário.

— E? Só o chefe pode se dar bem com as funcionárias?

— Você que é babaca.

— Talvez. — Meu irmão se inclinou para trás, sorrindo de orelha a orelha. — Mas, pelo menos, não trepei com ninguém da minha equipe.

Suspirei.

— Vou falar com o jurídico antes de tomarmos qualquer decisão.

— Combinado, mano.

Abri o laptop, esperando que meu irmão entendesse o recado de que a conversa havia acabado. E, claro, ele não entendeu.

Franzi a testa.

— O que foi? Temos mais algum assunto a discutir? Se não, tenho muito trabalho a fazer.

— Não. Estou apenas saboreando o momento. É tão raro você fazer merda...

Apontei para a porta.

— Fora. Caso contrário, é você quem vai acabar no lugar da Ginny na fila de desempregados.

∽

Eu não costumava olhar minhas mensagens no meio de uma reunião. Mas aquela estava um tédio, e era o nome de Nora que tinha piscado. Então, desbloqueei o celular. Uma foto da minha avó montada em um golfinho tomou conta da tela. Ela parecia a Rose de *Titanic*, com os braços abertos enquanto o animal a impulsionava para a frente. Sorri e digitei uma resposta.

Beck: Isso, sim, é a cara da minha avó.

A resposta veio tão veloz quanto a sagacidade de Nora.

Nora: Seja gentil, caso contrário, não vou mandar mais foto nenhuma. Sua avó está curtindo a vida. Talvez você devesse tentar fazer o mesmo um dia. O que está fazendo agora? Participando de alguma reunião chata e enfadonha?

Ri comigo mesmo.

A analista que fazia a apresentação parou de falar, e todos os olhares se voltaram na minha direção. Eu devo ter feito mais barulho do que imaginei. Balancei a cabeça e apontei para os números projetados na tela.

— Prestem atenção.

Nora tinha dito que ela e minha avó só faziam coisas que as duas queriam. Então ela também devia ter nadado com os golfinhos.

Beck: Imagino que você também tenha tomado parte na atividade de hoje.

Continuei ignorando a reunião, preferindo observar os pontos saltitantes na tela.

Nora: Em primeiro lugar... tomado parte? Você tem 90 anos? Se você falasse como os jovens, talvez conseguisse agir de acordo e se divertir um pouco. Mas, sim, eu nadei com os golfinhos hoje, e foi incrível.
Beck: Posso ver uma foto?
Nora: Você só quer me ver de biquíni...

Sorri para o celular.

Beck: Só queria ver o que eu perdi por ser um cavalheiro.
Nora: Muita coisa. Acredite em mim.

Eu não tinha a menor dúvida de que ela estava falando a verdade.

Beck: Qual é a próxima aventura?
Nora: Vamos continuar aqui por mais alguns dias, então, vamos para as Bahamas em busca de um pouco de sol e jogatina. Depois, Montana para passarmos um tempo na selva.
Beck: Um tempo na selva?
Nora: Na Floresta Nacional Custer-Gallatin. Vamos ficar duas noites em um rancho, fazendo passeios a cavalo de dia, e, então, passaremos a noite acampando nas montanhas, tudo a cavalo.

Aquilo me fez parar.

Beck: Minha avó nasceu e cresceu em Manhattan. Não acho que seja uma *cowgirl* experiente.
Nora: Por isso as duas noites no rancho para praticarmos equitação antes de partirmos.
Beck: De quem foi a ideia do passeio?
Nora: Minha.
Beck: Você tem experiência com montaria?
Nora: Sim, mas não montando cavalos...

Ela concluiu a resposta com uma carinha piscando.

Nora: Tenho que ir! Louise acabou de chegar. Vamos dirigir por uma hora e meia até um jantar com show.

Pelo menos aquele parecia um programa legal para minha avó.

Beck: Divirta-se, e diga o mesmo à minha avó, por favor.
Nora: Vamos nos divertir, sim! Tenho notas de um dólar o suficiente para que seja mais do que agradável. 😉

Revirei os olhos. E eu ali, achando que as duas veriam uma versão *off-Broadway* de *Jersey Boys* ou algo do tipo.

Alguns minutos depois, a reunião chata terminou, e guardei as apresentações que tinham me dado — como se existisse alguma chance de eu lê-las quando nem sequer haviam prendido minha atenção durante a reunião em si. Ao me levantar, o celular apitou. Era Nora de novo, então desbloqueei a tela para ler a mensagem antes de sair da sala de conferências.

Nora: Aqui está seu prêmio de consolação. Tente se divertir hoje à noite, sr. Enfadonho.

Abaixo da mensagem, havia uma foto de Nora de biquíni amarelo, montada no golfinho.

Porra. A mulher era toda curvilínea. Seios fartos e empinados que pareciam estar a dois segundos de escapulirem do sutiã, com mamilos apontando diretamente para a câmera. Cintura fina e o tipo de quadril e coxas que eu apreciava em uma mulher: curvas boas de se apalpar no escuro.

Pensei em responder, mas não havia nada de decente que eu pudesse dizer. Em vez disso, salvei a foto no rolo da câmera e pensei: "Ah, vou mesmo me divertir hoje à noite... com sua foto."

— Talvez tenhamos um probleminha.

Yates Bradley. Não era a primeira vez que ele se sentava do outro lado da minha mesa e dizia aquelas palavras. Quando o aceitei como cliente dezoito meses antes, com planos de vender seu conglomerado global de papinhas de bebê, eu não fazia ideia do buraco em que estava me metendo. O homem era um pesadelo das relações públicas, e dois negócios já tinham ido por água abaixo por conta de merdas expostas durante a auditoria. Naquele momento, estávamos a dez dias de fechar a venda com um terceiro comprador, e eu achava que não havia mais podres a serem descobertos. Fui ingênuo.

Eu me recostei na cadeira e entrelacei os dedos, apertando-os.

— O que aconteceu agora?

— Minha esposa me traiu.

— Lamento ouvir isso, mas, para a venda, isso não deve ter relevância alguma, se é o que está preocupando você.

— Certas coisas podem... vir à tona.

Puta merda. O que seria daquela vez?

— Que tipo de coisas?

— Ela estava tendo um caso com o instrutor de ioga.

Parecia que estávamos participando de um jogo de adivinhação, e eu precisava descobrir qual era a bomba que estava prestes a explodir na minha cara.

— A sra. Bradley não é funcionária nem acionista da sua empresa, então, por mais que o que aconteceu seja lamentável, não vejo como isso possa ser um problema para sua venda.

— Bom... — disse ele. — Ela traiu primeiro.

E lá vamos nós...

— Primeiro? Isso quer dizer que você também traiu?

— Só porque ela mereceu.

Eu sabia, pelo levantamento de antecedentes que fazíamos antes de aceitar um cliente, que a atual sra. Bradley não era a primeira esposa dele. Ele tivera outras duas antes, e os dois casamentos terminaram em compensações financeiras, mesmo ele tendo assinado contratos pré-nupciais.

— Você está preocupado com as finanças? Você assinou um contrato pré-nupcial, não assinou?

— Sim, nunca me caso sem um contrato pré-nupcial. Seria tipo entrar em um barco a remo e sem colete salva-vidas no meio de uma tempestade.

— Bom, então não deve ter problema.

— A menos que ela vaze as fotos...

Puta que pariu.

— Que fotos?

— Fotos minhas com a srta. Dor.

Fechei os olhos.

— Por favor, diga-me que não é o que estou pensando.

Ele teve a cara de pau de se mostrar indignado.

— O que escolho fazer na minha vida pessoal não é relevante. Estilos de vida alternativos são cada vez mais aceitos hoje em dia. Talvez não seja um problema.

— Senhor Bradley, você é dono de uma empresa de comida para *bebês*. Seus clientes são mães de primeira viagem, muitas delas fazendo compras levando a família em consideração. Um escândalo de traição causaria certo impacto na sua marca, mas fotos suas envolvido com BDSM ou alguma outra situação assim poderiam comprometer sua venda. — Eu me inclinei para a frente. — Do que estamos falando aqui, exatamente?

O sr. Bradley pegou o celular e digitou um código. Em seguida, ofereceu o aparelho para mim.

Peguei-o, embora tivesse a sensação de que não queria ver o que havia ali.

Ele apontou.

— Tem uma pasta chamada srta. Dor aí.

Ótimo. Rolei a tela até encontrá-la.

— Tem mais de mil fotos aqui. Sua esposa tem todas elas?

— Eu não sabia que estava salvando uma cópia de segurança de tudo na nuvem.

Respirando fundo, abri a pasta. As primeiras fotos não eram horríveis. A mulher, que supus ser a srta. Dor, usava um traje de couro. Yates nem estava nas fotos... até aparecer.

Balancei a cabeça e murmurei uma série de palavrões. Se eu tivesse imaginado o pior de todos os cenários, a imagem mais comprometedora relacionada a BDSM para um homem que era o rosto de uma empresa de papinhas, eu não teria pensado naquilo.

Pigarreei.

— Você está de joelhos, usando uma touca e uma fralda, enquanto uma mulher vestida de couro perfura sua pele com o salto *stiletto*, e você entra no meu escritório dizendo que *talvez* tenhamos um probleminha? É como dizer que um navio naufragando está com um furinho, sr. Bradley.

Os ombros dele desabaram.

— O que eu faço?

Deslizei o celular pela mesa.

— Vá para casa ver sua esposa e ofereça a ela qualquer quantia que faça isso desaparecer.

— Ela já se mudou de casa e não quer falar comigo. O advogado dela quer marcar uma reunião.

— Bom, então marque a reunião.

— Já marquei. Ele vai chegar daqui a uma hora.

— Aqui? Por que ele vem até aqui?

— Porque eu não sabia a quem mais pedir ajuda, e você resolveu todas as outras coisas que surgiram.

— Eu trabalho com compra e venda de empresas, sr. Bradley. Eu não apago incêndios.

— Por favor...

Bufei.

— Tudo bem. Mas vou falar com ele sozinho. Vá para casa, e eu ligo depois que terminarmos.

— Certo.

— E vou cobrar um percentual a mais na venda por todo o transtorno que você está me causando.

CAPÍTULO 5
Nora

— Eu nunca nadei pelada, sabia...?

Na semana seguinte, Louise e eu estávamos sentadas em uma praia nas Bahamas, assistindo ao pôr do sol. Terminei de beber o que restava da minha *piña colada* com o canudo de papel e me virei para ela, sorrindo.

— Deveríamos dar um jeito nisso...

Os olhos da minha amiga se arregalaram. Ela olhou ao redor. Naquele momento, havia apenas mais um casal ali na praia. Parecia que a maioria das pessoas tinha ido tomar banho e trocar de roupa antes do jantar, a melhor parte do dia.

— Vamos ver se vão embora logo.

Dei de ombros.

— Quem se importa se eles virem?

— Meu corpo não é como o seu, querida. Vou ter que usar uma das mãos para evitar que meus peitos se arrastem pela areia e a outra para cobrir a perseguida.

— Por que você vai cobrir a perseguida? Acabamos de dar um trato nela. Mostre-a ao mundo.

Na tarde anterior, quando chegamos, Louise e eu tínhamos feito massagem e depilação. Depois, ela havia me dito que aquela era a primeira experiência da qual se arrependia até então.

— Sou tipo o Bob Ross, gosto de um arbustinho.

Eu dei uma risada.

— Quer mais um drinque?

Ela ergueu o copo de margarita.

— Se for para ficarmos peladas, é melhor avisar àquele atendente bonitinho do bar que preciso de uma dose extra de tequila na bebida.

— Pode deixar.

Fui até o bar e voltei com dois drinques e duas doses de tequila. Parecia que o último casal assistindo ao pôr do sol estava guardando as coisas para partir.

— Vamos ter a praia só para nós daqui a alguns minutos. — Entreguei um *shot* para Louise. — Imaginei que uma dose a mais seria útil.

Brindamos com os copos de *shot* antes de virá-los, depois ficamos na praia terminando os drinques até o sol sumir no horizonte.

— Está pronta? — perguntei.

Ela se levantou.

— Só se vive uma vez.

Enquanto tirávamos as roupas, minha câmera caiu da bolsa. Eu a peguei e limpei a areia.

— Acho que essa vai ser a primeira atividade que não vou filmar para postar no blogue.

— Seu blogue vai ser desativado se você postar algo assim?

— Acho que não. Está dizendo que quer que eu filme?

— Talvez você possa colocar aquelas barras pretas nas minhas partes íntimas. Mas vamos filmar. Estamos tentando inspirar outras pessoas a não ficarem em casa à toa esperando seus últimos dias chegarem. Dissemos a elas que compartilharíamos o bom, o mau e o feio. Isso se encaixa na última categoria.

Abri um sorriso.

— Como quiser.

Assim que terminamos de nos despir e eu deixei minha câmera posicionada na cadeira de praia, estendi a mão para Louise.

— Está pronta?

— Já nasci pronta e vou morrer igual. Vamos.

Demos gritinhos ao entrarmos na água. Não estava fria, mas atingiu partes que normalmente ficavam cobertas. Assim que chegamos até onde a água batia no pescoço, começamos a boiar de costas.

— Que sensação incrível! — exclamou Louise.

— Pois é. É tão libertador!

— Não acredito que vou falar isso, mas essa talvez seja a melhor coisa que fizemos até agora.

Suspirei.

— Às vezes, as coisas simples podem ser as mais gratificantes.

— Deveríamos nos lembrar disso ao planejarmos o restante da viagem. Não precisamos continuar fazendo só coisas apavorantes.

— Seu neto provavelmente ficaria feliz se programássemos algumas atividades que não coloquem sua vida em risco.

— Ah, você tem razão. E se não contarmos a ele sobre as atividades mais calmas? Caso contrário, ele pode achar que eu dei ouvidos ao que falou quanto a pegar leve.

Eu ri.

— Deus me livre.

Louise e eu passamos um bom tempo boiando, encarando as estrelas acima. Aquilo fez com que eu me sentisse mais livre, mas, ao mesmo tempo, conectada aos elementos de uma maneira que eu nunca havia experimentado. Quando começamos a enrugar, decidimos que estava na hora de sair. Só que, ao olharmos para a praia, não estávamos mais sozinhas.

Semicerrei os olhos.

— Aquelas pessoas estão nas nossas cadeiras, ou flutuamos pela praia?

Louise cobriu os seios ao nos aproximarmos para ver melhor.

— Acho que aquela garota está usando meu chapéu!

Três adolescentes, duas garotas e um rapaz, estavam fuçando nossas coisas. Eu gritei e nadei o mais rápido que pude em direção à praia.

— Ei! Essas coisas são nossas. Saiam daí!

Uma das garotas apontou para nós, e os outros dois delinquentes recolheram tudo o que tínhamos deixado nas cadeiras.

— Vamos! — gritou uma das adolescentes.

— De jeito nenhum — disse o garoto. — Quero ver os peitos delas.

A garota puxou o braço dele.

— Vamos, seu idiota! Senão, vamos nos ferrar.

Antes de eu conseguir chegar à costa, os três estavam correndo pela areia. A cerca de cem metros de distância, havia um amontoado de rochas, o que tornava a área em que nadávamos calma e reservada. Os adolescentes dispararam pela praia até chegarem às pedras e, então, entraram correndo na água, segurando, acima da cabeça, as roupas e as bolsas que tinham levado. Eu estava a uns bons cinquenta metros atrás deles, então, assim que fizeram a curva e chegaram ao outro lado das rochas, eu os perdi de vista.

Xingando, voltei a mergulhar na água e nadei o mais rápido que pude. Eu sempre tinha sido uma boa nadadora, então imaginei que nadar seria melhor do que tentar correr com a água na altura do peito. Contornei as rochas, conseguindo passar despercebida ao não levantar a cabeça para respirar até sentir os joelhos tocarem o fundo do outro lado. Então, me levantei, pronta para voltar a perseguir os três adolescentes babacas a pé.

Só que não foram os três adolescentes que vi quando me levantei.

Foi uma *noiva*.

Meu. Deus.

Por favor, alguém me fale que estou imaginando coisas.

Mas não estava. E, naquela altura, eu não tinha escolha a não ser seguir em frente.

Pisei na areia.

Cinquenta pessoas de terno e vestido se viraram para mim.

Os tambores de aço pararam de repente, o barulho como de agulhas arranhando um disco.

Dois homens grandes, que vestiam camisas polo e calças capri combinando, correram até mim. Tive quase certeza de que eram seguranças.

Precisei tomar uma decisão rápida: me virar e tentar contornar as rochas nadando outra vez ou sair correr e tentar fugir por terra. Pelo canto do olho, vi os três adolescentes saindo da água do outro lado da cerimônia de casamento. Imaginei que tinham sido espertos o bastante para prestar atenção ao que estava acontecendo no lugar antes de fugirem.

E como os seguranças não tinham roupas para me dar e não pareciam muito felizes, saí correndo atrás dos adolescentes.

— Desculpe! — gritei para os convidados. As pessoas sentadas nas cadeiras continuaram prestando atenção em mim em vez de na cerimônia. Quando alcancei os noivos, acenei, com a bunda de fora. — Meus parabéns!

Um pouco mais à frente na praia, havia uma dezena de mesas arrumadas para o que provavelmente seria a festa do casal. Cada uma com uma cesta de flores no meio, segurando as toalhas que balançavam na brisa. Puxei com tudo uma das toalhas e a enrolei nos ombros, olhando para trás para verificar se os seguranças continuavam no meu encalço. Por sorte, tinham parado. Um estava curvado com as mãos nos joelhos enquanto o outro gritava em um *walkie-talkie*.

Eu acabaria com aqueles desgraçados que tinham roubado nossas coisas, se algum dia os pegasse.

Mais à frente, os adolescentes corriam em direção a uma escada, então continuei, por mais que eu ficasse cada vez mais para trás a cada passo que dava. Meus pulmões também estavam começando a queimar. Quando cheguei ao pátio de concreto do resort, olhei para a direita e para a esquerda. Não vi nem sinal deles, porém mais três seguranças se aproximavam de mim pela esquerda, então corri na direção oposta.

A toalha de mesa não cobriu muita coisa com toda minha correria, e os homens que me perseguiam estavam se aproximando, então, quando virei uma esquina e vi uma porta aberta, entrei.

Parecia um almoxarifado, mas eu não acenderia a luz para descobrir se estava certa. Minha mão tremia enquanto eu tateava a porta no escuro, tentando encontrar uma fechadura. Assim que a encontrei, girei-a para a direita e me curvei para a frente, tentando recuperar o fôlego. Vinte segundos depois, ouvi vozes bem do outro lado da porta, e alguém girou a maçaneta de um lado para o outro.

Colei a mão com tudo na boca para abafar o som da respiração.

— Ela deve ter entrado no hotel por aquela entrada — gritou um dos homens. — Tem um banheiro logo antes do saguão principal. Ela deve estar lá dentro!

Colei meu ouvido na porta e fiquei atenta, até não haver mais nenhum som de passos ou vozes. Meu coração desacelerou. Tateei a parede em busca de um interruptor e o liguei. Como suspeitava, eu estava em um almoxarifado. Havia prateleiras cheias de produtos químicos para piscina, materiais de limpeza e equipamentos de jardinagem. Guardada na prateleira mais alta, em um canto, havia uma pilha de material preto. Puxando-a com força, fiquei aliviada ao encontrar o que pareciam ser calças de uniforme. Atrás, havia uma pilha de tecido vermelho, que eu não conseguia alcançar. Mas arrastei um balde de produtos químicos para piscina e subi nele.

Camisas polo com o logo do hotel bordado. Fechei os olhos. *Graças a Deus.*

Todas as calças eram alguns números maiores do que o meu, então tirei o elástico do cabelo e o usei para torcer e amarrar o excesso de tecido em um nó. Depois, vesti uma polo e peguei um par extra para Louise. Então, destranquei a porta sem fazer barulho e espiei o lado de fora. Como a barra estava limpa, saí de fininho e apertei o passo rumo à praia pelo terreno do hotel, de cabeça baixa.

Eu tinha acabado de começar a acreditar que aquele pesadelo nu estava chegando ao fim quando cheguei outra vez à entrada da praia, onde havia deixado Louise, e a encontrei com a polícia.

Droga. Corri até as cadeiras que tínhamos usado mais cedo. Louise estava enrolada em um cobertor, sentada, enquanto um policial de pé apontava uma lanterna acesa para o rosto dela.

— O que está acontecendo aqui? — exigi saber. — Louise, você está bem?

— Eles estão me prendendo por atentado ao pudor.

Olhei para o policial.

— Você está de brincadeira, né? Uns adolescentes roubaram nossas roupas, e vocês vão prender *ela*?

O homem me olhou de cima a baixo, focando no logo da minha camisa.

— Você trabalha aqui?

Ah, merda.

— Não. Tive que pegar emprestado um uniforme para voltar aqui depois de ter corrido atrás dos moleques que cometeram um crime de verdade.

— Então foi você que invadiu o casamento nua?

— Invadi? Não. Eu não fazia ideia de que tinha um casamento. Não fiz de propósito. Tentei ficar na água, mas...

O outro policial interrompeu.

— Senhora, sabe o casamento pelo qual você acabou de passar sem roupa? O pai da noiva é o *prefeito desta ilha*. Ele quer prestar queixa. — O homem ergueu o queixo. — Eu ficaria de boca fechada, a menos que também queira ser acusada de roubar esse uniforme.

— *Roubar o uniforme?* Eu peguei emprestado porque três adolescentes roubaram nossas roupas. Por que vocês não os estão procurando?

O primeiro policial deu de ombros.

— Se tivessem ficado de roupa, como exige a lei aqui nas Bahamas, todos estariam felizes agora.

Louise franziu os lábios.

— Tenho certeza de que a *sua esposa* ficaria feliz se você ficasse de roupa.

Opa. Ele tinha pisado no calo de Louise.

O policial arqueou as sobrancelhas.

— Como é?

— Claramente, se você transasse de vez em quando, estaria mais relaxado diante de um pouco de pele exposta.

Fechei os olhos. As chances de nos safarmos na base da conversa eram baixas, mas aquilo selou de vez nosso destino. Meia hora depois, estávamos sendo fichadas na delegacia.

— O que vai acontecer depois que você terminar o relatório? — perguntei a um dos policiais que tinha nos trazido. — A gente paga uma multa ou algo do tipo?

— Vocês conversarão com o juizado de pequenas causas das Bahamas. Eles vão estabelecer a fiança. Depois, traremos vocês de volta, e poderão fazer uma ligação para que alguém pague o valor determinado. Se ninguém vier... — Com o polegar, ele apontou para uma porta, sem tirar os olhos do computador. — Vocês passarão a noite no fim do corredor, na cela.

— Mas nós mesmas podemos pagar a fiança, não podemos? Tipo, com cartão de crédito ou algo assim?

— Vocês podem usar o próprio dinheiro para pagar a fiança. Mas ela é paga lá na frente, no cartório do tribunal, então não podem fazer a transferência por conta própria. Alguém tem que ir até lá e pagar por vocês.

— Estamos sozinhas aqui.

O oficial deu de ombros.

— Vocês podem tentar falar com a embaixada do seu país. Mas eles não são muito rápidos, ainda mais no fim de semana.

Nas duas horas seguintes, Louise e eu fomos levadas para nos apresentarmos perante um juiz de plantão e, depois, trazidas de volta à delegacia. A fiança foi determinada em quinhentos dólares para cada uma. Liguei para a Embaixada dos Estados Unidos para ver se poderiam ajudar, mas a pessoa que atendeu a ligação disse que entraria em contato com alguém e, então, retornaria. Não soube me dizer quando. Depois, o policial foi gentil o suficiente para nos deixar fazer uma segunda ligação — uma que eu *não* queria fazer.

Louise ligou para o neto. Eu me contorci de vergonha só de pensar em como ele reagiria à notícia. Mas ela me disse que ele tinha negócios nas Bahamas e que, provavelmente, poderia encontrar alguém para nos ajudar.

Enquanto isso, alguns policiais me escoltaram até uma cela superlotada. Havia mulheres sentadas no chão por quase todo o perímetro, enquanto uma senhora mais velha estava esparramada no único banco da cela. O grupo me olhou de cima a baixo enquanto o policial destrancava a porta e me conduzia para dentro. Nenhuma pareceu muito feliz em me ver. Tinha um espaço vazio no canto, mas, quando fui me sentar, as duas mulheres de cada lado se deslocaram, sugerindo, sem dizerem uma palavra sequer, que eu deveria encontrar outro lugar para acomodar meu traseiro. A mesma coisa aconteceu outras duas vezes antes de eu perceber que a mulher roncando não poderia reclamar, então me sentei ao lado dela.

Vinte minutos se passaram até o guarda voltar com Louise.

— Oi. — Eu me levantei do chão. — Tudo bem com você?

Ela fez que sim.

— Não é minha primeira vez no xilindró. E você?

— Na verdade, é.

— Nos anos 1960, fui presa por dançar de maneira vulgar. Hoje em dia, acho que vocês, jovens, chamam de fazer o quadradinho.

— Louise, você está me dizendo que sabe rebolar a bunda?

— Minha melhor amiga era do Egito. Ela já se foi, que Deus a tenha. Mas a mãe dela a ensinou a fazer a dança do ventre, e ela me ensinou. Só que eu gostava mais de remexer a bunda do que a barriga.

A mulher que ocupava o banco inteiro sozinha de repente se sentou. Ela ergueu o queixo.

— Vamos ver.

— Isso, provavelmente, não é uma boa ideia — comentei.

— É claro que é.

Louise foi até o centro da cela. A maioria das mulheres sentadas ao redor estava em diferentes estágios de sono ou desmaiada, mas todos os olhos abertos se voltaram para a presidiária de 78 anos. Louise estendeu os braços e balançou os quadris para a frente e para trás. O macacão laranja padrão que ela vestia estava largo, mas deu para ver que ela sabia o que estava fazendo.

— Então, é assim que começamos quando fazemos a dança do ventre — explicou ela. — Vamos de um lado para o outro. — Depois de uns trinta segundos, ela parou e afastou mais as pernas, inclinando-se para a frente. — Agora, fazemos o mesmo movimento, só que, em vez de ir de um lado para o outro, vamos para a frente e para trás.

— Puta merda! — Uma das mulheres apontou e riu. — Se liga no popozão da gata!

Eu não sabia por que qualquer coisa relacionada a Louise Aster ainda me surpreendia.

Mas, bem, ali estava ela, rebolando o traseiro para cima e para baixo, deixando até a Miley Cyrus no chinelo.

Quando terminou, a cela lotada vibrou e aplaudiu, e um oficial voltou, parecendo insatisfeito por ter tido que sair da própria mesa.

— O que está acontecendo aqui?

Uma das mulheres deu uma piscadela.

— Estávamos falando de você, agente Burrows. Você sabe que ver seu rostinho bonito deixa todo mundo aqui fora de si.

Ele balançou a cabeça.

— Sei, tudo bem, não façam barulho.

A mulher piscou várias vezes com os cílios postiços.

— Sim, senhor. Afinal, quem não marchar direito vai preso no quartel.

O agente Burrows franziu a testa, mas se retirou.

Por sorte, a apresentação de dança de Louise pareceu nos ter conquistado novas amigas. A mulher que ocupava o banco sozinha chegou para o lado e deu um tapinha no lugar vazio ao lado.

— Venha se sentar aqui, mãezona. Rainhas não se sentam no chão.

Depois daquilo, o clima na cela mudou. Até a mulher que roncava ao meu lado acordou quando Louise contou que tinha sido presa por atentado ao pudor. Frieda, a dona do banco, agia como se praticamente fosse a chefe do local, e as outras mulheres pareciam estar cientes daquilo.

— Por que foi presa, Frieda? — perguntou Louise.

— Organizei um jogo de cartas na minha casa.

— É ilegal jogar cartas nas Bahamas?

— Para você, não. Mas jogos de azar são ilegais para os residentes.

— Que ridículo.

Ela deu de ombros.

— Fazer o quê? Geralmente, me deixam em paz, mas, de vez em quando, eles me prendem quando precisam de dinheiro para as despesas extras do departamento. Eles confiscam todo o dinheiro das mesas, mas não prendem nenhum dos meus jogadores. Sabem que ninguém vai fazer alarde por causa do dinheiro perdido, que nenhum deles vai aparecer para pedir nenhuma quantia de volta, então o departamento acaba ficando com a grana depois de um tempo.

Fiz amizade com uma moça que tinha chegado alguns minutos depois de Louise. Todas as nossas colegas de cela a chamaram de Cachorro Louco, e descobri que era porque ela resgatava os cachorros de rua da ilha. Cachorro Louco tinha perdido o emprego havia pouco tempo e estava sem dinheiro para alimentar os cachorros. Foi presa por ter roubado ração. Outra mulher tinha ido parar ali por ter invadido uma casa, porque suspeitava que o marido a estava traindo. Ela o seguiu, então invadiu a casa e o pegou no flagra. A amante insistiu em prestar queixa.

Eu não fazia ideia de quanto tempo havíamos passado ali, porque não tínhamos relógios e a polícia tinha levado o meu, mas parecia ser de manhã quando um guarda voltou.

O agente Burrows destrancou a porta da cela.

— Eleanor Sutton e Louise Aster, vocês estão liberadas.

Eu fiquei em pé.

— A embaixada pagou nossa fiança?

— Não. Foi um riquinho cheio de marra.

Louise revirou os olhos.

— Parece ser um dos amigos do meu neto.

Independentemente do que havia acontecido, fiquei aliviada por sair. Louise e eu nos despedimos das nossas novas amigas e fomos levadas até a sala de pertences, onde pegamos o que havia sobrado das nossas coisas. Parecia que os ladrõezinhos tinham largado minha calcinha e o celular de Louise para trás. Eu não sabia se a pessoa que havia pagado nossa fiança também passaria na delegacia, mas, no fim das contas, ali estava ele. E o homem não parecia *nada* feliz.

Louise parou de repente assim que entramos no saguão.

— Beck, o que está fazendo aqui?

CAPÍTULO 6
Beck

— É sério, vó? Mas que porra...?
— Não se atreva a usar esse linguajar comigo... nem com mulher alguma, aliás. — Ela se virou para a cúmplice e abriu um sorrisinho malicioso. — A não ser na cama, talvez. Adoro falar umas sacanagenzinhas.

Fechei os olhos.

— Cadê o ferro em brasa para enfiar nos ouvidos quando preciso dele?
— Ah, deixe de ser careta. O que está fazendo aqui, afinal?
— Você ligou e me disse que tinha sido presa.

Minha avó deu de ombros.

— E? Eu pedi que você encontrasse alguém para pagar nossa fiança, não que pegasse um avião.
— Eu me preocupo com você.
— Bem, que desperdício de energia. Não precisa disso.

Estendi as mãos, gesticulando para a sala cheia de policiais.

— Veja onde estamos, na delegacia de um país estrangeiro.
— Estamos nas Bahamas, não na Coreia do Norte — protestou minha avó.

Eu me virei para Nora.

— Você poderia me dar uma ajudinha aqui, por favor?
— Como? Ela tem razão. Não estamos na Coreia do Norte.
— Eu deveria ter enchido a cara no avião — murmurei.

Fora da delegacia, conduzi Bonnie e Clyde até o carro alugado, onde minha avó ficou com o banco da frente e Nora se acomodou atrás.

Minha avó ajustou o cinto de segurança.

— Precisamos fazer uma parada a caminho do hotel.

— Onde? — perguntei.

— No cartório, onde você pagou a fiança.

— Eu já paguei a fiança.

— Vou fazer isso pela Frieda.

Nora se inclinou para a frente no banco traseiro.

— E para a Cachorro Louco. Também quero tirá-la de lá. Ah, e você acha que poderíamos parar para comprarmos ração de cachorro?

Semicerrei os olhos.

— De que merda vocês duas estão falando?

— Olha a língua! — responderam elas em uníssono.

Esfreguei as mãos no rosto.

— Parece que estou em um quadro dos Três Patetas em que todo mundo fala de assuntos diferentes. Quem é Frieda e por que precisamos pagar a fiança dela?

— E a da Cachorro Louco — interveio Nora mais uma vez.

— É claro. — Revirei os olhos. — Não podemos nos esquecer da Cachorro Louco.

Eram apenas seis e meia da manhã, mas devia estar fazendo pelo menos uns trinta graus do lado de fora. Eu precisava ligar o carro para que o ar-condicionado funcionasse. Tinha passado metade da noite viajando, sem dormir em nenhum momento, então liguei o motor e decidi que seria mais rápido simplesmente fazer o que elas queriam.

Quando chegamos ao cartório, Moe e Larry saíram do carro e foram decididas para dentro. Segui a dupla para garantir que não se meteriam em mais encrencas. Se eu não estivesse tão exausto e irritado, a visão das duas juntas teria sido cômica. Nora vestia uma calça que parecia grande demais até mesmo para mim, amarrada na parte da frente, e uma camisa polo enorme com o nome bordado de um hotel. E minha avó, de quase 80 anos, usava um macacão laranja de presidiária. Nenhuma das duas parecia ter noção da situação ou se importar.

— Oi — disse Nora ao atendente. — Queríamos pagar a fiança de duas amigas nossas.

O homem atrás do balcão as examinou.

— Certo... Quais são os nomes?

— Frieda — respondeu minha avó enfaticamente.

— E Cachorro Louco — acrescentou Nora, de novo.

O cara olhou para mim. Eu dei de ombros.

— Não faço ideia.

Por mais inesperado que fosse, em apenas cinco minutos o atendente descobriu que Frieda era Frieda Ellington, uma mulher que era frequentemente presa por jogatinas ilegais, e que Cachorro Louco era Elona Bethel, detida por ter roubado ração de cachorro. Assim que a dúvida foi esclarecida, ele informou que a fiança de Cachorro Louco era de setecentos e cinquenta dólares e a de Frieda, quinhentos. As duas trocaram olhares antes de virarem para mim.

Nora mordeu o lábio.

— Será que poderia me emprestar um dinheirinho até voltarmos ao hotel? Esqueci que estou sem bolsa.

— Eu também preciso de dinheiro — anunciou minha avó. — Mas não vou pagar de volta. Logo, logo você vai receber uma quantia e tanto minha.

Balancei a cabeça, mais para mim do que para elas, enquanto pegava a carteira.

Quando finalmente terminamos tudo, voltamos a nos amontoar no carro.

— Obrigada, Beck — disse Nora. — Por ter pagado nossa fiança e por ter me emprestado o dinheiro para ajudar a moça que conheci.

Dei uma olhada no retrovisor.

— Onde foi que você conheceu essa tal de Cachorro Louco?

Ela abriu um sorrisinho.

— No xilindró.

Eu ri.

— Você acabou de pagar a fiança de uma mulher que nem conhecia antes de ser presa?

Nora deu de ombros.

— Ela era bem legal. E resgata cachorros.

Eu não sabia que porra fazer com aquela informação, então liguei o carro.

— Em que hotel vocês estão?

— Paradise Found. Desculpe, não posso nem procurar o endereço, já que estou sem celular.

— Sem celular?

— Foi roubado. Por uns adolescentes miseráveis.

Contraí os lábios.

— É claro que foi.

O Paradise Found ficava a quinze minutos de carro da delegacia. Meu plano era pegar um quarto e decidir o que fazer depois de ter descansado por algumas horas. Mas, assim que entramos no resort e Nora e minha avó pediram novas chaves para os quartos delas na recepção, o atendente do balcão desapareceu e voltou com um homem de terno.

— Olá, sra. Sutton e sra. Aster. Sou o gerente, Alan Harmon. Lamento informar que não podemos mais permitir que se hospedem aqui. Vamos reembolsar quaisquer cobranças antecipadas pelas noites restantes.

As mãos da minha avó voaram para a cintura.

— Por que não podemos ficar aqui?

— Por causa do incidente. — O gerente olhou para o uniforme de Nora, que ela aparentemente tinha roubado do hotel. — Tomamos a liberdade de colocar suas coisas de volta nas malas. Estão nos fundos. Um minuto, vou buscá-las.

— Não acredito nisso — reclamou Nora.

— Não posso dizer que os culpo. — Balancei a cabeça. — Vocês foram presas por atentado ao pudor nas dependências do resort deles, e, agora mesmo, você está vestida com a evidência de que roubou propriedade do hotel.

— Não. — Nora balançou a cabeça. — Não é disso que estou falando. Entendo que tenham motivo para nos expulsar, mas arrumar nossas coisas? Isso significa que alguém tocou no meu vibrador.

— No meu também — acrescentou minha avó.

Fechei os olhos. *Primeiro o "falar umas sacanagenzinhas", e agora um vibrador.* Aquele parecia estar prestes a se tornar um dia maravilhoso depois de ter viajado a noite inteira. Deixei o assunto de lado, pegando o celular para mandar uma mensagem para minha assistente, mas eu só tinha uma barra de sinal. Como imaginei que não seria uma boa ideia pedir a senha do Wi-Fi do hotel, pedi licença e fui para fora.

O sinal ali não era muito melhor, mas, pelo menos, consegui enviar a mensagem pedindo que Gwen encontrasse um hotel decente em algum lugar. Quando voltei para dentro, o gerente estava contornando o balcão da recepção com duas malas.

— Também temos dois potes de vidro — comentou. — Não queríamos que quebrassem, então não os guardamos nas malas. Vou buscá-los.

Ele voltou carregando dois potes de conserva tampados, ambos cheios de pedacinhos de papel.

— São de vocês? — perguntei, olhando para Nora.

Ela fez que sim.

— Um é meu, e outro é da Louise.

— O que são?

— Nossos potes da gratidão.

— O que raios é isso?

— Todos os dias, tiramos quinze minutos para fechar os olhos e refletir a respeito das coisas boas que aconteceram. Escrevemos pelo menos uma em um papelzinho, que guardamos no pote. Dessa maneira, quando alguma coisa nos coloca para baixo, podemos tirar os pedacinhos de papel para relembrar quantas coisas boas temos na vida.

Encarei Nora.

Ela se virou para o gerente.

— *Você* não vai entrar nos nossos potes.

Minha avó ergueu o indicador.

— Mas deveríamos escrever sobre nossas amigas da prisão!

Meu Deus, parecia até que eu estava em algum tipo de mundo alternativo e bizarro com aquelas duas. Balançando a cabeça, peguei as alças das malas.

— É só isso?

— Não sei — disse Nora. — Como a gente faz para saber se guardaram tudo?

O gerente pôs a mão no peito.

— Tomei a liberdade de inspecionar os quartos depois que o carregador de malas terminou. Posso garantir que nada foi esquecido.

— Você conferiu a mesinha de cabeceira? — perguntou minha avó.

O homem suspirou.

— Sim, senhora.

Sentindo que estávamos a segundos de ver as duas abrindo as malas no meio do saguão para um inventário, intervim:

— Por acaso tem um cartão, sr. Harmon? Caso notem que esteja faltando algo assim que chegarmos a um lugar onde possam conferir tudo.

Ele estendeu o braço por cima do balcão, entregando um cartão a mim.

— Tenho certeza de que encontrarão tudo. Mas, por via das dúvidas, aqui está.

— Também temos o carro alugado — acrescentou Nora.

— Você dormiu na noite passada? — perguntei a ela.

Ela fez que não.

— Está no estacionamento? — questionei.

— Sim.

Olhei para o gerente.

— O carro pode ficar até amanhã?

— É claro.

— Obrigado.

Olhei de Nora para minha avó.

— Lidaremos com isso depois.

Do lado de fora, guardei as bagagens no porta-malas do meu carro alugado, depois me sentei ao volante no instante em que o celular vibrou.

Gwen: Três quatros reservados no Four Seasons. Se precisar que eu cuide de mais alguma coisa, avise.

Pelo menos uma coisa tinha dado certo naquele dia.

Mais tarde, à noite, eu estava sentado no bar respondendo a alguns e-mails no celular enquanto entornava meu segundo uísque quando Nora chegou. Ela se acomodou no assento ao meu lado e sorriu. Não retribuí o gesto.

— Sinto muito pelo que aconteceu hoje — disse ela.

— Que merda você tinha na cabeça?

Ela apontou o dedo para mim.

— Sua avó não gosta desse seu linguajar.

— *Ela* eu tenho que respeitar. Você... não muito.

O queixo dela caiu.

— Por que não?

— Bom, para começo de conversa, você não é minha avó. Todas as outras pessoas têm que fazer por merecer.

Ela fechou a cara.

— Eu realmente sinto muito por você ter sentido necessidade de vir até aqui.

— Então, quer dizer que não se arrepende do que fez, só de ter sido pega e de eu ter tido que viajar?

— Bem... Sim, é.

Eu me ajeitei no assento, ficando de frente para ela.

— Minha avó tem 78 anos. Você achou mesmo que seria uma boa ideia ela ficar pelada em público nas Bahamas?

— Meu Deus. Você é tão babaca.

— *Eu* sou babaca?

— Sim. Você vê problema em uma mulher mais velha tirar a roupa, mas não uma mais nova.

— Eu não disse...

— Então, se eu chegasse e falasse para você que eu queria um cantinho tranquilo na praia para tirar toda minha roupa, você ficaria de boa com isso?

— Talvez essa seja a única coisa que mudaria meu humor no momento.

Nora franziu os lábios.

— Bem, então acho bom você se acostumar com esse humor. Vai continuar assim por um tempo.

O atendente do bar se aproximou e fez sinal para minha bebida.

— Quer mais uma?

— Dose dupla, por favor. — Apontei para Nora com o polegar. — Pode colocar na conta dela.

Ela revirou os olhos.

— Tudo bem. Eu vou querer um *cabernet*, por favor. Qualquer um que estiver aberto.

— Pode deixar — disse o atendente, afastando-se.

— Você já tentou nadar pelado? — perguntou Nora.

— Não desde que virei adulto.

— Talvez esse seja seu problema. Você precisa se divertir um pouquinho.

— Eu não sabia que eu tinha um problema.

— Ah, mas você tem, sim. Você é um pau no cu insuportável etarista e age como um babaca sempre que a avó quer se divertir um pouco.

— Que educada. Você beija o rosto da sua mãe com essa boca?

Ela olhou feio para mim.

— Minha mãe *morreu*. Mas pago um ótimo boquete com essa boca.

Aquele comentário dela causou uma reação inesperada dentro da minha calça, apesar de eu ainda estar irritado.

— Até pediria para você demonstrar, mas não quero me contaminar com seja lá o que você tenha pegado na cadeia.

Nora estava prestes a soltar um "Vá se foder" com aquela boca carnuda. Esperei pela resposta malcriada, mas, em vez disso, seus olhos pousaram nos meus lábios.

Ela está de sacanagem comigo? Tentando me desarmar fingindo interesse, ou será que nosso bate-boca a estava deixando excitada? Talvez eu estivesse imaginando coisas. Não fazia a menor ideia, mas tinha um jeito de descobrir.

Cheguei mais perto.

— Você é insuportável.

Ela arregalou os olhos, depois os estreitou, irritada. Então, olhou feio para mim por uns bons dez segundos antes de se inclinar para a frente e esmagar os lábios nos meus.

Levei alguns segundos para superar o choque, mas, quando finalmente o fiz, suguei o lábio inferior de Nora e o mordi. Com força.

— Ai... — Ela tentou se afastar, mas eu a estava segurando firme com os dentes.

— Isso foi pelos xingamentos — falei baixinho, sem soltá-la. — Agora, quero provar sua língua.

Ela definitivamente gostou daquilo. Agarrando minha camisa, Nora se levantou e pressionou os seios fartos em mim, os mesmos seios fartos com os quais eu talvez tenha me masturbado, pensando na foto de biquíni que ela tinha me enviado. Então deslizou a língua na minha.

Cacete, quem diria que raiva e desejo misturados resultavam em Viagra? Eu estava completamente duro, sentado no meio da droga de um bar. Em algum lugar, bem lá no fundo, eu sabia que deveria me afastar, ser a voz da razão, mas não tive condições. Em vez disso, passei os dedos pelo cabelo dela e enrolei uma mecha ao redor do meu punho. Ela gemeu com a boca colada na minha quando puxei.

Caralho.

Eu precisava de mais.

Mais dela.

Dela por inteiro.

Estava prestes a jogá-la no ombro e arrastá-la para meu quarto quando o som de alguém pigarreando me interrompeu. Atordoado, tentei recuar, mas, daquela vez, foi Nora quem mordeu meu lábio. *Com força.*

Puta merda.

Ela gostava de fazer as coisas com raiva. Bom, por mim, tudo bem...

— Você me tira do sério — falei, grunhindo.

— Ainda assim, você quer transar comigo.

— Eu quero que você se deite no meu colo primeiro, para que eu possa dar umas palmadas na sua bunda.

— Ah, até que eu gostei da ideia.

Considerei a possibilidade de tentar transar com ela ali mesmo. Provavelmente, tinha sido apenas o atendente do bar nos interrompendo. Ele poderia assistir. Voltei a me concentrar no momento, ignorando tudo ao nosso redor. Nunca na vida senti esse tipo de química tão forte com alguém.

Mas, então, o sujeito pigarreou de novo. E, daquela vez, uma voz se pronunciou, uma voz masculina.

— Meu Deus do céu, Nora. Você vai ser presa por atentado ao pudor outra vez.

Aquilo me tirou do transe. E a Nora também.

Ao nos virarmos na direção da voz, Nora piscou algumas vezes.

— Richard. O que está fazendo aqui?

— Vendo você se esfregar com outro cara, aparentemente.

— Que merda é essa?

Eu esperava, do fundo do coração, que aquele não fosse o namorado dela, ou mesmo o marido. Porque entrar em uma briga de pau duro não seria nada divertido.

— Você me ligou, lembra? Para eu pagar sua fiança?

— E você mandou eu ir me foder.

— Ainda assim, aqui estou eu ... como sempre faço por você. — Ele olhou para mim pela primeira vez, e ergueu o queixo. — Quem é você?

— Beck Cross. E você é...

Ele apontou para Nora.

— *Noivo* dela.

— *Ex*-noivo — esclareceu Nora.

Que maravilha. Puta que pariu, que maravilha.

CAPÍTULO 7
Beck

Duas horas depois, eu ainda estava sentado no bar quando o cara retornou. Ele e Nora desapareceram depois de o sujeito ter interrompido nossa pegação.

— Você se importa se eu me sentar? — perguntou.

Dei de ombros.

— Não estou atrás de confusão.

Ele sorriu e ocupou o assento.

— Parece que, mesmo assim, você a encontrou. — Ele me surpreendeu estendendo a mão. — Richard Logan.

Aquilo foi muito bizarro, mas apertei a mão dele.

O atendente do bar se aproximou e pôs um guardanapo na frente de Richard.

— O que vai querer?

— Uma vodca com tônica. Dose dupla.

— Pode deixar. — O atendente olhou para mim. — Mais uma?

— Não precisa — respondi a ele. — Obrigado.

Talvez fosse importante tentar manter a cabeça no lugar com aquele cara sentado ao meu lado.

O noivo de Nora, *ou ex-noivo* — o que quer que fosse —, ficou em silêncio ali até pegar o próprio drinque e levá-lo aos lábios.

— Já ouviu falar de acônito? — perguntou ele.

Balancei a cabeça.

— Acho que não.

— É uma planta. Linda. Alta, geralmente roxa ou azul-escura. As flores têm formato de capacete, e cada caule tem uma porrada delas. Crescem livremente e se movimentam com o vento, dando uma sensação de liberdade quando as olhamos. A medicina chinesa faz uso do extrato para aliviar a dor, mas, se alguém a consome demais, morre. — Ele tomou um pouco do drinque e apontou para mim. — Nora é assim. Linda e capaz de aliviar todas as suas dores e desconfortos. Por outro lado, se você extrapolar, morre por dentro.

Ergui a mão.

— Nós não estamos juntos.

Ele sorriu sem muita vontade.

— Ela me disse a mesma coisa por um bom tempo.

— A situação é diferente.

Richard deu de ombros.

— Se você está dizendo... Mas lembre-se: eu avisei.

Alguns minutos se passaram. Como ele ainda não tinha me agredido, concluí que seria seguro sondar um pouco — não que eu estivesse interessado em algo além do que havia estado prestes a acontecer entre mim e Nora, mas, apesar de tudo, ela estava viajando com minha avó.

— Qual é a dela?

— Você tem uns dois meses para me ouvir?

— História complicada, é?

— Tanto quanto enxugar gelo.

Dei uma risadinha.

— Vocês eram noivos, certo?

— Terminamos há um ano e meio.

— Mas, ainda assim, ela ligou para você quando foi presa...

— Sou advogado. Provavelmente, sou o único advogado de que ela sabe o número de cor. Foi a primeira vez que tive notícias dela em mais de um ano.

Assenti.

Ele balançou a cabeça.

— Finalmente, segui em frente há um mês. Minha nova namorada não vai gostar de saber que peguei um avião no segundo em que minha ex ligou dizendo que precisava de ajuda.

— Sinto muito...

— Mas, e aí, qual é a sua? Nora disse que está viajando com sua avó.

— Elas são amigas. É estranho, eu sei. Mas parecem bem próximas. Minha avó está doente. Câncer. Pela terceira vez. Ela decidiu não se tratar mais e aproveitar o tempo que resta. Estão viajando juntas e fazendo um monte de merda.

— Sinto muito que ela esteja doente.

— Obrigado. Mas ela está se sentindo bem. Se a conhecesse, você não teria a menor ideia de que ela não está bem de saúde.

— Na verdade, eu a conheci há pouco. Eu e Nora fomos ao quarto dela para conversar. Sua avó está no quarto bem ao lado. Quando nos ouviu no corredor, colocou a cabeça para fora, e Nora a apresentou. Fiquei me perguntando por que ela estava viajando com uma idosa. — Ele ergueu a mão. — Sem querer ofender.

— Não ofendeu.

— Nora, sendo Nora, não chegou a falar que a mulher estava doente. Só insistiu que era amiga dela. Mas agora faz sentido estarem viajando juntas.

— Como assim?

Richard tomou um gole da bebida.

— Por causa do que Nora passou.

Olhei para ele.

— Pelo que ela passou?

— Droga. Achei que você soubesse. Nora teve uns problemas de saúde bem sérios alguns anos atrás. — Ele abriu um sorriso triste. — Ela disse que vocês dois não estavam juntos. Acho que não era mentira.

— Porque eu não sabia sobre isso?

Ele tirou uma carteira do bolso da frente e jogou duas notas de vinte no balcão. Depois, entornou o que restava da bebida em um gole e se levantou.

— Porque, se já a tivesse visto sem roupa, teria visto as cicatrizes e feito perguntas. — Richard estendeu a mão para me cumprimentar. — Vou pegar o voo da tarde de volta para Nova York. Boa sorte com sua avó e, lembre-se, acônito mata.

∽

— Oi.
— E aí, mano? — Jake soltou um sonoro "aaah" depois de falar, e o imaginei sentado na minha mesa com os pés para cima.
— Onde você está?
— São oito da manhã. Estou no escritório.
— Sim, mas onde exatamente?
— Na sua sala. Vim buscar o prospecto de que preciso para a reunião que você me pediu para cobrir.
— Tire os pés da minha mesa, cuzão.
— Como diabo você sabe que estou com os pés na mesa?
— Você é previsível. Gosta demais de brincar de rei do castelo para o próprio bem.
Jake riu.
— É divertido. Mas como é que está nossa avó? Tive que ouvir sua mensagem duas vezes. Achei que tinha entendido errado e que você tinha falado que ela estava na *cadeira*, não na cadeia.
— Ela foi *nadar pelada* duas noites atrás.
— E isso é ilegal?
— Foi na praia do resort onde ela estava hospedada.
— Não acredito que ela foi presa por se divertir um pouco.
Franzi a testa.
— Ela desrespeitou a lei.
— Relaxa, mano. Nem todo mundo é perfeito como você.
— Enfim, estou ligando para dizer que não vou voltar hoje à noite, como tinha imaginado inicialmente.
— Ah, que bom. Posso ficar mais dias sentado na torre de marfim.
Suspirei.
— Vou pedir para Gwen remarcar tudo mais para a frente, assim você não tem que cobrir muita coisa.

— Melhor ainda. Sou um enfeite muito melhor do que sou um chefe de verdade. Deve ser por causa do meu rostinho bonito.

— Ou porque tem uma cabeça oca... Enfim, nossa avó tem uma audiência daqui a alguns dias, e quero ficar para garantir que tudo corra bem. Ela se recusa a me deixar contratar um advogado, então alguém tem que impedi-la de mandar o juiz se ferrar. Além disso, pensei em aproveitar e tentar pôr um pouco de juízo na cabeça dela.

— E ver a amiga dela de biquíni.

Melhor ainda, dar uns pegas nela... Guardei o comentário para mim.

— Tchau, Jake.

— Até mais, docinho.

Depois que desliguei, mandei alguns e-mails e fui atrás do café da manhã. O restaurante do hotel estava vazio, exceto por uma mesa onde uma certa loira maravilhosa, que usava um lenço transparente na cabeça, estava sentada sozinha. Ao me aproximar, notei que ela vestia uma saída de praia também transparente, através da qual dava para ver a parte de cima do biquíni. *No final das contas, talvez passar quatro dias ali não tenha sido má ideia.*

Assim que cheguei à mesa, olhei ao redor em busca da cúmplice de Nora.

— Minha avó está aqui?

— Não. Ela tem dormido até mais tarde. As costas estão incomodando. Acho que ela está com dor nos rins. Começou há alguns dias. Ela ligou para o médico, ele disse que era esperado e receitou um remédio, que parece estar ajudando. Mas a deixa cansada, então começou a tomá-lo à noite.

Apontei para a cadeira vazia de frente para ela.

— Posso me sentar?

— Fique à vontade. Tenho uma aula de ioga na praia às oito e quinze, mas posso fazer companhia a você por alguns minutos.

A garçonete se aproximou, então pedi um café e o cardápio.

— Seu noivo não ficou? — perguntei, mesmo já sabendo a resposta.

— *Ex*-noivo, e não. Se bem que ele chegou a sugerir que eu deveria deixá-lo dormir no meu quarto essa noite para compensar o trabalho que dei a ele. Quando recusei, a gente brigou, e *eu* sugeri que ele pegasse um voo de volta para casa.

— Vocês bateram boca? Isso quer dizer que acabaram se pegando?

Nora riu.

— Não. Mas essa foi boa.

— Viu? Não sou sempre babaca.

Os olhos dela brilharam.

— Só na maior parte do tempo.

O ex dela tinha deixado bem claro que era melhor eu manter distância, então fiquei curioso para saber o que Nora tinha a dizer a respeito dele.

— Então, por que o "ex" na frente do noivo? Não precisa responder se não quiser.

— Eu não ligo. Acho que o principal motivo foi por ele ser dominador e possessivo. Richard teve uma namorada de muitos anos que o traiu e acabou engravidando do outro cara. Isso o fez ter certeza de que todas as mulheres são iguais. Eu viajo muito a trabalho, e, no começo, ele me ligava várias vezes por dia para saber onde eu estava. Depois de um tempo, ele parou, e achei que finalmente tinha começado a confiar em mim. Mas encontrei um AirTag escondido no forro da minha bolsa. Conferi o celular dele, e ele estava me rastreando.

— Que merda.

— Ele jogou a culpa em mim, dizendo que eu o tinha forçado a chegar àquele ponto porque não passava tempo o suficiente garantindo que não o estava traindo. — Ela deu de ombros. — Na minha opinião, se alguém precisa de uma garantia vinda de um parceiro que nunca fez nada que gerasse desconfiança, o problema é da pessoa, não meu.

Não tenho como discordar disso.

A garçonete voltou e anotou meu pedido. Quando se retirou, Nora deu uma garfada em um pedaço de melão e o apontou para mim.

— E sua vida amorosa? Teve sorte rondando os corredores do supermercado ultimamente?

— Eu ando meio ocupado atrás da minha avó e da amiga dela, que é linda, mas um pouquinho irritante.

— Só um pouquinho irritante? Vou ter que me esforçar mais.

Sorri.

— Então, quais são os planos para hoje? Vão enfiar a cabeça na boca de um tubarão ou deixar um cego dar um tiro de rifle na maçã em cima da cabeça de vocês?

— Na verdade, não temos plano nenhum, já que íamos embora em breve. Só que, é óbvio, os planos mudaram. Precisamos ficar mais alguns dias para a audiência. Mas Louise adora tambores de aço, e vi um cartaz no saguão anunciando uma festa na praia que o hotel organizou para hoje à tarde com música, então pensei em fazermos isso e pegarmos um pouquinho de sol.

— Acha que consegue não tirar a roupa enquanto estiver na praia?

— Não vai ser tão divertido, mas dou conta. E você? Que horas é seu voo?

— Sinto muito por decepcioná-la, mas não vou embora hoje. Também vou ficar até a audiência. Quero garantir que minha avó não diga umas verdades na cara do juiz e acabe na cadeia outra vez.

— Eu até diria que isso é ridículo, que jamais aconteceria e que você poderia voltar para casa despreocupado, mas eu não duvidaria de Louise. Provavelmente é bom que fique. Além disso, cá entre nós, acho que ela gosta de ter você por perto.

Fiz que sim e fiquei um tempo em silêncio.

— Então... — Nora mordiscou o lábio inferior carnudo. — Sobre ontem à noite... o que aconteceu antes da chegada do Richard.

Passei a mão na boca.

— Está falando de quando disse que paga um ótimo boquete ou de quando me beijou?

Ela corou. O álcool definitivamente a tinha deixado mais ousada.

— As duas coisas.

— E o que é que tem?

— Bem, eu só queria dizer que não acho uma boa ideia a gente continuar de onde parou, principalmente agora que vai ficar mais alguns dias.

Aquilo foi um balde de água fria, mesmo que eu não tenha deixado transparecer.

— Por que não?

— Porque não estou procurando um relacionamento.

— Eu também não. — Inclinei a cabeça. — Parece que estamos de acordo, então talvez seja uma *ótima ideia* continuarmos de onde paramos. Na verdade, ignore o que acabei de falar. Não fui cavalheiro. Talvez devêssemos começar do zero. Você me disse que paga um ótimo boquete, mas não falei que adoraria enfiar a cara no meio das suas pernas até você gritar.

Nora arregalou os olhos por um instante, mas logo balançou a cabeça e pigarreou.

— Apesar de essa ser uma oferta generosa, acho que seria melhor continuarmos amigos.

Abri um sorrisinho.

— Não somos amigos. Não gostamos o suficiente um do outro.

— Não gostamos o suficiente um do outro para ter uma amizade, mas gostamos o suficiente para transar?

Fiz que sim.

— Exatamente. Pessoas podem sentir atração física uma pela outra sem gostarem da personalidade.

— Então você não gosta da minha personalidade?

— Não muito. Você gosta de me dar lições de moral. A única parte disso de que gosto é imaginar os diferentes jeitos de calar sua boca enfiando algo nela — falei, inclinando-me para a frente. — E acho que você também gosta dessa ideia. Estou errado?

O peito de Nora se ergueu um tantinho mais do que o usual ao inspirar, e ela me lançou um olhar intenso. *Definitivamente não estou errado.* Mas, então, ela desviou os olhos de novo e, quando voltou a me encarar, tinha se controlado.

— Eu gosto de sexo, mas não gosto de bagunça. E não estou falando no sentido literal — declarou. — Se eu não me importasse com confusão, teria aceitado a oferta de Richard de passar a noite comigo. Tínhamos uma química razoável.

Contraí a mandíbula. Eu não era um cara ciumento. Na verdade, na maior parte dos meus relacionamentos casuais, eu adotava a velha posição militar do Clinton: *Não pergunte. Não fale.* O fato de ter ficado irritado ao pensar nela com outro deveria ter sido um sinal de alerta para mim, embora Nora fosse o tipo de mulher por quem valia a pena se arriscar um pouco. Mas eu sabia que ela não era do tipo que queria ser persuadida a fazer o que quer que fosse. Só ela decidia o que estava a fim de fazer.

Ainda assim, tínhamos nos encontrado duas vezes e quase acabamos na cama nas duas ocasiões. Por isso, a probabilidade de que algo mesmo assim acontecesse ao deixar a decisão nas mãos dela me parecia boa.

— Estarei por aqui se você mudar de ideia — avisei a ela.

Nora tomou o último gole do café, limpou a boca e jogou o guardanapo no prato vazio.

— Tenho que ir para a aula de ioga. Nos vemos na festa da praia mais tarde?

— Provavelmente não. Tenho muito trabalho para fazer.

Ela se levantou.

— Que pena. Eu meio que estava ansiosa para ver o que você tem por baixo dessas camisas sociais das quais parece gostar tanto.

— Três um nove — falei.

— É a rotina de exercícios que você faz ou algo assim?

Dei uma piscadela.

— É o número do meu quarto. Dê uma passadinha quando quiser, que eu mostro, com muito prazer, o que tenho por baixo de tudo que estou vestindo.

CAPÍTULO 8
Nora

— Ora, ora, ora. — Deslizei os óculos escuros até a ponta do nariz para ver melhor o homem que se aproximava da minha cadeira de praia. — Quem diria, hein? O engomadinho tem um short. Eu nunca teria imaginado.

Beck contraiu os lábios.

— Acabei de comprar na loja do hotel. Só tenho um short, que é para corrida.

— O que usa quando vai à praia?

Ele arqueou a sobrancelha.

— Praia?

— Meu Deus. Quando foi a última vez que você pisou em uma praia?

Beck colocou as mãos na cintura e olhou para o mar.

— Não sei. Faz muito tempo.

— Não faz ideia do que está perdendo.

Daquela vez, foi Beck quem deslizou os óculos até a ponta do nariz. Seus olhos encontraram meu corpo e, lentamente, ele me estudou dos dedos dos pés ao pescoço, demorando-se nos seios antes de colocar os óculos de volta no lugar com um dedo.

— Talvez fosse mais fácil se eu realmente não fizesse ideia.

Sorri.

— Colocou todo o trabalho em dia?

— As partes críticas. — Ele olhou ao redor. — Cadê minha avó?

Apontei para a praia.

— Na aula de dança calipso.

Ele assentiu.

— Parece bastante plausível. Posso me sentar?

— Você vai tirar essa camiseta?

— Está quente. A ideia era tirar. Tem problema?

— Não. — Gesticulei para o torso dele. — Pode tirar. Mas faça isso antes de se sentar para que eu possa dar uma boa olhada. É mais do que justo.

Beck deu uma risadinha, mas puxou a gola da camiseta por trás e a tirou.

Uau. Cacete, ele era todo bonito. Pele bronzeada, bíceps salientes, barriga de tanquinho. Aquele corpo delineado me deu água na boca, e o peitoral me fez sentir um impulso insano de lambê-lo. Ele abriu os braços.

— E aí?

Fiz pouco-caso da minha aprovação.

— Nada mal.

Ele sorriu e, de repente, seu peitoral começou a dançar, os músculos se sacudindo em alta velocidade.

Cobri a boca.

— Meu Deus. Você é *desses*.

Beck riu.

— Na verdade, eu não sabia se ainda conseguia. Não faço isso desde os 16 anos. Aprendi para tentar chamar a atenção da irmã mais velha do meu amigo.

— Deu certo?

— Ela tinha 23 anos e namorava um cara que fazia medicina. Minhas dicas de como conquistar mulheres vinham todas do Ronnie, de *Jersey Shore*. O que você acha?

Dei uma risadinha.

Beck se sentou na espreguiçadeira de Louise ao meu lado. Seu olhar encontrou meu decote, e a expressão de Beck mudou, então entendi que ele tinha reparado na cicatriz. Assim que ergueu os olhos, percebi que estava pensando se tocava no assunto ou não, então o poupei do esforço.

— Fiz uma cirurgia no coração há alguns anos.

— Seu ex chegou a comentar. Falei com ele da minha avó e da razão da viagem, e ele disse que fazia sentido, considerando o problema de saúde que você teve. Posso perguntar por que precisou de cirurgia?

— Rabdomiossarcoma.

— A doença que matou sua mãe?

Fiz que sim.

— Sinto muito. Está tudo bem agora?

Eu odiava falar de câncer, ainda mais estando em uma linda praia, então dei a Beck a resposta padrão que eu usava toda vez que um estranho reparava na cicatriz.

— Tudo perfeito. Fui uma das felizardas. — Apontei para a barraca de atividades não muito longe dali. — Estava pensando em andar de jet ski. Topa?

Beck franziu a testa.

— Não, obrigado.

— Louise também não estava a fim.

— Não me surpreende, considerando que foi assim que a filha dela morreu.

Arregalei os olhos. Em seguida, tirei os óculos escuros e me sentei ereta na espreguiçadeira.

— O que foi que você disse?

— Minha mãe morreu em um acidente de jet ski quando eu tinha 11 anos.

Levei a mão ao coração.

— Meu Deus. Eu não fazia a menor ideia. Essa foi a segunda vez que chamei Louise para ir. Hoje, ainda fiquei enchendo o saco dela porque ela amarelou.

— Quanta maturidade.

— Bom, mas como eu poderia saber? Ela comentou que a filha tinha morrido há anos em um acidente, mas automaticamente pensei em carro.

Beck balançou a cabeça.

— Meus pais estavam de férias, comemorando quinze anos de casados. Meu pai estava pilotando o jet ski, e eles colidiram com um barco.

Ele não teve um arranhão sequer, mas minha mãe sofreu traumatismo cranioencefálico.

— Meu Deus. Então ela morreu nas férias?

— Na verdade, viveu mais três meses. Eles a levaram de volta aos Estados Unidos, mas ela não recuperou a consciência. Eu era criança, e foram meses horríveis.

— Sinto muito.

Beck assentiu.

— Obrigado. Eu não queria te deixar para baixo, mas achei que deveria saber. Essa é provavelmente a única coisa típica de uma lista de coisas para fazer antes de morrer em que minha avó não tem interesse.

— É claro. Quem poderia culpá-la? — Balancei a cabeça. — Posso fazer uma pergunta indiscreta?

— Qual?

— Seu pai morreu depois disso? Sei que Louise criou você e seu irmão quando sua mãe morreu. Imaginei que tinha sido porque seu pai também tinha morrido, mas você acabou de dizer que ele não se machucou.

— Não, ele não se machucou. Mas se sentiu muito culpado. Parece que tinha bebido um pouco antes de subirem no jet ski. Não o suficiente para ser pego no bafômetro quando o testaram, algumas horas depois do acidente, mas ele nunca conseguiu superar. Começou a beber muito além da conta, e minha avó levou meu irmão e eu para a casa dela por alguns dias. Depois disso, meu pai sumiu por um tempo, e nunca mais voltamos a morar com ele. A última notícia que tive foi de que ele estava no quarto casamento, e ainda alcoólatra. Mora na Flórida, eu acho.

— Sinto muito por ter passado por isso.

— Minha avó nos deu uma vida boa.

— Acho que agora entendo o motivo de você ser tão protetor em relação a Louise. Ela foi tudo para você.

— Isso quer dizer que vão parar com essas viagens malucas?

— Não, porque, embora o que você tenha acabado de compartilhar comigo me ajude a entender suas preocupações, não muda o fato de que o que Louise está fazendo não tem nada a ver com você. Ela está fazendo isso por ela mesma.

— Não sou obrigado a gostar.

— Não, com certeza. Mas deveria respeitá-la o suficiente para aceitar as decisões dela.

Beck franziu a testa.

— Que tal se a voltarmos a secar o corpo um do outro? Isso é muito mais divertido do que falar com você.

Olhei feio para ele.

Ele olhou feio para mim.

— Sabe qual eu acho que é seu problema? — perguntei.

— Não. Mas imagino que você está prestes a me falar.

— Você é controlador, e odeia não ter controle do que sua avó está fazendo.

— Você fala isso como se fosse ruim. Controladores são bons líderes, porque são perfeccionistas e trabalham com afinco.

— São inflexíveis e não sabem ouvir.

Beck pôs a mão em concha ao redor do ouvido.

— Desculpe. O que foi que você disse?

— Argh. Faça o favor de calar a boca e só ser bonito, pode ser? Nisso você é bom.

— Eu sou bom em muito mais que isso. Que tal se eu mostrar?

Senti vontade de socá-lo. Só que, ao mesmo tempo, tive que lutar contra meu tesão. *Por que raio* brigar com ele mexia tanto comigo? Quanto mais tenso o momento, mais avassalador parecia o efeito físico.

E eu não estava sozinha. Os olhos de Beck encontraram minha boca, e ele lambeu os lábios. Parecia um leão faminto, pronto para dar o bote. E eu era um antílope pronto para ser devorado. Felizmente, meu celular interrompeu aqueles pensamentos ridículos. Tirei-o da bolsa e deslizei a tela para atender a ligação.

— Oi, Louise.

— Tem um belo dançarino bahamiano de calipso aqui… sem par — disse ela. — E estão distribuindo drinques Bahama Mama de graça.

Ergui os olhos e encontrei os de Beck.

— Um dançarino bonito e drinques de graça? Acho que é exatamente do que preciso. Chego daqui a um pouquinho.

Quando desliguei, passei um minuto fazendo uma rápida pesquisa no Google. Naquele tempo todo, Beck me observou em silêncio.

— Rá! — Virei meu celular para lhe mostrar a tela. — Não tem nada a ver com você.

Beck espremeu os olhos e se inclinou para perto a fim de ler.

— O cérebro humano libera testosterona, cortisol e adrenalina sob estresse, como durante uma briga. Para neutralizar esses hormônios, o corpo humano anseia pelos hormônios de prazer que o sexo pode fornecer.

Ele franziu as sobrancelhas.

— Que diabo de pesquisa foi essa?

— Eu queria entender por que fico excitada discutindo com um babaca.

Ele contraiu os lábios mais uma vez. Aquilo acontecia com frequência sempre que conversávamos.

— Sabe o que tenho a dizer sobre isso? — perguntou ele.

— O quê?

Ele ergueu as mãos e as entrelaçou na nuca, cotovelos para fora, e fez a dancinha do peitoral de novo.

— Aposto que seu lindo dançarino bahamiano de calipso não consegue fazer isso.

Eu me levantei, bufando.

— Aproveite sua própria companhia pelo resto da tarde.

Ele deu um sorrisinho e se recostou, mantendo as mãos na nuca ao se acomodar na espreguiçadeira.

— Ah, vou mesmo. Estarei com minha pessoa favorita.

CAPÍTULO 9
Nora

Mais tarde, naquela noite, desci ao saguão e encontrei Louise para jantarmos. Ela havia me enviado uma mensagem dizendo que tinha feito uma reserva em um restaurante chique, mas não perguntei se Beck viria com a gente. Quando perguntei a respeito do traje, ela falou para eu usar o vestido azul-escuro que eu tinha comprado em uma butique bonitinha. Era um modelo sensual de um ombro só, com um corpete justo que realçava as curvas e uma fenda que provavelmente só uma fita dupla face impediria de não me fazer ser presa de novo. Para completar o visual, calcei um par de saltos que combinava com tudo — *stilettos* prateados de dez centímetros com uma tira fina que se enrolava no tornozelo. Algumas pessoas se viraram para me observar enquanto eu esperava por Louise, e aquilo fez com que eu me sentisse bem depois de uma semana com roupas de praia e de viagem desleixadas. Às vezes, eu me esquecia de como gostava de me entregar ao meu lado feminino.

Tinha dito a mim mesma que havia me arrumado só para mim, mas, quando Beck saiu do elevador e me viu parada ali, ele deu um encontrão na pessoa que estava em sua frente. Talvez não tivesse sido só para mim, afinal.

Ele nem fingiu esconder a admiração quando se aproximou. De um jeito estranho, gostei de ver que não estava disfarçando a atração física que sentia. A maioria dos homens fingia ser virtuoso quando, na verdade, tudo o que queriam era transar.

Beck usava um terno de três peças, com certeza feito sob medida. Era uma roupa que atendia a mais de um item na minha listinha de Natal. Saber que havia um corpo esculpido por baixo me fez querer desembrulhá-lo ainda mais. Então, sem dúvida, fiquei contente ao lembrar que Louise viria junto. Havia um limite para a força de vontade que uma garota poderia ter, ainda mais uma garota que não transava fazia uma eternidade.

— Você está usando minha cor preferida — comentou Beck. — Talvez eu devesse dizer que fica horrível em você para que pudéssemos brigar. Mas não sou mentiroso. Você está linda.

Fiquei toda corada.

— Obrigada. Você também não está nada mal.

Ele ergueu o braço e puxou a manga da camisa, revelando um conjunto de abotoaduras caras e seu relógio enorme — ainda mais caro.

— Cheguei cedo?

Fiz que não.

— Bem na hora. Louise já deve estar vindo.

— Quando ela me mandou uma mensagem pedindo que eu usasse terno para o jantar, cheguei a pensar em dizer que simplesmente pediria serviço de quarto. Que bom que não fiz isso, senão teria perdido esse seu vestido.

Meu celular vibrou na bolsa no mesmo instante que o dele, em algum lugar dentro do terno. Trocamos um olhar.

— Coincidência?

— Não sei.

Pegamos os celulares e lemos ao mesmo tempo. Era uma única mensagem enviada para nós dois.

> **Louise:** Desculpem por avisar em cima da hora. Não vou ao jantar de hoje. Estou me sentindo um pouco cansada. Vou pedir serviço de quarto caso fique com fome. Aproveitem. A reserva é no Royal Bahamian, aqui no hotel.

Droga. Balancei a cabeça.

— Vou ligar para ela. Só para garantir que é cansaço e nada mais.

— Boa ideia.

Louise atendeu no segundo toque.

— Oi, querida. Estou bem. É a idade, não o câncer.

Abri um sorriso.

— Como você sabia o motivo da minha ligação?

— Porque você passa a imagem de alguém tranquila, mas no fundo se preocupa demais, assim como meu neto.

Ergui os olhos para encontrar os de Beck.

— Não tenho nada a ver com seu neto.

Louise deu uma risadinha.

— Talvez vocês possam se entender e virar amigos durante o jantar. Modifiquei a reserva. Está no meu nome. Tente aproveitar.

Suspirei.

— Descanse. Amanhã de manhã, envio uma mensagem.

— Boa noite, meu bem.

Quando encerrei a chamada, ele perguntou:

— Ela está bem?

— Acho que sim. A voz pareceu boa.

— Por que você disse que não temos nada a ver?

— Ah. Porque ela disse que me preocupo demais, igual a você.

— Que bom que se preocupa, porque, antes de eu vir aqui, achava que você fosse uma pessoa bem diferente.

Coloquei as mãos na cintura.

— Quem você achou que eu fosse?

Ele pôs a mão na base das minhas costas.

— Que tal jantarmos e deixarmos o bate-boca para a sobremesa? Onde fica o restaurante?

— Aqui. Chama-se Royal Bahamian. Vi uma placa a caminho da praia hoje cedo.

Ele estendeu a outra mão.

— Pode ir na frente.

O restaurante ficava nos fundos do hotel, com janelas abertas e algumas mesas de frente para a água. Demos o nome de Louise ao maître na recepção, e ele sorriu.

— Ah, sim, nossos clientes especiais da noite.

Beck e eu nos olhamos. Antes que eu pudesse perguntar o que aquilo significava, fomos convidados a segui-lo. Caminhamos em direção aos fundos, então achei que nossa mesa teria vista para o mar. Mas, logo em seguida, o maître se virou e nos levou por uma escada escondida. Assim que chegamos ao andar de baixo, ele abriu uma porta, e demos de cara com a praia.

Uma mesa para dois tinha sido posta à beira do mar, sob uma palmeira curvada em forma de arco graças aos ventos alísios. Toalhas brancas agitavam-se com a brisa suave, enquanto um vitral impedia que a vela do meio se apagasse. Olhei ao redor. Não havia mais nenhuma mesa na praia.

— Isso é para a gente?

— Sim, senhora. Não é do seu agrado?

— Ah, não, nada disso. É incrível. É só que... é muito romântico.

Ele sorriu e alternou o olhar entre mim e Beck.

— Sim, é mesmo.

— Não era para ser uma reserva para três?

As sobrancelhas do *maître* se uniram.

— Para três?

Olhei para Beck.

— Você está com a mesma sensação que eu?

Ele arqueou a sobrancelha.

— Que minha avó está lá em cima, no quarto, praticando calipso, nem um pouco cansada?

— Ela também me disse para usar esse vestido azul, que agora sei que é *sua cor favorita*, em resposta a eu ter mencionado que usaria um rosa, *minha* cor favorita.

— Terei que me lembrar de agradecer a ela por isso.

Olhei para o *maître*.

— Você teria outra mesa? Talvez lá dentro?

Ele franziu a testa.

— Infelizmente, não. Estamos lotados hoje. A reserva de vocês é para a Experiência Sabor do Mar. É um menu degustação de sete pratos servidos apenas nesta mesa.

— Talvez alguém queira trocar com a gente. O casal perto das escadas, com a mulher de vestido vermelho, parecia bem apaixonadinho. De repente, eu poderia perguntar a eles se querem trocar.

O pobre homem pareceu horrorizado.

Beck tirou a carteira do bolso, pegou algumas notas e as entregou ao homem.

— Essa mesa está ótima. Pode deixar comigo agora, obrigado.

O *maître* se retirou o mais rápido que pôde.

Ergui as mãos, confusa.

— Por que você fez isso?

— Porque você está sendo ridícula.

Franzi os lábios.

— Como eu estou sendo ridícula?

— Será que não podemos simplesmente nos sentar e comer? Você não vai morrer.

— Tudo bem, tanto faz. — Revirei os olhos. — Vamos acabar logo com isso.

Beck e eu nos sentamos, e um garçom surgiu quase imediatamente com a carta de vinhos.

— Vai pedir seu uísque de sempre? — perguntei a ele.

— Vou querer vinho. Qualquer um que você escolher, por mim tudo bem.

Pedi uma garrafa do vinho tinto que eu estava gostando de beber desde que chegamos. Assim que ficamos a sós novamente, o único barulho era o suave bater das ondas contra a costa, a menos de dois metros da mesa. Observei a maré subir e descer algumas vezes, hipnotizada.

— Que coisa mais linda — comentei.

— É mesmo.

Beck disse aquilo em um tom suave, mas notei um toque de algo a mais ali. Então, levantei a cabeça para entender o que era e o peguei me olhando *daquele* jeito. Ele não tinha falado da ilha.

— Que tal se a gente fizesse as pazes hoje? — sugeri. — Uma trégua, talvez. Sem discussões.

— Que graça teria?

Estendi a mão.

— Aceita o desafio?

Beck pegou minha mão, mas a levou aos lábios com um sorriso enviesado e beijou o dorso. O calor daqueles lábios se espalhou pelo meu corpo.

— É claro. — Ele deu uma piscadela. — Todos os caminhos levam a Roma.

— Você não vai chegar nem perto de "Roma", acredite.

Ele abriu ainda mais o sorriso.

— Adoro um desafio.

O garçom voltou e abriu nosso vinho. Depois de experimentarmos, ele encheu nossas taças e saiu. Beck olhou para mim, por cima da vela, enquanto esfregava o lábio inferior com o polegar — algo que eu tinha reparado que ele fazia muito.

— Está pensando em quê? — perguntei.

— Quem disse que estou pensando? Talvez eu esteja apenas aproveitando em silêncio a companhia.

Apontei para a mão dele, que, no momento, segurava a taça de vinho.

— Você esfrega a boca com o dedo quando está pensando em fazer uma pergunta. Você chega quase a ser um livro aberto.

— Acho que é porque, geralmente, não acho necessário esconder o que estou pensando.

— É mesmo? — falei, estendendo a mão com a palma virada para cima. — Então, desembuche. Por que começar a esconder agora?

— Eu estava tentando respeitar seu pacto de não discutirmos.

— Ah... — Fiz que sim. — Então o que quer que esteja pensando vai me irritar?

Ele balançou a cabeça.

— Ainda estou tentando entender o porquê de você estar nesta viagem.

Revirei os olhos.

— De novo isso?

— Vocês duas devem ter uns cinquenta anos de diferença. Até você deve saber que formam uma dupla incomum.

— Quarenta e nove, e eu não sabia que existia limite de idade para amizades. Além disso, você age como se eu estivesse fazendo um favor para sua avó viajando com ela, como se ela precisasse de uma acompanhante ou algo do tipo.

— Bom, ela *foi* presa dois dias atrás...

— Não importa. Ela não precisa de acompanhante, e tem dias em que eu acho que é ela quem está *me* fazendo um favor. Não o contrário. Certas coisas que fazemos juntas são coisas que eu quero fazer, sabia?

— Tipo quais?

— Bem, por exemplo, estamos nas Bahamas porque quero visitar Exuma. A ideia era passarmos algumas noites na ilha para um pouco de jogatina e diversão, depois pegaríamos um barco para outra ilha hoje de manhã.

— Para fazer o quê?

— Ver meu pai.

— Ele está de férias aqui?

Fiz que não.

— Ele mora aqui. É dono de um hotelzinho em Georgetown. Eu não o conheço.

Beck franziu as sobrancelhas.

— Como assim não o conhece?

— Bem, assim como aconteceu com você, minha mãe morreu quando eu era pequena. Eu tinha 3 anos quando ela ficou doente. Nem me lembro dela, mas tenho fotos. Ela era casada com William, que eu pensava ser meu pai biológico até os 18 anos. No final das contas, o homem que me criou sozinho era meu padrasto. Ele conheceu minha mãe quando ela estava grávida de cinco meses de outro homem, e nunca se importou que eu não fosse filha dele de verdade. William foi perdidamente apaixonado pela minha mãe, continua sendo. Nunca se casou de novo. Ele é a pessoa mais incrível que já conheci. Quando me contou a verdade, William disse que ele e minha mãe nunca tinham planejado manter aquilo em segredo, mas, depois que ela morreu, ele não quis tirar de mim o único pai que cheguei a conhecer.

— Uau. Seu pai biológico sabe que você existe?

Dei de ombros.

— Imagino que sim. Ele sabia, pelo menos na época. Minha mãe contou que estava grávida, e ele enviou uns cheques para ajudar depois que eu nascesse. Mas William avisou que, se meu pai biológico não fosse participar da minha vida, os cheques eram desnecessários. William tinha como sustentar a família sem a ajuda de um desconhecido. Aquela foi a última vez que ouviram falar de Alex Stewart. Então, há mais ou menos cinco anos, fiz um daqueles testes de ancestralidade e achei alguns parentes por parte de pai. Nenhum de primeiro grau, como irmãos, ou meu pai ou algo do tipo. Mas, ano passado, recebi um e-mail avisando que eu tinha parentes novos. Isso sempre acontece quando alguém se cadastra nesses sites. Geralmente, é tipo um primo de quinto grau ou uma tia-bisavó. Mas, daquela vez, quando fui verificar, estava lá o nome do meu pai e o grau de parentesco era genitor. Ele deve ter recebido a notificação também. Então, imagino que saiba que estou viva.

— Você chegou a entrar em contato?

— Não. Nem ele. Mas eu o pesquisei na internet. Foi assim que descobri que está morando nas Bahamas. Parece que virou executivo de uma grande rede de hotéis e, depois que se aposentou relativamente jovem, comprou um hotel decadente aqui e o revitalizou. Encontrei uma matéria enquanto pesquisava.

— Se você recebeu o e-mail há um ano, por que demorou tanto para vir?

— Não sei bem. Não tenho aquela sensação de abandono que algumas pessoas têm por nunca terem conhecido os pais. Não tenho perguntas que precisam de respostas nem culpa para jogar na cara dele. Acho que nunca senti urgência.

— Por que agora, então?

Dei de ombros.

— Parece o momento certo, eu acho.

Beck assentiu.

— Então, qual é o plano? Chegar e dizer que você é filha dele?

Suspirei.

— Não tenho plano.

— Parece bastante plausível.

Dei uma risadinha.

— Cale a boca.

Beck sorriu.

— Você sabia que seus olhos brilharam quando falou do seu padrasto?

— Ele é mesmo um homem incrível. Algumas mulheres têm que lidar com certas questões, porque o pai as abandonou ou porque não foi um cara íntegro que deu um bom exemplo de como uma mulher deveria ser tratada, o que pode acabar causando relacionamentos disfuncionais com os homens. Minha questão é que ninguém consegue alcançar o padrão que William estabeleceu. Ele é sábio e justo, durão quando precisa, mas, ao mesmo tempo, um ursinho pimpão.

— Se minha filha me descrever de alguma maneira que chegue perto disso quando crescer, vou sentir que minha missão de vida foi cumprida.

Observei o rosto de Beck enquanto eu tomava um golinho do meu vinho.

— Aposto que você é um ótimo pai.

— Eu tento. Tive um bom exemplo de criação com minha avó e, embora minha ex não tenha sido a melhor das esposas, ela é uma boa mãe. Mas eu diria que tivemos sorte de as pessoas certas terem aparecido para assumir o controle quando precisamos delas.

De repente, meus olhos se encheram de lágrimas, e respirei fundo, lutando contra o choro e pensando no que dizer.

— Sinto muito por Louise estar morrendo. Não posso nem imaginar William…

Beck estendeu a mão por cima da mesa e passou o polegar na minha bochecha, secando uma lágrima.

— Bom, a noite de hoje encontrou o caminho da depressão rapidinho, né?

Eu ri e enxuguei os olhos com o guardanapo.

— Vamos falar de algo mais divertido. Conte do seu irmão, Jake. Sua avó me disse que vocês não têm nada a ver um com o outro.

Beck balançou a cabeça.

— Isso é um elogio. Jake é dez anos mais novo que eu, mas, muitas vezes, parece ser meu filho. Ele trabalha para mim.

— O que ele faz?

— Eu não tenho certeza. Assim que eu descobrir, aviso.

Eu ri.

— Não, estou falando sério.

— Ele cuida do marketing e das relações públicas. Na verdade, ele é muito bom, mas não diga a ele que falei isso. Começou logo que se formou na faculdade. Sou bom com situações presenciais. Consigo conquistar a maioria dos clientes nas reuniões, mas não sou muito bom em apresentações com que os clientes em potencial entram em contato sem uma pessoa fazendo a ponte, como sites, design de prospectos e matérias em revistas. Jake tem um jeitão de garoto. Nunca deixa de sorrir, está sempre com a camisa amarrotada. Mas funciona para ele.

— Engraçado. Você, por outro lado, é todo sério, sempre engomadinho e não tem nada desse jeito de garoto.

Os olhos de Beck brilharam à luz da vela.

— Que bom que percebeu. Sou cem por cento homem, querida.

Senti minhas bochechas esquentarem. Por sorte, o garçom chegou com o primeiro prato da degustação, uma única batata chip caseira com cobertura de caviar. Uma delícia.

Limpei a boca com o guardanapo.

— Então, diga, Beck: por que você se divorciou?

Ele se recostou na cadeira.

— Essa é uma pergunta e tanto.

Inclinei a cabeça.

— Eu contei o que aconteceu entre mim e Richard. Acho justo saber o porquê de você ter se divorciado.

— Tudo bem. A história não é nada bonita, mas imagino que a maioria das histórias de divórcio não seja. Eu me casei com uma mulher que conheci na pós-graduação. Ela era de Nevada e não tinha muitos parentes na Costa Leste, a não ser um tio que era professor na universidade em que estudávamos. Poucos meses depois de termos começado a namorar, um amigo meu me disse que viu Carrie aos beijos com o professor Burton. Carrie e eu demos gostosas risadas, porque o professor Burton era o tio dela. Alguns meses depois da minha formatura, Carrie engravidou. Para dizer a verdade, eu não estava pronto para ser pai, mas aquilo aconteceria de qualquer jeito, quer eu gostasse ou não, então decidi encarar de uma vez. Seis meses depois do nascimento da Maddie, cheguei em casa mais cedo do trabalho e encontrei Carrie na cama com o professor Burton.

Arregalei os olhos.

— Ela estava dormindo com o tio?

— Foi o que eu achei também, é claro. Mas, no final das contas, ele não era tio dela. Eles não tinham nenhum grau de parentesco, mas tinham sido flagrados juntos algumas vezes, andando de carro e coisas do tipo. Por isso disseram às pessoas que ele era tio dela, para não levantar suspeitas. Ele é trinta e um anos mais velho, então fazia sentido. Estavam tendo um caso desde o primeiro ano dela, e ele vivia prometendo que deixaria a esposa para ficar com Carrie. Como isso não aconteceu, ela terminou tudo. Depois que nos casamos, o cara mudou de ideia e finalmente largou a esposa. Então, Carrie ficou dividida entre a vida confortável que eu lhe dava e o homem que ela sempre quis, mas nunca pôde ter. Quando ele começou a dar as caras de novo, Carrie pensou que talvez pudesse ter os dois. Ironicamente, pedi o divórcio no nosso aniversário de um ano de casamento.

— Puta merda. O que aconteceu entre ela e o professor?

— Estão casados hoje em dia. Ele acabou de fazer 60 anos, e ela tem 29.

— Uau. Que doideira. Faz a perseguição do Richard parecer normal.

Ele deu uma risadinha.

— Que bom que a comparação com a minha vida faz você se sentir normal.

O garçom chegou com o segundo prato e, depois que terminamos, os pratos continuaram vindo a cada cinco ou dez minutos durante mais ou menos uma hora.

Cada porção era bem pequenininha — apenas uma degustação —, mas eu estava cheia. Recostei-me na cadeira e dei tapinhas na barriga.

— Estou tão lotada. Mas tudo estava uma delícia.

— Estava mesmo. E gostei da companhia. Parece que conseguimos manter nosso pacto.

— Conseguimos. — Sorri. — Quem diria que você consegue ser agradável por tanto tempo?

— Engraçadinha.

Quando o garçom voltou, Beck pediu a conta, mas aparentemente Louise tinha deixado tudo acertado. Então fizemos o caminho de volta pelo restaurante e pelo corredor até os elevadores. Ao passarmos pelo bar do saguão, ouvi uma risada sonora e familiar.

Beck e eu trocamos um olhar antes de nos virarmos em direção à ponta do bar, de onde o som tinha vindo. Havia uma mulher e dois senhores mais velhos sentados juntos, e todos eles gargalhavam, inclusive o atendente do bar.

— Parece que Louise está se sentindo melhor — comentei.

Beck balançou a cabeça.

— Por que será que não estou nem um pouco surpreso?

Fomos juntos até ela. Assim que Louise nos viu, seu sorriso ficou ainda maior.

— Aqui estão vocês. Como foi o jantar?

Beck semicerrou os olhos.

— Você saberia como foi, se não fosse pela exaustão que não a deixou aparecer. E, por falar nisso, parece que teve uma recuperação milagrosa.

Louise parecia não estar nem aí para o fato de que sabíamos o que ela havia aprontado.

— Tive mesmo. Venham, sentem-se com a gente. Conheçam meus novos amigos.

Eu me acomodei, mas Beck olhou para o relógio.

— Na verdade, tenho que ir. Tenho uma ligação com um parceiro de negócios da China daqui a pouco.

— Ah, tudo bem. — Forcei um sorriso, mas estava decepcionada. Por mais que não quisesse, eu tinha gostado da companhia dele. Além de não ter sido nada mal poder olhar para ele do outro lado da mesa. — Boa noite.

— Boa noite.

Depois que ele foi embora, Louise e eu tomamos uma taça de vinho com os dois homens que ela havia conhecido no bar. No final das contas, eram um casal em lua de mel. Os dois tinham passado boa parte da vida casados com mulheres e se assumiram fazia pouco tempo. Depois que terminamos, eles se despediram e foram dar uma volta na praia.

— Tomem cuidado para não ficarem pelados por lá — disse Louise. — A gente se meteu em uma fria por tomar um banho de mar sem roupa noutra noite. Pelo visto, é ilegal aqui.

Os homens riram.

— Bom saber.

Eu os observei se afastarem.

— Nossa, imagine passar a vida inteira sem viver sua verdade. Fico feliz por terem dado um jeito de ser quem são antes que fosse tarde demais.

— Eu também. A vida é muito curta para arrependimentos. Falando nisso, gostou do jantar?

Abri um sorriso.

— Seu neto é muito bonito, e hoje ele até que foi uma boa companhia. Mas não acho que nos tornarmos um casal seja uma boa ideia, por vários motivos.

Louise dispensou meu comentário com um gesto de mão.

— Acho que poderiam fazer bem um para o outro. Ele precisa relaxar um pouco, e seria bom ter alguém cuidando de você.

— Ele mora em Nova York. Eu vou voltar para a Califórnia no fim do verão. Além disso, não é o momento certo, Louise.

— Às vezes, encontramos a pessoa certa na hora errada. E só nos resta confiar no destino.

CAPÍTULO 10
Beck

Dois dias depois, fomos ao tribunal para a audiência da minha avó e de Nora. Foi uma surpresa agradável quando tudo correu bem. Nenhuma das duas contestou, pagamos uma multa e, quinze minutos depois, estávamos saindo pela porta. Mas notei que minha avó tossia muito. Na noite anterior, eu havia percebido uma ou duas vezes, mas estava mais frequente naquele momento e tinha virado uma tosse seca.

— Você está bem? — perguntei a ela assim que chegamos ao lado de fora. — Talvez seja melhor marcar uma consulta com um médico.

Minha avó pigarreou e balançou a cabeça.

— Para quê? A gente sabe qual é meu problema.

Franzi os lábios.

— Porque eles podem passar alguma coisa para ajudar. Sei que você não quer tratamento, mas não significa que não possa tomar algum remédio para prevenir uma infecção ou algo do tipo.

Nora concordou.

— Beck tem razão. Você também está com um pouquinho de chiado. Talvez possam passar algum tratamento com nebulizador ou inalador. Ou, quem sabe, até um supressor de tosse ou alguma coisa assim.

— Tudo bem. Mas vamos a uma clínica aqui, não a um hospital em casa.

Nora deu de ombros.

— Por mim, tudo bem.

Olhei para minha avó.

— Eu falo uma coisa, e você logo me contraria. — Apontei para Nora com o polegar. — Mas, quando ela fala, você acha uma boa ideia.

— Tenho certeza de que é porque sua avó está acostumada a ver você tentando controlá-la, então ela automaticamente fica na defensiva.

Olhei feio para ela.

— Não perguntei nada para você.

Nora revirou os olhos.

— Vamos logo procurar uma clínica.

Duas horas mais tarde, Nora e eu estávamos na sala de espera de um pronto-socorro lotado. Tinham levado minha avó para dentro fazia quase meia hora.

A recepcionista abriu a janela de vidro e se inclinou pela abertura.

— Eleanor Sutton!

Nora se levantou e foi até a janela. Eu a segui.

— O médico e a sua avó gostariam que você entrasse.

— A avó não é dela — interrompi. — É minha.

A mulher me olhou de cima a baixo.

— Você não parece ser a Eleanor Sutton.

— Não sou. Mas a paciente é minha avó, não dela.

A mulher deu de ombros.

— Bom, pediram para chamar ela. Não você.

— Talvez ela não esteja vestida ou algo assim — disse Nora, apoiando a mão no meu braço. — Deixe que vou ver o que está acontecendo.

Sem escolha, assenti.

Quinze minutos depois, eu estava perdendo a paciência quando vi minha avó e Nora chegarem pelos fundos. Fiquei de pé.

— Achei que vocês fossem me chamar.

Minha avó revirou os olhos.

— Ah, tome um calmante, Beck. O médico só quis se certificar de que Nora soubesse fazer a manobra de Heimlich, caso alguma comida fique presa. O tumor no meu esôfago gosta de agarrar as coisas. É por isso que estou tossindo. Pedacinhos ficaram presos e acabaram irritando a garganta.

— Tem como diminuir o tumor?

Minha avó fechou a cara.

— Você sabe que não vou fazer tratamento.

— Mas... se for ajudar na sua qualidade de vida...

Ela suspirou e me mostrou um saco branco de papel.

— Ele me passou aspirina e um negócio chamado simeticona, que vai ajudar meu estômago a produzir gases. Gases aumentam a pressão no esôfago e podem ajudar a desalojar a comida. Agora, vamos embora daqui.

Fiquei em silêncio ao levar Bonnie e Clyde de volta ao hotel. Se eu fosse tentar convencer minha avó a fazer algum tratamento preventivo, não seria burro de fazer aquilo em uma situação de duas contra um. Então esperei e, enquanto a acompanhava até o quarto, perguntei se poderíamos conversar por alguns minutos. Ela disse que precisava usar o banheiro, mas que me encontraria no saguão para tomar um café em quinze minutos.

Mas não foi minha avó que apareceu.

— Ela não vem — anunciou Nora ao sair do elevador.

— Por que não? Ela me disse para encontrá-la aqui.

Nora se acomodou no assento diante de mim.

— Acho que as palavras exatas dela foram: "Eu amo aquele garoto, mas às vezes ele é mais teimoso que uma mula."

— Então ela mandou você vir?

— Não. Eu vim por conta própria para que você não se preocupasse, perdesse a paciência e inevitavelmente fosse ao quarto dela para procurá--la. Ela saiu.

Senti um aperto no peito.

— Aonde ela foi?

— Acho que você não quer saber.

Balancei a cabeça.

— Cadê ela?

— Ela foi jogar baralho na casa da Frieda.

— Frieda?

— Uma das mulheres que conhecemos na cadeia. Ela sempre organiza uma partida à tarde e disse que Louise podia aparecer quando quisesse.

— Como é que ela foi para lá?
— Ela disse que o *concierge* chamaria um táxi.
Soltei um longo suspiro.
— Ela é mesmo uma figura. Obrigado por me contar.
Nora cobriu a minha mão com a dela.
— Prometo que vou ficar de olho na sua avó.
Bufei.
— Que ótimo. E isso vai acontecer a seiscentos metros de altura, enquanto saltam juntas de paraquedas?
— Também vou ficar de olho nela nas alturas. — Ela sorriu e se levantou. — Vou me juntar a elas e jogar um pouco.
— Na casa de jogo ilegal cuja dona vocês conheceram na cadeia?
— Deixe de ser estraga-prazeres. Quer vir também?
Fiz que não.
— Acho que vou passar. Tenho que trabalhar, de qualquer maneira.
Ela deu de ombros.
— Bem, eu não vou perder a chance de me divertir com Louise enquanto posso.
Nora foi embora. Levei apenas uns dez segundos para entender o que ela tinha dito. "Enquanto posso." Senti mais um aperto no peito. *Merda*. Nora estava certa. O trabalho podia esperar. Afinal, eu era o chefe.
Eu me levantei e gritei para ela:
— Espere!

∽

— Quem foi que trouxe o raio de luz das Bahamas para cá?
Uma mulher com um sotaque carregado da ilha parou de distribuir as cartas e nos encarou. Ela usava um turbante colorido e um batom de tom pêssego vibrante.
Olhei para trás, tentando entender a quem ela estava se referindo. Nora deu uma risadinha.
— Acho que ela está falando de você, Beck.

— Esse é meu neto. — Minha avó se recostou na cadeira com um sorriso. Para não ser deixada para trás pela mulher do turbante colorido, ela usava uma camisa brilhante e uma sombra cintilante combinando.
— Bonito, mas mandão.

Uma das mulheres na mesa mexeu as sobrancelhas de modo sugestivo. Devia ter uns 70 anos.

— Eu gosto dos mandões.

Acho que meu rosto mostrou que eu não sabia bem o que pensar daquele grupo, porque todos riram.

— Relaxe, garoto. Pode entrar. Amigo da Mãezona também é amigo nosso.

— Mãezona?

Nora se inclinou na minha direção.

— É assim que elas chamam a Louise. Combina, né?

Aquela seria uma tarde e tanto.

Nora e eu nos juntamos ao grupo na mesa. Além de Frieda, a dona, havia um homem que todos chamavam de Doce. A senhora que gostava dos mandões era Rowan, e, por último, havia outro homem cujo apelido era Palito, e ele era tudo, menos magro. Minha avó estava sentada na ponta, fumando um charuto.

Quando percebeu que eu estava de olho, deu de ombros.

— Vê se me erra, garoto. O que esse charuto poderia fazer? Me dar câncer?

Balancei a cabeça, mas consegui ficar de boca fechada. Pareciam estar jogando Vinte e Um.

— Podemos jogar? — perguntei.

— É claro. Não vou reclamar de observar de perto esse rostinho lindo, querido. — A mulher estendeu a mão e se curvou sobre a mesa. — Frieda Ellington. Prazer em conhecê-lo.

Parecia que as regras dos jogos de cartas ao estilo Vegas, onde um cliente jamais poderia encostar na mão do crupiê, não se aplicavam ali. Apertei a mão dela.

— Beck Cross.

Nora sorriu.

— Oi, Frieda. Que bom ver você de novo.

— Você está um pouquinho melhor que da última vez que nos vimos. Nora riu.

— Espero que sim. Fomos presas depois de um longo banho de mar, e eu estava usando um uniforme roubado quatro números maior que o meu.

Nora e eu nos sentamos nos dois lugares vagos, um de frente para o outro, o que, por mim, estava ótimo. Frieda não era a única que apreciaria a vista.

Tirei a carteira do bolso e a abri, mas Frieda negou com a mão.

— Jogos diurnos são para nos divertimos com amigos. Só aceitamos apostas à noite.

— Ah. Tudo bem.

Ela recolheu dois montes de fichas e os empurrou pela mesa, na minha direção.

— Mas temos um prêmio no final. O grande vencedor do dia pode pedir uma coisa de qualquer um na mesa. Pode ser a camisa que você está usando ou uma carona para casa. Coisa simples.

Olhei para meu relógio.

— O vencedor pode escolher qualquer coisa?

Ela sorriu.

— Não se preocupe com esse negócio chique no seu pulso. Temos um valor máximo de vinte e cinco dólares. Mas torça para a Rowan não ganhar. Ela tem fama de pedir beijos.

Rowan abriu um sorriso cheio de dentes amarelados. Talvez eu preferisse entregar o relógio.

CAPÍTULO 11
Nora

Eu estava uma pilha de nervos quando chegamos a Exuma no dia seguinte. Eu tinha feito reserva em um hotel que não era o do meu pai. Não queria ficar por lá se as coisas não corressem bem. Não fazia ideia do que raio eu falaria quando o visse — se é que ele estaria no hotel naquele dia. Mas parecia ser uma daquelas coisas na vida que não tinha como planejar. O que tivesse que ser seria.

Louise tinha se oferecido para ir comigo, mas eu precisava fazer aquilo sozinha. Então, depois do check-in no nosso hotel, ela foi relaxar na piscina. Beck tinha conseguido um voo para casa no dia seguinte, então decidiu se juntar a nós na viagem de barco a Exuma. Ele estava no quarto dele trabalhando, e eu deveria estar a caminho do Hotel Sunset, que ficava a mais de seis quilômetros dali. Só que eu tinha dado uma paradinha no bar do nosso hotel havia mais ou menos uma hora e meia, e ainda não tinha criado coragem para avançar.

Eu estava na segunda taça de vinho quando uma voz grave me assustou.

— Já voltou?

Beck.

Soltei um suspiro exagerado.

— Nem saí ainda.

— Precisa de carona?

Balancei a cabeça.

— Não. Tem uns táxis parados do lado de fora esperando para trabalhar. E o *concierge* me disse que, se não tiver nenhum, ele pode fazer uma ligação e um carro chega em menos de cinco minutos.

Beck olhou para minha taça de vinho quase vazia.

— Tomando um pouco de coragem líquida?

— Vai me zoar se eu disser que sim?

— Não. Tomei dois dedos de uísque no quarto antes de ter coragem de descer para o bar depois da minha reunião no Zoom na noite em que a gente se conheceu. Você consegue ser um pouco intimidadora.

Arqueei as sobrancelhas.

— *Você* se sentiu intimidado por *mim*? Que mentira.

Ele apontou para a cadeira vazia ao meu lado.

— Quer companhia?

— É claro.

Beck se sentou. O atendente do bar se aproximou.

— Gostaria de beber o quê, senhor?

— Quero uma água com gás, por favor.

— É pra já.

O garçom apontou para mim.

— Quer mais um?

— Ah, que se dane. Por que não?

Quando ele se afastou, Beck me analisou.

— Você está usando sua cor favorita hoje, em vez da minha.

Olhei para baixo. Eu tinha me esquecido completamente da roupa que estava usando — um vestido rosa-claro e levinho.

— Na verdade, prefiro rosa-choque a rosa-claro, mas não veste tão bem. Que memória boa você tem.

Beck deu um tapinha na têmpora com o indicador.

— É difícil esquecer. Não vou tirar da cabeça tão cedo a imagem de você naquele vestido azul.

Disfarcei o rubor nas bochechas ao beber os últimos goles da taça antes que o barman trouxesse mais uma cheia.

— Terminou o trabalho?

— Ainda não. Eu estava indo ao centro comercial buscar uns documentos que minha assistente enviou por e-mail para serem assinados. O bar fica no caminho.

— Ah. Bom, não me deixe atrapalhar seus planos. Vou ficar bem.

— Quer praticar comigo?

— Oi?

Ele me deu um sorriso lento e sedutor.

— Acredite se quiser, não era para ter duplo sentido. É que você está nervosa, então pode fingir que sou seu pai e dizer o que quer que esteja planejando dizer a ele. É um ensaio.

Mordi o lábio.

— Esse é o problema. Eu não planejei nada.

Beck deu de ombros.

— Vamos improvisar, então. — Ele ergueu o queixo. — Feche os olhos por um tempinho. Respire fundo algumas vezes, solte os braços e gire os ombros, depois, fale o que vier à cabeça.

Assenti. Por que não? Então fiz o que Beck sugeriu e me permiti relaxar o máximo possível. Em seguida, fiquei de frente para ele.

— Oi. — Sorri. — Você é Alex Stewart?

Beck manteve o rosto impassível.

— Sou, sim. Como posso ajudar?

Fiquei completamente sem palavras e o encarei.

— Puta merda, Beck. O que vou dizer ao homem?

— Não sei. Que tal começar perguntando se ele se lembra da sua mãe?

— Ah. Sim… é uma boa ideia. Boa para quebrar o gelo.

Beck estendeu a mão.

— Vamos. Tente.

Eu me endireitei na cadeira.

— Oi. Você é Alex Stewart?

— Sou, sim. Como posso ajudar?

Respirei fundo.

— Talvez a pergunta pareça estranha, mas você se lembra de uma mulher chamada Erica Sutton? — Balancei a cabeça. — Desculpe. Erica Kerrigan. Kerrigan é o nome de solteira dela.

— Sim. O que tem ela?
— Bom, ela é... *minha mãe.*
— Certo...
— Caramba. Você acha que ele não vai entender quando eu falar isso, e vou ter que explicar mais?

Beck deu de ombros.

— Não faço ideia. Mas é melhor se preparar para o pior.
— Tem razão. Tudo bem. Vou perguntar de novo. Você se lembra de uma mulher chamada Erica Kerrigan?
— Não.

Fiquei sem reação por alguns segundos.

— Como assim, não?
— Eu não me lembro dela.
— Não, Beck. Você tem que dizer que se lembra, que nem da primeira vez.
— Estamos improvisando. Você tem que se deixar levar. Estou imaginando o que ele diria.
— Entendi. Vamos continuar, então.

Beck voltou ao personagem.

— Eu não me lembro de nenhuma Erica Kerrigan.
— Como não se lembra dela? Você a engravidou. — Cobri a boca. — Ah, merda. Melhor não falar isso, né?
— Acho que você deve falar o que quiser. Se ficar chateada por ele não se lembrar de uma mulher que ele engravidou, deixe claro.
— Certo. O que ele vai dizer depois que eu o lembrar de que ele a engravidou?
— Não sei.
— Bem, o que você diria se uma garota chegasse e falasse que você engravidou a mãe dela?
— Acho que eu ficaria curioso para saber por que diabo descobri isso só depois que a criança já consegue falar. Mas, no seu caso, é diferente, porque sua mãe contou a ele. Então provavelmente não vai ser um grande choque.

O atendente do bar trouxe meu vinho e a água com gás de Beck. Eu conhecia meus limites. Duas taças me ajudavam a relaxar. Bom, normalmente ajudavam. Mas a terceira me faria passar do ponto e prejudicaria meu discernimento.

Suspirei e apontei para a bebida.

— Acho que não vou querer. Se eu beber mais uma taça, ou não me levanto para ir mais ao hotel, ou nem deveria ir mesmo.

Beck pegou minha taça e a substituiu pelo copo dele.

— Beba um pouco de água.

— Obrigada.

— Que tal se eu levar você?

— Ah, não. Não precisa. Não fica muito longe. Posso pegar um táxi.

— Sim, mas o taxista não vai impedi-la de fazer besteira quando chegar lá.

Abri um sorriso triste.

— Bom argumento. Tem certeza de que não se importa?

— Nem um pouco.

O Hotel Sunset era igualzinho às fotos no site. Pintado de verde-Caribe, com venezianas e acabamentos em um tom branco vibrante, o lugar tinha aquele clima descontraído, típico de ilhas. Dois funcionários de uniformes floridos dançavam ao som de reggae enquanto estacionávamos. O mais alto abriu minha porta com um sorriso.

— Bem-vindos ao Hotel Sunset — disse ele, estendendo a mão para me ajudar a sair do carro. — Estão chegando hoje?

— Hum... não. Tem um bar aqui, certo? Vim tomar um drinque.

— Nosso bar é o lugar ideal para assistir ao pôr do sol. — Ele apontou para o saguão ao ar livre. — Siga reto até os fundos e, então, é só descer a escada. Não tem erro.

Beck contornou o carro.

— Quer que eu vá com você?

— Ah, não. Já atrapalhei seu dia o suficiente. Você tem trabalho a fazer.

— Posso deixar para depois.

— Eu não pediria para você vir comigo...

— Você não pediu. Eu ofereci. Vou ficar por perto, caso precise de mim. Mas vou deixar você fazer as coisas do seu jeito.

Minhas palmas estavam suadas, e eu me sentia um pouco tonta. A ideia de ter alguém que eu conhecia por perto era mesmo reconfortante. Então, assenti.

— Certo. Obrigada.

Beck jogou as chaves para o manobrista.

— Pode guardá-lo por um tempinho?

— É claro, senhor.

Meu coração acelerou ao entrar no hotel. Eu provavelmente parecia uma criminosa, observando todas as pessoas no lugar. Beck passou a mão pela minha cintura e a apertou de leve antes de sussurrar no meu ouvido:

— Respire, querida.

Fiz que sim e respirei fundo. Depois do saguão, a escada levava a um pátio externo. Dava para ver o bar na praia ali embaixo.

Beck e eu paramos.

— Até agora, ninguém pareceu velho o bastante para ser seu pai. Então, imagino que ainda não tenhamos passado por ele, né?

Fiz que não.

— Como ele é?

— Ah. — Peguei o celular. — Eu posso mostrar. — Digitei na tela e naveguei pelo site do hotel. — É o típico rato de praia envelhecido... cabelo descolorido pelo sol e com tom de areia, batendo no ombro. Bronzeado. Óculos escuros pendurados no pescoço com uma cordinha.

Encontrei a foto que eu estava procurando na aba "Sobre nós" e virei o celular para mostrar a Beck.

Ele sorriu.

— Exatamente como eu o teria imaginado com sua descrição. Obrigado. Pelo menos, agora posso ajudar você a ficar de olho. — Ele deu uma olhada no bar ali embaixo. — Você queria mesmo ir ao bar ou prefere andar pelo lugar primeiro?

— A biografia dele diz que é muito comum encontrá-lo trabalhando no bar da praia, descalço.

— Então, tudo bem. Pronta?

— Não.

Beck deu uma risadinha.

— Mesmo assim, vamos em frente.

Descemos lado a lado a escada que dava na praia. O bar tinha um telhado de palha que farfalhava com a brisa e assentos azuis vibrantes em três das quatro laterais. Havia algumas mesas em um dos lados, uma ocupada por um casal com trajes de banho.

Parei quando chegamos ao caminho de madeira, a menos de trinta metros de distância.

— Acho que aquele ali é ele.

Os olhos de Beck encontraram e focaram no homem atrás do balcão. Os óculos de sol no topo da cabeça prendiam cabelos desgrenhados, e ele tinha um cigarro entre os dentes ao abrir uma garrafa de cerveja. Beck fez que sim.

— Certamente, a propaganda não era enganosa. Acho que está até com a mesma camisa da foto no site.

Eu não conseguia parar de encarar o homem.

— Ele não tem nada a ver com William.

— Não?

Balancei a cabeça.

— William é todo arrumadinho. Acorda com as galinhas e corre oito quilômetros por dia... usando short e camiseta com uma faixa refletiva por segurança.

— Você vai ficar bem? — perguntou ele.

Engoli em seco e fiz que sim.

— Por que não se senta ao balcão? Posso ficar em uma das mesas, assim vai ter um pouco de privacidade.

Respirei fundo.

— Pode ser.

Beck sorriu.

— Você consegue.

O curto caminho até o bar mais pareceu uma prancha de navio que me levaria direto aos tubarões. Quando chegamos, Beck piscou para mim e foi até uma mesa vazia. Eu me acomodei no assento mais próximo dele, que, por acaso, era o mais distante do atendente.

Pensei que fosse ter um minuto para me recompor, mas eu mal tinha encostado a bunda no banco quando o homem atrás do balcão começou a se aproximar. Os óculos de sol, que antes estavam no topo da cabeça, naquele momento cobriam os olhos. Ele me deu um sorriso acolhedor.

— Oi, linda. O que você quer beber?

Meu Deus. Senti um enjoo, como se fosse vomitar. Mas, pelo visto, não demonstrei o que se passava dentro de mim. Ou, pelo menos, o atendente do bar pareceu não ter percebido. Porque ele esperou, como se eu fosse responder alguma coisa em vez de vomitar no balcão.

— Hum... Vou querer uma *piña colada*.

— Pode deixar.

Meus olhos o acompanharam enquanto ele ia até a outra ponta do balcão e jogava algumas coisas dentro de um liquidificador. Estudei o perfil dele em busca de alguma semelhança.

Talvez nosso queixo seja igual. Mas era difícil saber, com toda aquela barba.

As maçãs do rosto eram altas, mas as da minha mãe também eram, e ninguém, além dela, receberia crédito por nenhum dos meus melhores traços. Quando ele apertou o botão e o liquidificador ganhou vida, quase pulei do assento. Eu precisava me controlar.

Antes do que eu gostaria, o homem — meu pai — voltou para minha ponta do balcão. Ele colocou o drinque na minha frente, e torci para que voltasse a se concentrar no que quer que estivesse fazendo antes de eu ter me sentado ali. Mas não tive essa sorte. Ele apoiou o joelho em algo atrás do balcão e se inclinou para a frente.

— Nunca vi você por aqui. Chegou hoje?

Minhas mãos tremiam.

— Ah... Não estou hospedada aqui. Só vim tomar um drinque.

Ele cobriu o coração com a mão.

— Não está hospedada aqui? Que terrível. Não existe lugar melhor para ficar do que o Sunset. — Ele empurrou os óculos escuros para o topo da cabeça outra vez e revelou um par de olhos verdes brilhantes que destoavam da pele bronzeada. — O que seu hotel tem que o Sunset não tem?

Olhar nos olhos dele era como me olhar no espelho. Nossos olhos tinham exatamente a mesma cor. Se alguém perguntasse a dez pessoas que me conheceram qual era a cor dos meus olhos, receberia cinco respostas diferentes. Não eram azuis. Não eram verdes. Eram um meio-termo. Em um dia nublado, alguns até diriam que eram cinzentos. Quando mais nova, eu nunca tinha certeza de qual opção marcar quando um formulário pedia a cor dos olhos — embora eu tenha me conformado com verde na adolescência e oficializado a opção na carteira de motorista e no passaporte. Eu não saberia dizer quantas vezes ouvi alguém falar que nunca tinha visto olhos como os meus. E, sinceramente, eu também não. Até aquele momento.

Mas fui a única que percebeu. Porque, enquanto eu estava perplexa e incapaz de fazer outra coisa a não ser encará-lo, o homem com os olhos iguais aos meus parecia estar à espera de algo.

Merda. O que foi que ele tinha perguntado?

Alguma coisa a respeito do pôr do sol?

— Desculpe, qual foi a pergunta?

— Perguntei o que seu hotel tem que este aqui não. Mas vou contar para você o que este tem que o seu não tem.

— Tudo bem...

Ele apontou para si com os dois polegares.

— Alex Stewart.

A confirmação da identidade dele me acertou com tudo.

— Alex... Stewart? — Por algum motivo, falei em tom de pergunta.

— Soa bonito quando você diz. E você é...?

Meu coração acelerou, e uma camada de suor se formou na minha testa. Será que ele sabia o nome que minha mãe tinha me dado? Ou eu deveria inventar um nome falso?

Ele estava tão perto — a apenas um balcão estreito de distância — e me observava com tanta atenção que não tive muito tempo para pensar. Então, optei pela verdade, que poderia ser uma forma de contar a ele sem de fato dizer algo.

— Meu nome é Nora Sutton.

Prendi a respiração e esperei por alguma reação no rosto dele: surpresa, choque, confusão, até um vago sinal de reconhecimento. Mas... nada. Então, insisti um pouco mais.

— Na verdade, eu me chamo Eleanor Sutton, em homenagem à minha avó. Se bem que... ninguém me chama de Eleanor. Não desde que minha mãe morreu. Bom, a não ser minha amiga Louise, de vez em quando. Mas prefiro Nora.

Ele não pestanejou.

Nem semicerrou os olhos.

Definitivamente, não ficou boquiaberto.

Nada...

Senti um vazio por dentro.

Meu pai não me reconhecia. Nem pelo rosto. Nem pelo nome. Por mais que não se tenha tido contato com a filha por quase trinta anos, como alguém poderia ser capaz de esquecer o nome dela depois de tê-lo escutado?

— Então você veio sozinha, Eleanor... Nora Sutton? — perguntou ele.

Fiz que não.

— Estou viajando com uma amiga.

— Ela é tão bonita quanto você?

Meu Deus. Ele estava flertando comigo? Quando cheguei, ele me chamou de linda. Mas acreditei que tinha sido simpatia de um garçom da ilha. Naquele momento, no entanto, o vazio dentro de mim começou a se encher... de raiva.

— Ela é, sim — respondi. — E tem quase a sua idade.

Minha mão estava casualmente apoiada no balcão. Alex se aproximou e acariciou o dorso dela com o dedo. Minha raiva borbulhou e se transformou em fúria.

— Você é casado, Alex?

— Não vamos estragar o momento, amor.

Argh. Ainda assim, consegui sorrir. Foi um sorriso maldoso, com dentes cerrados, mas um homem que não reconhecia o nome da filha certamente era desatento demais para perceber.

— Tem filhos? — perguntei.

— Não.

— Por que não?

— Nunca quis.

Que soco no estômago... Minhas emoções oscilaram entre tristeza e raiva, como se em uma partida de pingue-pongue.

— Vai ficar quanto tempo na cidade? — perguntou ele.

— Só uma noite.

— Que tal se eu mostrar a ilha para você?

Estreitei os olhos.

— Seria um tipo de serviço que você oferece? Cada pessoa que passa por aqui ganha um tour grátis da ilha?

O babaca parecia estar curtindo nosso bate-papo. Ele abriu um sorriso bajulador.

— Só as bonitas. E aí, o que acha? Posso chamar alguém para me substituir. Tenho um Jeep descoberto estacionado bem aqui na frente.

— Não, obrigada — falei e me levantei. Aquilo tinha sido um erro. Um erro enorme.

— Aonde você vai? Nem encostou na bebida.

— Vou procurar companhia melhor. — Eu me virei para ir embora, mas parei e olhei para trás. — Quer saber? Você deveria aprender a respeitar mais as mulheres. Um homem da sua idade deveria cuidar de uma moça sentada sozinha no bar, não ficar de olho para ver de quem pode se aproveitar.

Alex fechou a cara.

— Vocês são todas iguais. Garotas bonitas que esperam bebidas grátis sem dar nada em troca. Não é assim que o mundo funciona, amor.

Arregalei os olhos. Havia tanta raiva e decepção dentro de mim. Então, expressei tais sentimentos do único jeito que pude naquele momento. Peguei a *piña colada* que não havia bebido e joguei tudo que havia dentro do copo na cara dele.

— Prazer em conhecê-lo, Alex Stewart.

Antes que ele pudesse limpar a bebida gelada dos olhos, Beck se levantou e foi até o bar, agarrando a camisa do meu pai.

Ah, merda.

Ele parecia prestes a cometer um assassinato.

— Beck, não!

A raiva exalava de seus poros.

— Que porra esse cara fez com você?

Sacudi as mãos.

— Ele não fez nada. Vamos embora.

Quando percebi que Beck não tinha soltado Alex, eu me debrucei no balcão e toquei o ombro dele.

— Beck, por favor. Está tudo bem. Eu só quero dar o fora daqui.

Ele o soltou, olhando com desdém para o desavisado do meu pai.

— Você teve sorte pra caralho, parceiro.

Meu pai simplesmente ficou ali, limpando a bebida do rosto, enquanto Beck voltava para o outro lado do balcão com um salto.

— Tem certeza de que está bem? — perguntou Beck.

Balancei a cabeça.

— Eu só quero sair daqui.

Ele me abraçou pela cintura e nos tirou do hotel. Não falamos uma palavra sequer ao subir a escada, passar pelo saguão e esperar o manobrista trazer o carro alugado de Beck. Continuamos em silêncio ao entrar no carro, depois Beck dirigiu pela estrada com as mãos firmes no volante, os dedos pálidos com a força. Pouco mais de um quilômetro tinha se passado quando ele entrou no estacionamento de uma lavanderia abandonada.

Beck pôs o carro em ponto morto e se virou de frente para mim, a mandíbula tensa e rígida.

— O que aconteceu? Você tem certeza de que está bem?

Eu tinha conseguido reprimir as emoções da última hora. Mas, naquele momento, todas vieram à tona de uma vez. Minha boca tremeu quando disse:

— Ele... deu em cima de mim.

Beck ficou com a cara de que mataria um e murmurou uma série de palavrões.

E eu lutei contra a ardência das lágrimas.

— Eu falei meu nome... e ele nem me reconheceu. Como uma pessoa esquece o nome da filha? Por mais que ele só o tenha escutado uma vez na vida. Meu nome é Eleanor. Não Katelyn ou Ashley, não é um nome comum. — Meus olhos se encheram de lágrimas. — Quantas Eleanor você conhece?

Beck não disse palavra alguma. Os olhos acompanharam a lágrima descendo pelo meu rosto. Então, ele saiu abruptamente do carro e foi até o meu lado. Abriu a porta do passageiro e estendeu a mão para mim. Assim que me levantei, ele me abraçou. Foi um choque enorme, mas, ao mesmo tempo, era tudo que eu precisava. Meu lado independente quis se soltar, dizer a ele que eu estava bem e que não era nada de mais. Mas o outro lado, que poucos tinham visto, precisava muito daquilo.

Toda a dor que eu tinha sentido nos últimos onze anos com um pai que não me quis veio à tona. E eu chorei. E chorei. Chorei horrores, soluçando, o nariz escorrendo. Beck me segurou tão firme que havia grandes chances de eu acordar roxa no dia seguinte. Mas não me importei. Quando os soluços finalmente diminuíram, ele se afastou para me olhar.

— Colocou tudo para fora?

Eu ri em meio ao que restava das minhas emoções.

— Coloquei. E está tudo na sua camisa.

Beck sorriu.

— Não tem problema. Tenho outra.

Ele afrouxou o abraço, mas não me soltou até minha respiração voltar ao normal.

— Quer conversar sobre o que aconteceu?

— Acho que não. Não tem muito mais coisa além do que já contei.

— A oferta não se limita a conversar só sobre o que acabou de acontecer.

Forcei um sorriso.

— Obrigada. Mas acho que estou bem.

Beck colocou as mãos na cintura.

— O que você quer fazer? Quer voltar ao hotel?

Balancei a cabeça.

— Vamos encher a cara em um pé-sujo.

Um sorriso se espalhou pelo rosto de Beck.

— Agora, sim...

CAPÍTULO 12
Beck

— Acho que deveríamos estabelecer algumas regras antes que eu fique bêbada.

Nora soluçou e cobriu a boca.

Arqueei a sobrancelha.

— Antes?

Ela deu de ombros.

— Tanto faz. Trêbada? Essa palavra existe? Que engraçada. Trêêêê-baaaadaaaa. Trêbada. Espere, e se a pessoa bebe ainda mais, ela fica tetrêbada? Pentêbada?

Dei uma risadinha. Nora e eu tínhamos encontrado um bar da região, mas não era um pé-sujo como ela havia pedido. Na verdade, não tinha nem o que sujar direito, não havia piso ou paredes. A mais ou menos um quilômetro e meio de onde tínhamos parado na estrada, vimos uma placa de madeira pintada que indicava um bar na praia. Então, segui por uma estrada de terra esburacada, e chegamos a um lugar que era pouco mais do que um toldo de metal cobrindo um morador local com uma dezena de garrafas de bebida. Ele havia espalhado um punhado de cadeiras de praia velhas na areia e tinha uma caixa de som que parecia tocar música havia uns trinta anos. Era perfeito. Eu tinha tomado um drinque, e Nora estava no segundo. Como ela tinha metade do meu tamanho, não deveria estar mais sentindo dor emocional nenhuma.

— Quais regras você quer estabelecer, Trêbada?

Ela soluçou de novo e fez que não com o dedo indicador na minha cara.

— Nada de rala e rola. Às vezes, quando fico altinha, fico com tesão.

— Achei que já tinha ficado claro que não sou esse tipo de cara. Não aceitei seu convite na noite em que nos conhecemos porque achei que você tivesse bebido além da conta. E, na época, eu nem sabia que você era a cúmplice da minha avó.

Nora sugou seu drinque, um Bahama Mama, pelo canudo.

— Não é você que me preocupa.

— Quer dizer que você acha que não consegue se controlar na minha presença, Eleanor?

Ela franziu a testa.

— Eleanor. Como é que ele não se lembra de uma criança chamada Eleanor?

— Quem saiu perdendo foi ele, meu bem.

— Obrigada por dizer isso. — Ela olhou para o mar. — Não entendo como pude sentir que faltava alguma coisa na minha vida sendo que William me dá tanto amor.

— Acho que deve ser normal ter curiosidade, querer conhecer suas origens.

Não falei nada, mas eu também tinha curiosidade a respeito das origens dela. Por algum motivo maluco, eu queria conhecer o padrasto de que Nora falava tão bem. Aquilo não era normal para mim. Desde o divórcio, se eu saísse algumas vezes com uma mulher e ela mencionasse *conhecer os pais*, eu praticamente saía correndo. Naquele momento, no entanto, era eu quem estava pensando naquilo.

Nora balançou a cabeça.

— Eu não contei a ele. Ao William, quer dizer. Ele não sabe que fiz uma conta em um site de ancestralidade e encontrei meu pai... quer dizer, o doador de esperma. Eu não queria que ele sentisse que não era bom o bastante. Porque ele foi. Ele foi um pai maravilhoso.

— Então ele não precisa saber. Mas, de qualquer maneira, parece que ele seria o tipo de pessoa que entenderia.

Ela suspirou.

— Você tem a chance de passar tempo com sua filha?

— A mãe dela e eu dividimos a guarda. Então Maddie fica comigo três dias em uma semana e quatro na seguinte.

— Uau. Então você cuida dos banhos, do jantar e de todas as tarefas domésticas?

— Tenho uma babá que a pega na escola à tarde, e ela prepara o jantar na maioria das noites da semana. Mas cozinho quando estou com Maddie nos fins de semana.

Nora sorriu.

— Me fale um pouco dela. Ela faz aulas de dança e usa saias de tutu? Tem o temperamento do pai?

— Maddie só faz as coisas do jeito dela. Ela está mais interessada em conquistar distintivos do que em dançar.

— Ah, ela é escoteira?

Balancei a cabeça.

— Não. Ela não tem interesse em virar escoteira, a obsessão é por conquistar distintivos. Há mais ou menos um ano, ela viu um filme em que a menininha era uma escoteira tentando ganhar um distintivo de sobrevivência. Na semana seguinte, chegou da escola com um livro que tinha achado na biblioteca falando de todos os distintivos. Existem cento e trinta e cinco desses trecos, sabia? Minha filha está decidida a conquistar cada um deles. Louise até a mimou com um conjunto completo de todos os distintivos. Não sei onde ela conseguiu. Eu não duvidaria de que tenha assaltado uma líder escoteira para deixar Maddie feliz. Mas quis matá-la por não ter tirado o distintivo de *tocar corneta*. Para ganhá-lo, a criança tem que saber fazer dez toques de corneta. Os toques são uma tortura vindo de uma criança de 6 anos.

Nora cobriu a boca.

— Meu Deus. Isso é hilário. Então, quem decide que ela ganhou um distintivo, se ela não faz parte das escoteiras?

— Eu.

— Quantos ela já ganhou até agora?

— Acho que dezessete. No outono, vamos acampar para que ela possa ganhar o de sobrevivência. Comprei colchões infláveis, mas disseram que vamos ter que dormir em sacos no chão. Não estou ansioso para isso.

Os olhos de Nora se iluminaram.

— Você é tipo William... um cara durão por fora, mas uma manteiga derretida por dentro.

— Você não diria isso se soubesse que a reprovei no distintivo de invenção.

— Por que a reprovou?

— Ela inventou umas palmilhas para manter os pés aquecidos.

Nora franziu a testa.

— Tipo meias?

— Exatamente — respondi, categórico. — *Meias*.

Nós rimos, então balancei a cabeça.

— Mas acho que eu deveria estar feliz por ela ter esquecido um pouco o hobby que tinha antes de começar com os distintivos de escoteira.

— Que hobby era esse?

— Procurar imóveis à venda.

— Tipo, anúncios normais de imóveis?

— Sim. Ela passava horas olhando os anúncios com fotos. Às vezes, encontrava detalhes que não tínhamos e ficava chateada quando eu não os queria colocar em casa.

— Tipo o quê?

— Bom, uma vez, ela quis que eu instalasse uma área de banho e tosa de cachorro.

— Seria útil, pelo menos.

— A gente não tem cachorro.

Nora riu.

— Meu Deus.

— Pois é. Outro dia, ela me pediu para instalar um mictório. Não faço ideia do que ela faria com aquilo.

— Maddie se parece com você?

— Você pode me dizer... — Abri uma selfie que ela havia tirado na semana anterior e virei a tela do celular para Nora.

— Minha nossa. — Ela tirou o celular da minha mão. — Olhe esse cabelo loiro todo cacheadinho.

— Puxou a mãe.

— Mas ela tem seus olhos cor de safira. E seus lábios carnudos. Ela é linda, Beck.

— Obrigado. Com ela, nunca baixo a guarda.

— Imagino. — Ela me devolveu o celular. — Maddie parece incrível. E, só para constar, o pai dela também parece ótimo. — Nora ergueu o copo de bebida, que estava quase no fim, e fez um brinde. — Aos bons pais.

Eu sorri.

— E às garotinhas que nos fazem homens melhores.

Nora terminou o drinque e, depois, mais um. E começou a falar arrastado.

— Que tal se a gente voltar para o hotel? — perguntei.

Ela se inclinou para perto de mim.

— Quer ir para o meu quarto?

Grunhi e me levantei.

— Sim, quero. Mas não, não vou. Acho que basta de canalhas na sua vida por hoje.

Ela estendeu a mão.

— Uma ajudinha para me levantar?

Ajudei e, quando ela ficou em pé, tombou para a frente e me abraçou pelo pescoço. Seus lindos peitos roçaram meu corpo.

— E se eu só fizer você gozar? — sussurrou ela. — Assim, você não estaria se aproveitando de mim.

Em um momento de fraqueza, eu até poderia ter aceitado aquela lógica. Mas Nora estava trêbada.

— Não tem nada de que eu gostaria mais hoje, mas teremos que deixar para a próxima.

A resposta dela foi me lamber da base do pescoço até a orelha. Grunhi de novo.

— Eu realmente preciso levar você para um lugar seguro. Tipo, dentro de algum lugar com uma porta de aço.

Como eu também tinha bebido, perguntei ao cara que comandava o bar improvisado se o carro alugado podia ficar ali até a manhã seguinte e se tinha como ele chamar um táxi. Na mesma hora, ele tirou uma placa de madeira que dizia "Volto em cinco minutos" da mochila e pediu que o seguíssemos. Então, ele nos levou ao hotel por oito dólares.

Não tirei o braço da cintura de Nora ao atravessarmos o saguão e subirmos de elevador até o quarto dela. Depois de três tentativas, ela conseguiu abrir a porta com o cartão.

Esperei na porta para ter certeza de que ela ficaria bem.

— Pode ficar até eu dormir? — pediu ela. — Não vou te atacar, prometo.

Entrar em um quarto com uma cama e uma mulher tão linda não era uma boa ideia. Mas ela cambaleou, tentando tirar uma das sandálias, e não pude deixá-la sozinha. Então, deixei a porta se fechar atrás de mim.

Nora se sentou na cama e levantou uma perna.

— Tira para mim?

Engoli em seco, mas me ajoelhei ao pé da cama e desafivelei a sandália. Então, ela enfiou os dedos no meu cabelo e começou a massagear o couro cabeludo. A sensação era boa, mas não pude deixar de pensar em como queria que ela puxasse meu cabelo enquanto eu enfiava a cara entre as pernas dela. Assim que reparei que estava me inclinando em direção àquela área específica, tirei a sandália com pressa e fiquei em pé.

— Você acha que vai ficar bem? Eu tenho que ir.

Ela fez beicinho.

— Por quê?

— Porque, pelo visto, não sou tão cavalheiro quanto gosto de pensar.

— Vou me trocar, aí você pode me colocar para dormir e ir embora.

Nora foi em linha sinuosa até o banheiro, onde sumiu por alguns minutos. Saiu usando apenas uma camiseta do LA Dodgers com decote em V e uma bainha que mal cobria a bunda. E até um homem cego não teria deixado de notar que ela havia tirado o sutiã.

Dei alguns passos para trás enquanto Nora atravessava o quarto e subia na cama. Ela se deitou de lado, acomodou as mãos debaixo da bochecha e fechou os olhos.

— Pode me cobrir para eu dormir agora.

Balancei a cabeça e resmunguei baixinho. Ainda assim, fui até a cama, puxei o cobertor para cima e lhe dei um beijo na testa.

— Os Dodgers são um lixo, aliás.

— São o melhor time de beisebol.

— No caso, seriam os Yankees, querida.

Ela abriu um sorriso bobo.

— Quer brigar?

— Sem chance. — Dei uma risadinha. — Boa noite, Nora.

— Boa noite, Beck. Fico devendo uma.

— Duvido que, algum dia, vai me ver bêbado a ponto de precisar que alguém me coloque para dormir.

Ela sorriu.

— Não estou falando que devo isso a você. Estou falando que lhe devo um boquete.

Assim que cheguei à porta, deu para ouvir o ronco baixinho de Nora. Então, ela não ouviu a última coisa que eu disse:

— Pretendo cobrar, meu bem. Muito em breve.

CAPÍTULO 13
Beck

Estava na hora.

Na semana seguinte, eu me forcei a sair, embora não estivesse nem um pouco a fim. Mas bastou um olhar para o vestido de duas peças que Chelsea Redmond estava usando, com destaque para os mamilos bem marcados na parte de cima do tecido de seda, para eu agradecer a ela por ter sido persistente.

Ela se sentou do meu lado no balcão assim que voltou do banheiro depois inclinou-se para a frente e sussurrou no meu ouvido:

— Do jeito que estava me olhando, parecia até que queria pular o jantar. — Ela me deu um sorriso sensual. — Podemos fazer isso, se você quiser.

Com certeza, eu vou transar. Finalmente, porra.

Não que eu tivesse duvidado que Chelsea estaria a fim. Tínhamos saído algumas vezes e, em todas elas, o desfecho era o mesmo: eu na casa dela. Mas estava começando a temer que *eu* não estivesse mais a fim.

Nas últimas semanas, não andei muito no clima. Quer dizer, não foi bem assim. A verdade era que eu não estava mais no clima de transar com outras pessoas. Minha mão direita tinha dado conta do recado várias vezes — duas vezes no dia anterior, depois que Nora postou no blogue os vídeos dela andando a cavalo no rancho que estava visitando com minha avó. *Sobe e desce. Sobe e desce.* Merda, não podia ficar pensando naquilo, senão teria que ir ao banheiro. E, além do mais, seria babaquice fazer aquele tipo de coisa no meio de um encontro com Chelsea.

A recepcionista se aproximou, avisando que nossa mesa estava pronta. Fiquei feliz, porque Chelsea não tinha feito a oferta da boca para fora.

— Vamos ficar? — perguntou.

Peguei a mão dela e a ajudei a se levantar, envolvendo-a com os meus braços.

— Sim, vou alimentá-la primeiro — sussurrei no ouvido dela. — Vai precisar de energia mais tarde.

Chelsea esfregou os peitos em mim e se envaideceu.

— Mal posso esperar.

Assim que nos sentamos, pedimos uma garrafa de vinho, e ouvi as histórias de todas as pessoas famosas que ela havia conhecido desde a última vez que nos vimos. Chelsea era comissária de bordo em uma companhia aérea privada que atendia a algumas pessoas de Hollywood. Eu não ligava muito para as fofocas, mas fingi interesse e tentei não deixar a mente vagar demais. Ela estava no meio de uma história a respeito de um músico que teve um chilique porque não tinham a marca certa de água com gás a bordo quando meu celular vibrou na mesa.

Estava virado para baixo, mas olhei de relance. Poucas pessoas me enviariam mensagem na sexta-feira às nove horas da noite. Meu irmão Jake, talvez, embora provavelmente estivesse em alguma festa àquela altura. Então, virei o celular. O nome de *Nora* surgiu na tela.

Provavelmente, deve ser um vídeo ou algumas fotos da minha avó.

Nora era a última pessoa no mundo de quem eu deveria abrir uma mensagem no meio de um encontro. Estava difícil tirá-la da cabeça desde que voltei das Bahamas.

Não vou abrir.

Concentre-se no encontro — na mulher preparada, disposta e muito talentosa sentada bem na sua frente.

Então, eu me forcei a olhar para Chelsea, para a pele macia no pescoço delicado, e pensei em todas as coisas que faria com ele dali a algumas horas. Mas meu celular vibrou de novo. E foi inevitável encarar o nome de Nora.

Em vez de deixar passar batido de novo, Chelsea apontou para o celular.

— Você precisa responder? Quem é Nora?

Eu não queria que ela se sentisse mal, então usei a verdade a meu favor.

— Desculpe. É a mulher que está viajando com a minha avó. — Então, percebi que nunca tinha contado a Chelsea que minha avó estava doente, nem mesmo que tinha sido ela que me criou. Não tínhamos esse tipo de relação. Então, acrescentei: — Minha avó está com uns problemas de saúde.

— Ah. Sinto muito. Por que não responde, então?

Ótimo. Agora, a mulher em quem eu deveria estar prestando atenção estava me incentivando a falar com a que eu deveria esquecer. Balancei a cabeça.

— Desculpe. Não vai levar nem um minuto.

Desbloqueei a tela e encontrei algumas fotos — minha avó de chapéu de caubói em um cavalo, ela girando um laço acima da cabeça dentro de um cercado com um novilho, algumas fotos dela sorrindo e assando marshmallows em uma fogueira —, mas foi a última que me fez parar. Nora sentada em uma cerca de madeira, usando chapéu de caubói e perneiras pretas com franjas combinando. Ela sorria de orelha a orelha, e não consegui parar de olhar. Fiquei um pouco chateado quando Chelsea me interrompeu.

— São fotos de quê? — perguntou.

— São umas fotos das duas andando a cavalo e coisas do tipo. Estão em um rancho em Montana.

— Pensei que sua avó estivesse doente.

Eu havia dito que ela tinha alguns problemas de saúde, não que estava doente. Mas não estava a fim de explicar nem de contar em detalhes o que estava acontecendo.

— Pelo visto, ela está se sentindo melhor.

Chelsea sorriu.

— Ah, que ótimo. Posso ver?

Franzi as sobrancelhas.

Ela apontou para o celular.

— As fotos da sua avó.

— Ah. Sim. Acho que pode.

Eu não queria mostrar, mas voltei até a primeira foto e virei o celular para que ela pudesse ver. Chelsea tirou o aparelho da minha mão e passou por todas, então, também parou na última.

— Quem é essa?

— Nora. A amiga da minha avó.

Chelsea olhou para mim.

— Ela é linda.

Dei de ombros, tentando encerrar a conversa. Por sorte, o garçom chegou e resolveu aquilo por mim. Tirei o celular da mão de Chelsea e, quando terminamos os pedidos, minha acompanhante já parecia ter se esquecido completamente das fotos. Ela voltou a tagarelar a respeito de outra celebridade.

Mas eu não conseguia tirar as fotos da cabeça — durante o jantar nem depois, quando Chelsea me convidou para ir à casa dela.

Eu queria muito estar a fim de ir. Fazia um século que eu não transava com ninguém. Mas não tinha mais como. Foi uma tristeza recusar.

— Tenho que acordar cedo amanhã, então acho que vou para casa.

Chelsea pareceu tão confusa quanto eu me sentia por dentro.

— É sério? — disse ela, fazendo beicinho. — Fique uma ou duas horinhas. Ainda são dez e meia.

— Quem sabe outro dia.

Ela deu de ombros.

— Bem, acho que é um bom sinal termos saído, por mais que você não estivesse a fim de transar. Eu estava começando a achar que você só estava interessado em uma coisa.

Merda. Chelsea tinha entendido tudo errado. Então, ela achava que eu queria mais do que sexo quando, na verdade, nem isso eu queria mais. Eu teria que colocar um fim naquela situação, mas não era a hora para esse tipo de conversa. Queria ir para casa.

— Vou chamar um táxi e peço para deixar você em casa primeiro.

Meia hora depois, joguei as chaves na bancada da cozinha. Bitsy me recebeu com aqueles latidos e rosnados de sempre e, em seguida, voltou correndo para o quarto de Maddie, embora minha filha só fosse voltar dali a alguns dias.

Eu não estava cansado, então fui até o armário e me servi uma pequena dose de uísque. Depois, tirei os sapatos, apoiei os pés na mesinha de centro e peguei o controle remoto. Nada chamou minha atenção enquanto eu zapeava, então desliguei a TV e peguei o laptop para dar uma olhada na agenda do dia seguinte. Mas o navegador abriu na última página que eu tinha visitado: o blogue de Nora.

Ótimo. Muito bom mesmo.

Ela havia postado outro vídeo.

Provavelmente, mais um vídeo dela cavalgando. Como se a hora que eu tinha passado assistindo à gravação de trinta segundos de Nora *subindo e descendo, subindo e descendo* não tivesse bastado. A mulher era um perigo. Eu tinha que ignorar o vídeo, apagar o histórico de navegação e bloquear o site dela.

Sim, é o que vou fazer.

Tomei um gole generoso da bebida, encarando a tela.

Ah, porra, quem eu estou tentando enganar?

Eu tinha desistido de uma noite de sexo garantida para voltar para casa porque uma foto tinha me distraído. Não havia a menor chance de eu não assistir àquele vídeo. Então, parei de lutar contra aquilo e dei play.

— Salve, salve, pessoal. — Nora sorriu para a câmera. — O que acharam? Consegui mandar um "salve" com estilo? Eu meio que gostei. É mais amigável que como os nova-iorquinos cumprimentam, levantando o queixo e soltando um "e aí", não acham? Enfim... para quem está aqui pela primeira vez, bem-vindo ao *Viva como se estivesse morrendo*, episódio dezoito, uma série documental que fala do extraordinário fim da vida de Louise Aster. Se quiser saber mais a respeito do diagnóstico e das decisões de tratamento da Louise... — Nora apontou para baixo, e algumas palavras surgiram na tela. — É só clicar no primeiro episódio de *Viva como se estivesse morrendo*, que deve estar bem aqui, na parte de baixo da tela. Se já conhece nossa série, sabe que Louise está ocupada aproveitando a vida, vivendo cada dia como se fosse o último... e os últimos dois dias não foram diferentes. Nessa semana, estamos em Montana, no Rancho Sunny Acres, andando a cavalo e tocando gado, algo que não fazemos muito em Nova York. Esperamos que os novos vídeos sirvam de inspiração e que você possa sair e viver seus dias como se fossem os últimos. Então, sem mais delongas… Ah, espere. — Ela ergueu o dedo. — Antes de começarmos a ver a edição de melhores momentos, queria mostrar o que Louise e eu compramos na loja de lembrancinhas hoje. — Nora apoiou a câmera em algum lugar e abriu o casaco. Ela vestia uma camiseta rosa que dizia: A CAVALEIRA MAIS MAIS OU MENOS DO MUNDO. Ela falou com alguém fora da câmera, então chamou a pessoa com um gesto. — Ei. Quero mostrar sua nova camiseta aos nossos seguidores. Venha aqui.

Minha avó chegou, abriu o casaco e deu um sorrisinho maroto. A camiseta dela também era rosa, mas dizia: ESQUEÇA O CAVALO. MONTE UM CAUBÓI.

Dei uma risadinha. *Era a cara dela.*

Depois daquilo, assisti a uns dez minutos da minha avó cavalgando, tocando gado em cima do cavalo, atirando com arco e flecha em um alvo e acertando bem no centro. Até eu tive que sorrir. Era inspirador para caramba de se assistir, ainda mais sabendo a idade dela e como o câncer tinha devastado seu corpo.

Depois que os vídeos terminaram, Nora voltou à tela.

— Recebi um montão de e-mails de pessoas querendo doar dinheiro para instituições que apoiam aventuras no fim da vida — disse ela, apontando para cima daquela vez, e as palavras surgiram ali. — Então, incluí alguns links de organizações incríveis para quem quiser contribuir. Vocês podem até doar em nome de um ente querido. — Nora acenou para a câmera. — Por hoje, é isso. Voltem logo para mais aventuras e lembrem-se: vivam cada dia como se fosse o último!

A tela congelou no rosto sorridente de Nora. Terminei o uísque, aproveitando a vista.

Assim que relaxei um pouco os ombros, peguei o celular para responder Nora e ver como estava a tosse da minha avó. Eu não tinha respondido às fotos mais cedo, então foi por onde comecei.

Beck: Ótimas fotos. Obrigado por compartilhar. Como está a tosse da Annie Oakley?

Alguns segundos depois, meu celular vibrou.

Nora: rla ts mrljor

Franzi as sobrancelhas, confuso. Digitei uma resposta.

Beck: Eles servem vinho na hora do rango?

Um minuto depois, meu celular tocou. Nora.
— Alô?
— Oi. Desculpe. Meu celular novo está dando problema. Estou do lado de fora, e está escuro pra caramba. Por algum motivo, a tela acende quando eu recebo mensagens, mas não acende para que eu possa responder. Tentei chutar onde as teclas estavam. Acho que não me saí muito bem, né?
— Digamos que achei que você estivesse bêbada.
Nora riu, e uma sensação calorosa percorreu meu corpo.
Acho que deve ser azia por causa do vinho no jantar.
— A tosse dela está igual — informou Nora. — Não melhorou, mas não piorou. Definitivamente, não a está impedindo de fazer nada. Está difícil acompanhar o ritmo dela nesta semana.

Havia uma música tocando ao fundo. Estava alta pra cacete quando ela começou a falar, mas foi diminuindo. Imaginei que estivesse do lado de fora de um bar ou algo do tipo.
— Onde você está?
— Em uma fogueira. O rancho em que estamos hospedadas acende uma toda noite. É incrível. Fazem a maior fogueira que já vi, e aí alguns caubóis se sentam ao redor e tocam música.
— Parece divertido.
Ela riu.
— Aposto que você detestaria. Mas sua filha com certeza conseguiria ganhar o distintivo de sobrevivência dela aqui.
Ao fundo, ouvi uma voz masculina.

— Achei. Estava procurando você.

— Espere um segundinho, Beck.

— Sem problema.

A conversa ficou abafada, mas deu para ouvir o que diziam.

— Está tudo bem com Louise? — perguntou Nora.

— Sim — respondeu o homem. — Eu estava procurando você para ver se não queria dar uma volta em um pasto aqui perto. É um dos melhores lugares para se observar estrelas no estado de Montana.

— Ah, parece legal. Quando vocês vão?

— Quando você quiser. Na verdade, eu estava pensando em irmos só nós dois.

— Ah...

— Foi mal — disse o homem. — Não percebi que você estava no telefone.

— Já vou desligar.

— Sem pressa. Pode me procurar, se estiver a fim.

— Obrigada.

Cerrei os punhos. *Ótimo*. Fiquei com vontade de dar uma surra naquele caubói.

Nora voltou ao telefone.

— Desculpe por isso. Do que a gente estava falando?

— Você estava me contando que a tosse da minha avó está mais ou menos a mesma coisa, mas estou me perguntando se você não anda ocupada demais para ter percebido qualquer mudança.

— O que está insinuando?

— Nada. — Balancei a cabeça, odiando a mim mesmo. — É melhor eu ir. Cuide-se.

— Tudo bem. Tenha uma ótima noite, Beck.

A voz de Nora exalava sarcasmo.

Dane-se. Desliguei e joguei o celular na almofada do sofá ao meu lado. Em seguida, servi mais uísque — só que, dessa vez, enchi três quartos do copo em vez de parar em uma quantidade razoável.

Depois de beber metade, ainda estava remoendo o que tinha acontecido quando o celular vibrou de novo.

Nora: Recusei o convite do caubói. Achei que seria bom avisar, porque você soou preocupado com a minha segurança... ou algo do tipo.

Eu não sabia o que tinha me irritado mais: o fato de Nora me ler tão bem ou de meu maxilar ter relaxado depois de saber que ela havia recusado ir para um pasto qualquer com o caubói. É claro, eu negaria as duas coisas. Digitei minha resposta.

Beck: Eu não estava com ciúme, se é o que você está insinuando.
Nora: Aham...
Beck: Eu não estava.
Nora: De qualquer maneira, ele não fazia meu tipo.
Beck: Por que não?

Bebi mais um gole enquanto observava os pontinhos saltando na tela.

Nora: Bom, hoje ele me perguntou se eu já tinha pensado em me mudar para o Oeste. O cara quer uma esposa.
Beck: Ah, verdade. Esqueci que seu tipo são caras que não curtem compromisso.
Nora: De preferência, aqueles que usam calças sob medida incapazes de esconder a terceira perna que têm entre as coxas.

Meus lábios se curvaram. Aparentemente, bastava um leve afago no ego para acalmar a fera enciumada que havia dentro de mim. Digitei minha resposta.

Beck: Consigo chegar em Montana em cinco horas.
Nora: Haha. Considerando que ainda não voltei para o Tinder desde que o Cara Casado estragou a experiência, eu talvez aceite a proposta, se você continuar oferecendo.

Eu estava me sentindo cada vez melhor.

Beck: Assim é que se fala...
Nora: E você? Saiu com alguém recentemente?
Beck: Na verdade, tive um encontro hoje.

Fiquei olhando os pontinhos se mexerem, pararem, então recomeçarem.

Nora: Que horas são em Nova York agora? Onze e meia? Meio cedo para estar em casa depois de um encontro, né?
Beck: Eu não estava a fim hoje.
Nora: Por que não?
Beck: Porque não.
Nora: Humm...

Trinta segundos depois, veio mais uma mensagem.

Nora: Do que está a fim hoje, Beck?

Fiquei mais animado com a ideia de trocar umas mensagens sacanas com uma mulher a mais de três mil quilômetros de distância do que fiquei com a perspectiva de transar de fato com outra naquela noite.

Beck: Considerando que estou em casa sozinho e que você recusou minha oferta de pegar um avião, talvez eu esteja a fim de receber umas fotos...
Nora: Que tipo de fotos?

O álcool definitivamente tinha começado a fazer efeito. Eu não queria parecer babaca e pedir um nude — por mais que fosse exatamente aquilo que eu tivesse em mente. Então, fui com calma.

Beck: Achei aquela de biquíni com o golfinho bacana.

Outra vez, os pontinhos pularam na tela, depois pararam por alguns minutos antes que o celular vibrasse de novo.

Nora: Boa noite, Beck.

Suspirei. Talvez eu tivesse ido longe demais.

Uma hora depois, eu estava no banheiro tirando a roupa quando o celular vibrou de novo. Era Nora. Assim que abri a mensagem, apareceu um vídeo.

Ela estava de pé, virada de lado, com a câmera apontada para o espelho, usando o mesmo par de perneiras de couro de mais cedo. Ela deu um *zoom* na parte de baixo e, em seguida, virou até ficar de bunda para mim.

Meu.

Deus.

Do.

Céu.

E quando eu digo que ela ficou de bunda para mim, ela ficou de bunda *mesmo* — porque Nora estava usando apenas um fio-dental por baixo daquelas perneiras sem fundilhos. Em seguida, ela se inclinou, oferecendo a mim um close maravilhoso daqueles dois grandes globos redondos. Para fechar, olhou por cima do ombro e deu uma piscadela antes de encerrar o vídeo.

Cliquei no play mais duas vezes antes de perceber que outra mensagem havia chegado.

Nora: Durma com os anjos.

Fechei os olhos, tentando me acalmar, mas foi pior. A imagem da minha mão deixando uma marca naquela bunda linda me fez abrir os olhos e procurar o play de novo.

Assisti ao vídeo mais uma vez antes de engolir em seco e digitar uma resposta.

Beck: Não vai ter nada de angelical nos meus sonhos hoje à noite enquanto imagino tudo que eu faria com essa bunda se ela estivesse aqui.

CAPÍTULO 14
Beck

Segunda rodada.

Uma semana depois, eu estava em outro encontro. Dessa vez, com Claire Wren, uma mulher com quem eu tinha saído três vezes antes — no mesmo dia, em três dos últimos quatro anos, no nosso aniversário.

Claire era especialista em cibersegurança e dona da própria firma. Tinha feito um serviço para mim havia alguns anos e, de alguma maneira, descobrimos que tínhamos nascido no mesmo dia — e no mesmo ano. Alguns meses depois, eu estava bebendo com uns amigos quando ela me mandou uma mensagem me desejando feliz aniversário. Ela acabou indo ao bar em que eu estava, e terminamos a noite comemorando na casa dela, só nós dois. Claire era determinada, talvez a única pessoa que eu conhecia que era mais ocupada do que eu naquela época, então conseguimos nos ver de novo apenas no mesmo dia no ano seguinte. Depois disso, acabou virando nossa tradição. Ela sempre me mandava mensagem no nosso aniversário, e nos reuníamos para a comemoração anual. A única vez que aquilo não rolou foi no ano em que eu estava fora do país. Nesse ano, quase recusei e avisei que não poderia ir, porque não estava no clima, mas, no final das contas, acabei me convencendo. Era triste passar o aniversário sozinho, bebendo em casa — algo que eu vinha fazendo com frequência nos últimos tempos.

Claire pediu algumas doses de Bailey's no bar, e erguemos os copos para brindar.

— Uma pessoa inteligente, bonita e bem-sucedida nasceu no dia de hoje — começou ela com um sorriso. — Infelizmente, não foi você. Fui eu. Talvez ano que vem seja o seu ano, quem sabe. Parabéns, gêmeo de aniversário.

Dei uma risada, e brindamos. Em seguida, tomamos as doses.

— E aí... o que rolou nos últimos 364 dias? — perguntei.

— Nada interessante. Trabalhei sem parar. Tive mais dinheiro que tempo livre. — Ela ergueu o dedo. — Ah, na verdade, tenho uma novidade, sim. Tive um relacionamento sério por uns seis meses.

— E o que aconteceu?

Ela deu de ombros.

— Ele me acusou de estar mais apaixonada pelo meu trabalho que por ele. Então, deu um ultimato: ou eu trabalhava menos, ou a gente terminava. — Claire abriu um sorriso. — No final das contas, ele estava certo. Eu amava mais o meu trabalho mesmo. — Ela pegou o palito do martíni e puxou as azeitonas com os dentes. — E você? Alguma mulher especial na sua vida no último ano?

Pensei em Nora imediatamente. Não tínhamos nos falado nem trocado mensagens desde a noite do meu último encontro, a noite em que ela havia me mandado o vídeo da bunda. Meu instinto dizia que, na manhã seguinte, Nora concluiu que tinha ido longe demais e resolveu se conter de novo. O que era bom. Eu precisava me desligar dela. Se bem que *stalkear* o blogue dela não foi exatamente uma ruptura completa — mas... um passo de cada vez. Eu chegaria lá. A comemoração anual seria um grande salto.

Balancei a cabeça e ergui o drinque.

— Não. Só minha filha.

Meia hora depois, eu estava começando a me divertir. A comida era boa e a companhia, melhor ainda. Claire era inteligente e engraçada. Nunca faltava assunto. Mas, então, meu celular tocou e o nome de Nora surgiu na tela. Fiquei olhando o nome piscar duas ou três vezes, lutando contra o impulso de atender.

Claire olhou do celular para mim e de volta para o celular. Em seguida, as sobrancelhas se uniram.

— Você tem que atender?

Imagens de Nora invadiram minha mente — e não foi o vídeo da bunda ou com a foto do biquíni; foram imagens dela rindo. Odiei ter permitido que ela invadisse meu encontro. Então, soltei um suspiro longo e peguei a mão de Claire assim que o celular finalmente parou de vibrar.

— Não. Não é importante.

Como se quisesse me pegar na mentira, o celular começou a vibrar de novo.

Tentei ignorar a chamada pela segunda vez, mas cada aparição do nome dela me preocupava mais. Nora não costumava ligar. Muito menos duas vezes seguidas.

Soltei a mão de Claire.

— Desculpe. Vou ter que atender rapidinho.

— É claro. Sem pressa.

Atendi a chamada.

— E aí?

— Beck...

Só de ouvir a forma como ela pronunciou aquela única palavra, eu soube que havia alguma coisa errada.

Eu me levantei da cadeira.

— O que aconteceu?

— É a Louise. Ela está no hospital. Disseram que ela teve um derrame.

— Onde vocês estão?

— Estamos no Tennessee. No Hospital Memorial de Gatlinburg.

— Estou indo para aí.

Encerrei a chamada, revirei o bolso e joguei algumas notas de cem dólares na mesa.

— Sinto muito, Claire. Preciso ir.

— O que aconteceu?

— Minha avó teve um derrame.

Peguei o primeiro táxi que consegui e pedi que fosse direto ao aeroporto. Eu nem sabia se ainda teria algum voo naquela noite, mas tinha que tentar. Pelo celular, consegui comprar uma passagem em um voo para Knoxville, mas estava em cima da hora. Felizmente, a fila da segurança estava tranquila pela primeira vez na vida e, como eu estava apenas com a carteira, cheguei ao portão no momento em que anunciavam a última chamada.

Duas horas depois, eu estava no Tennessee, e um táxi que esperava por passageiros fez a corrida de quarenta e cinco minutos até Gatlinburg. Nora tinha me atualizado da situação, então, quando cheguei ao hospital, fui direto até a UTI. Nora estava me esperando no corredor. O semblante dela me fez parar.

— Ela...?

Nora balançou a cabeça.

— Não. Não. Ela está bem. Quer dizer, não bem. Mas, no momento, está estável. Agora, as enfermeiras estão colocando uma camisola nela e essas coisas. Disseram que levariam poucos minutos e que avisariam quando eu pudesse entrar.

Passei a mão pelo cabelo.

— O que aconteceu?

— Estávamos nadando na piscina. Ela estava ótima e risonha, mas, no minuto seguinte, começou a falar arrastado e a unir palavras que não faziam sentido juntas. No começo, achei que talvez ela tivesse bebido um pouco e não havia dito nada. Mas, depois, notei que um lado do rosto dela estava meio caído, então liguei para a emergência.

— Tem certeza de que foi um derrame?

Nora fez que sim.

— Eles fizeram uns exames. Um dos tumores cresceu e está dificultando o suprimento de sague.

— E o que eles geralmente fazem? Tiram?

Nora franziu a testa.

— Ela tem uma diretiva antecipada de vontade e um testamento vital. Cirurgia não é uma opção. Ela está tomando anticoagulantes, o que parece ter restaurado o fluxo sanguíneo, por enquanto.

— Por enquanto? E depois?

As portas da UTI se abriram, e uma enfermeira fez sinal para Nora.

— Pode entrar.

— Obrigada.

A mulher me olhou de relance quando segui Nora.

— Esse é Beck, neto da Louise — informou Nora. — Ele acabou de chegar de Nova York.

— Que legal. Dois netos com ela.

Olhei para Nora, que me encarou com olhos arregalados e lábios contraídos, um sinal claro para que eu calasse a boca.

Assim que chegamos ao compartimento envidraçado, a enfermeira apontou para uma porta fechada.

— Podem entrar. O médico virá falar com vocês em breve.

— Obrigado.

Entrei com o coração na mão. Minha avó parecia tão pequena... tão frágil... Comecei a achar que ela parecia *velha* também, mas ela me daria uma bronca só por ter pensado aquilo, então parei por ali mesmo.

— Ela perdeu peso?

— Não tenho certeza. Mas viemos direto da piscina, então o cabelo estava molhado, e ela está sem maquiagem. E mais, ela não é de ficar deitada descansando, então é estranho vê-la tão... — Nora balançou a cabeça, e os olhos se encheram de lágrimas. — Não sei. Eu coloquei a faixa prateada com glitter nela porque Louise não é Louise sem um pouco de brilho.

Contornei a cama e envolvi Nora com o braço.

— Desculpe. Foi uma pergunta idiota. E tenho certeza de que ela gosta muito da faixa.

Nora fungou.

— Você acha que ela consegue ouvir a gente?

— Não sei. Acho que deveríamos perguntar ao médico.

Alguns minutos depois, tivemos a resposta quando o plantonista da UTI entrou. Ele fez um gesto em direção à porta.

— Que tal conversarmos lá fora?

O dr. Cornelius se apresentou e foi direto ao ponto.

— Como sabem, sua avó sofreu um derrame. Há dois tipos principais de derrame: o isquêmico, causado pelo corte do suprimento de sangue ao cérebro, normalmente por um bloqueio; e o hemorrágico, causado por um sangramento no cérebro. Louise sofreu um derrame isquêmico por conta do tumor que bloqueou a artéria carótida. O isquêmico tem uma taxa de sobrevivência muito maior que o hemorrágico.

O médico deve ter visto o alívio no meu rosto. Ele ergueu a mão.

— No entanto, nesses tipos de derrame, normalmente podemos remover a obstrução e restaurar o fluxo sanguíneo ao cérebro. Mas sua avó deixou os desejos dela bem claros... Ela não quer nenhum procedimento cirúrgico para prolongar a vida. Felizmente, os anticoagulantes que ministramos parecem estar fazendo efeito.

— Ela pode tomar anticoagulantes a longo prazo?

Ele fez que sim.

— Estamos administrando a medicação pelo estômago agora, mas os anticoagulantes podem ser tomados como comprimido e as complicações são relativamente baixas.

— Ah, isso é ótimo — animou-se Nora.

Mas algo no tom do médico me disse que era melhor não cantar vitória antes do tempo.

— E o tumor? — perguntei.

O dr. Cornelius deu um sorriso triste.

— Liguei para o Sloan Kettering em Nova York para ter acesso aos últimos exames dela e comparar. É um tumor agressivo. Só podemos afinar o sangue até certo ponto. Provavelmente, o tumor vai continuar crescendo, causando outro bloqueio.

— E depois?

O médico me olhou nos olhos.

— É provável que ela não sobreviva ao próximo derrame, meu jovem.

Não me lembro de nada do que ninguém disse depois daquilo — nem das palavras gentis que eu sei que Nora me ofereceu ao passarmos horas sentados ao lado da cama da minha avó. A uma certa altura, a enfermeira que tinha cuidado de Louise a noite inteira veio falar com a gente.

— Oi. Eles vão pedir para que vocês se retirem daqui a pouco, assim que começar a troca de turno. Não permitem visitas das cinco às oito da manhã. Então, deveriam ir para casa descansar. A avó de vocês passou por muita coisa, é provável que ela ainda durma por várias horas. Sei que querem ficar, mas o mais importante que um cuidador pode fazer é cuidar de si mesmo. Durmam um pouco. Tomem um café da manhã saudável. E, depois, vocês voltam.

Olhei para Nora, que parecia exausta. Não era só em mim que eu tinha que pensar. Então assenti.

— Posso passar nossos números para você caso ocorra alguma mudança?

— É claro. — A enfermeira dirigiu-se a um quadro branco e pegou uma caneta. — Podem escrever aqui, assim fica fácil para alguém da equipe que estiver de plantão ligar, caso precise de vocês ou alguma coisa mude. Vou adicionar os números de vocês ao nosso sistema.

— Obrigado.

Nora tinha vindo de ambulância, então chamamos um Uber, já que nenhum de nós estava de carro. O sol nascia quando subimos as Smoky Mountains. Nunca tinha parado para pensar muito naquele nome, mas a névoa espessa e azulada explicava tudo. Tons de roxo e laranja surgiam por entre o pico das montanhas.

— Uau — comentei, olhando para fora. — É lindo.

— Nós subimos aqui para ver o sol nascer nos últimos dois dias. — Nora engoliu em seco. — Agora, estou feliz por termos feito isso.

Era difícil pensar que poderia haver um nascer do sol no futuro sem minha avó por perto para vê-lo. Senti um nó na garganta ao perceber que aquela realidade chegaria mais cedo ou mais tarde. Nora e eu ficamos em silêncio, cada um olhando por uma janela, até o carro reduzir a velocidade num platô e parar na porta do hotel.

— Chegamos — avisou ela. — Louise e eu sempre pegamos duas chaves e ficamos com uma cópia de cada, para o caso de emergências. Então tenho a chave de Louise, se quiser ficar no quarto dela.

— Acho que vou checar se tem algum quarto disponível. Assim, se ela… — Ao me dar conta do que tinha dito, interrompi a frase. — Quando. *Quando* ela sair, tudo vai estar do jeito que ela deixou.

Nora forçou um sorriso e fez que sim.

Afinal, o hotel estava bem vazio, então havia vários quartos disponíveis. A recepcionista se lembrou do nome de Nora e me arrumou um quarto ao lado do dela. Saímos do elevador com um clima melancólico nos acompanhando.

Quando chegamos ao quarto de Nora, ela parou na porta.

— A que horas você quer voltar ao hospital?

— Por que não dorme um pouco? Volto daqui a algumas horas sozinho, e você pode ir quando acordar.

Ela balançou a cabeça.

— Não, eu quero muito ir.

Olhei para o relógio.

— Que tal às dez? Isso nos dá umas quatro horas.

— Acho bom. — Ela me olhou de cima a baixo. — Eu até emprestaria uma camisa a você ou algo do tipo, mas acho que nenhuma roupa minha serviria.

Dei de ombros.

— A moça da recepção disse que tem um kit de higiene no quarto. Não preciso de mais nada.

— Certo. Bem, se precisar de alguma coisa, sabe onde me encontrar.

Assenti.

— Durma um pouco.

A porta do meu quarto estava quase fechada quando ouvi Nora gritar:

— Espere! Beck!

Voltei ao corredor.

— Sim?

Ela abriu um sorriso afetuoso.

— Eu não lhe dei parabéns. Acho que, agora, é um parabéns atrasado. Sua avó me contou, e eu tinha planejado mandar mensagem, mas as coisas se complicaram.

— Obrigado. A gente se vê daqui a algumas horas.

Quando estávamos no hospital, achei que estaria agitado demais para dormir, mas bastou uma olhada naquela cama grande para eu bocejar — embora eu precisasse de um banho rápido antes de me deitar. Então, tirei o terno que vinha usando desde a manhã anterior e deixei as peças no encosto da cadeira no canto. Entrei e saí do banho em menos de cinco minutos, e só faltava escovar os dentes. Mas, quando revirei a bolsinha com os produtos de higiene do hotel, percebi que não tinha pasta de dente, só uma escova. Cheguei a pensar em ligar o foda-se, mas eu havia tomado muitas xícaras de café, e o gosto me incomodaria.

O quarto de Nora não apenas ficava ao lado do meu, como havia uma porta que conectava os dois. Então, vesti o roupão do hotel e fui até lá para tentar ouvir se ela ainda estava acordada. Com certeza, escutei uma movimentação do outro lado, e parecia que a TV estava ligada. Então, bati de leve.

— Beck? — A voz dela fez parecer que estava bem do outro lado da porta. — Foi você que bateu?

— Foi. Desculpe. Você tem pasta de dente para me emprestar?

— Ah, é claro. Espere aí.

A porta se abriu, e ela estendeu a pasta de dente, sem tirar os olhos do chão. Quando fiz menção de pegar, notei que era estranho ela não ter levantado a cabeça.

— Nora?

Um instante depois, ela me olhou. Seu rosto estava vermelho e o lábio inferior tremia.

Meu coração estava no limite, e vê-la chateada daquele jeito foi a gota d'água.

— Merda — murmurei e a trouxe para perto. — Venha aqui.

Ela nem sequer tentou resistir. Foi como se a porteira tivesse sido aberta. Nora desabou em um choro terrível e angustiante. Suas mãos se fecharam no meu roupão, e ela escondeu o rosto no meu peito enquanto os ombros tremiam. Eu a peguei no colo e a levei ao quarto dela. Então, sentei-me na beirada da cama e a aconcheguei no colo enquanto Nora chorava.

— Ainda não estou pronta para perdê-la — disse ela aos soluços.

Ouvir aquela voz destruída acabou comigo. Senti minha garganta se apertar e agradeci pelo nó que se formou, pois foi a única coisa que me impediu de desabar também.

Acariciei o cabelo de Nora.

— Vai ficar tudo bem.

Ela soluçou ainda mais.

— *Não* vai ficar tudo bem. O mundo vai seguir em frente, e tudo vai continuar do mesmo jeito. Isso não é ficar tudo bem.

Eu a abracei mais forte.

— Não é verdade. Nem tudo vai ser igual. Sabe por quê? Porque ela não vai deixar o mundo do mesmo jeito que o encontrou. Louise mudou vidas. — Minha voz falhou. — Ela fez você e eu sermos pessoas melhores.

Eu estava tentando ajudar, mas o que falei só piorou as coisas. Nora chorou ainda mais. O som vinha de um lugar bem fundo. Eu não tinha muita experiência consolando pessoas, a não ser minha filha, então tentei fazer o que dava mais certo com ela e balancei o corpo de leve para a frente e para trás.

Pareceu funcionar. Finalmente, os ombros de Nora começaram a tremer menos, e a respiração foi voltando ao normal. Depois de um tempo, ela soltou um suspiro profundo.

— Obrigada.

— Não precisa me agradecer, meu bem. — Beijei a testa dela. — Na verdade, sou eu quem deveria agradecer a você. Minha avó tem sorte de ter alguém que se importa tanto assim.

Ela enxugou as bochechas.

— Acho que vou saquear o frigobar e pegar um vinho, depois vou tomar um banho quente.

Abri um sorriso.

— Parece um bom plano.

Nora saiu do meu colo e ficou em pé.

— Obrigada, Beck. Sua avó também tem sorte de ter você.

Assenti e me levantei.

— Vou deixar a porta entreaberta, caso queira conversar quando sair do banho.

— Acho que vou ficar bem, mas obrigada.

Pelo menos meia hora se passou antes que eu ouvisse qualquer movimentação no quarto ao lado. A lâmpada de Nora estava acesa, e um fio de luz chegava pelo vão da porta que separava os quartos. Ouvi um clique distante e, logo em seguida, aquela luz se apagou. Então, ajeitei-me na cama e cedi ao peso das pálpebras. Tinha começado a cochilar quando ouvi um rangido.

— Beck?

Eu me levantei, apoiado nos cotovelos.

As cortinas estavam fechadas, mas havia luz o suficiente para ver a silhueta de Nora. Ela usava o roupão do hotel e o cabelo molhado estava jogado para trás, como se tivesse acabado de penteá-lo.

— Você está bem?

— Não. — Ela fez uma pausa. — Eu quero esquecer.

Congelei. Aquelas eram as palavras que ela tinha usado quando nos conhecemos, na noite do encontro com o cara do Tinder. Eu tinha quase certeza do que ela estava insinuando, mas não quis deixar nenhuma margem de dúvida.

— O que está me pedindo, Nora?

A resposta dela foi desamarrar o roupão e deixá-lo escorregar dos ombros.

— Ajude-me a esquecer, Beck.

Como não falei nada, ela se aproximou um pouco mais. Estava completamente nua e, como eu não tinha nenhuma troca de roupa, eu também estava.

— Só tomei uma taça de vinho — disse ela. — E, sim, estou emotiva. Mas não tão emotiva a ponto de tomar uma decisão precipitada. Penso em você todas as noites desde a primeira vez em que nos vimos. Eu me toco lembrando do som da sua voz grave e imagino minhas unhas arranhando sua pele bronzeada.

Ah, caralho.

Ela chegou mais perto.

— Nora... você não quer isso. Você mesma me disse, várias vezes.

Ela sorriu.

— Não, você está errado. Eu menti. Falei que não queria porque estava tentando me convencer de que era verdade. Mas quero tanto você que nem consegui me forçar a ficar com outro homem. Eu bem que tentei com aquele caubói, na última noite em Montana.

Toda a hesitação e a incerteza que eu sentia, de repente, foram substituídas por uma nova emoção — ciúme. *A porra de um caubói.*

Puxei a coberta mais para cima.

— Você deixou que ele a tocasse?

— Não, mas cheguei perto. Pensei em chupá-lo fingindo que ele era você. — Ela deu mais um passo e ficamos cara a cara. — Eu quero você, Beck. Quero você na minha boca.

Fiquei em pé, completamente duro. Eu e meu pau estávamos prontos para mostrar a ela a quem aqueles lábios pertenciam.

— Ajoelhe. E ninguém vai ter que fingir nada aqui...

CAPÍTULO 15
Nora

Meu Deus.

Eu nunca tinha sentido tanto tesão. Caí de joelhos no tapete. Aquilo era exatamente o que eu queria. Não ter que pensar. Receber ordens. Ser desejada como eu tinha percebido pela determinação na voz dele.

Beck estendeu a mão e acariciou minha bochecha.

— Lamba.

Uma onda de arrepios se alastrou pelo meu corpo. Eu mal podia esperar para satisfazê-lo. Abrindo bem a boca, deslizei a língua por baixo até a cabeça do pau dele bater no meu palato. Em seguida, fechei os lábios ao redor da circunferência e chupei, soltando-o sem pressa.

Beck fez um som — uma mistura de agonia e êxtase. Depois, levou a mão até minha nuca e agarrou uma mecha de cabelo.

— *Caralho*. Essa boca. É minha, e vou tomá-la. Abra mais. Quero ir bem fundo na sua garganta, meu bem.

Até poderia ter dado o que ele queria, mas era *beeem* melhor fazê-lo comer na minha mão. Achatando a língua, voltei a chupá-lo, mas parei pouco antes de engolir. Então, respirei fundo, preparando-me para que aquela fosse a última respiração por algum tempo, e olhei para cima.

— Caralho — disse Beck com um rosnado. Ele apertou ainda mais a mão no meu cabelo. — Abra mais. Você vai chupar tudo.

Puxei o ar pelo nariz e abri a mandíbula o máximo que pude. Beck se impulsionou para a frente, chegando ao fundo da minha garganta de tal maneira que ela certamente ficaria dolorida mais tarde. Mesmo assim, agarrei a parte de trás das coxas dele, amando cada segundo em que ele fodia minha boca. Beck arrancou de mim cada pensamento, cada lembrança, cada emoção na qual eu não queria pensar, até que não restasse nada além de desejo. *Um desejo cru. Carnal. Ávido.*

Ele expandiu na minha boca, ficando absurdamente grosso e duro. Tive certeza de que bastaria encostar no meu clitóris para eu explodir de prazer, mas queria que Beck gozasse mais do que eu queria um orgasmo. Ele começou a se mover com cada vez mais força, e imaginei que eu estivesse prestes a conseguir o que eu mais queria… mas Beck grunhiu e se afastou. Então, ele se abaixou, me agarrou por baixo dos braços e, depois, me jogou na beirada da cama.

Tentei recuperar o fôlego.

— Por que você parou?

Beck ficou de joelhos.

— Porque não tem como você gritar meu nome enquanto eu estiver ocupando sua boca, e, na primeira vez que você gozar, quero que faça exatamente isso.

— Meu Deus. Só um pouco egocêntrico, né?

Beck abriu um sorriso travesso.

— Encoste e abra bem as pernas para mim.

— E se eu não quiser que você faça isso?

A resposta dele foi abrir minhas pernas e apoiá-las nos ombros.

— Deite-se, Nora — disse Beck com firmeza.

Revirei os olhos, mas obedeci. Ele não perdeu tempo e caiu de boca. Passou a língua pelo clitóris intumescido, gerando uma faísca que fez disparar uma corrente elétrica por todo o meu corpo. Ele lambeu a abertura de cima a baixo, afastando ainda mais meus joelhos enquanto enterrava o rosto entre minhas pernas. Agarrei o cabelo dele e o puxei para mais perto.

— Beck!

— Isso. Goze, querida. Quero beber você até a última gota.

Ele afundou o rosto ainda mais, pressionando o clitóris com o nariz enquanto a língua entrava e saía. Parecia que eu estava no paraíso, e não achei que tivesse como aquilo ficar ainda melhor, mas, então, ele deslizou dois dedos para dentro de mim, e eu me perdi completamente.

— Meu Deus.

Ele meteu mais rápido, entrando e saindo, chupando e girando.

Meu corpo começou a tremer, e meus olhos, a se revirarem.

— Beck. Não pare!

— De jeito nenhum, meu bem.

Aquelas palavras abafadas vibraram na minha carne sensível, e meu corpo começou a pulsar sozinho.

— Beck...

Arqueei as costas na cama enquanto sentia o orgasmo cada vez mais próximo.

Beck estendeu a outra mão e a usou para me segurar.

Em seguida, chupou o clitóris com força.

Então, gozei.

Meu Deus.

Meu Deus.

E como gozei.

Desci a montanha-russa em queda livre. O orgasmo arrebatou meu corpo, e gemi com aquela sensação alucinante. Não dava mais para sentir as pernas. Assim que o corpo começou a relaxar, fiquei meio emocionada. Eu nunca tinha chorado com um orgasmo, mas aquele tinha sido *muito* bom.

Minha respiração ainda não tinha voltado ao normal quando Beck veio por cima de mim. Seus olhos se demoraram no meu rosto. Por alguma razão, achei que ele estava pensando se me beijaria ou não. Eu sabia que algumas pessoas não gostavam de beijo depois de sexo oral, e talvez eu também não gostasse... normalmente. Mas, naquele momento, não me importei.

— Pode me beijar — falei. — Se for nisso que está pensando.

Os olhos dele brilharam.

— Não era. E eu não estava planejando pedir permissão, mas obrigado por ter dito isso.

Dei um tapinha no abdômen dele.

— Meu Deus, você é um babaca.

— E você gemeu o nome desse babaca, meu bem.

Revirei os olhos.

— Não faça com que eu me arrependa.

O sorriso brincalhão se desfez.

— Não quero que se arrependa de termos ficado juntos.

— Eu só estava brincando. — Acariciei a bochecha dele. — Não vou me arrepender de nada.

Beck assentiu. Gostei de saber que ele conseguia mostrar um lado vulnerável logo depois de ter dado uma de macho alfa. Ele não tinha medo de expressar sentimentos — característica rara em um homem obstinado.

— Por mais que eu não fosse pedir permissão para beijar você, vou pedir permissão para não usar nada.

— Era nisso que estava pensando? Você quer transar sem camisinha?

— Se não tiver problema para você. Transei apenas com uma mulher sem, e fiz um check-up recentemente. Não estive com mais ninguém desde então.

— Também fiz um check-up completo antes da viagem. — Fiz uma pausa. — Você não tem camisinha?

— Tenho. Na carteira. Eu posso usar, se você não se sentir confortável.

Havia um monte de coisas para refletir naquela conversa, mas se eu confiava ou não em Beck não era uma delas.

— Eu tomo pílula. Tudo bem se não usarmos.

Ele abriu um sorriso.

— Obrigado.

Beck ficou de joelhos e me puxou até o centro do colchão. Não havia nada mais sensual que um homem confiante, que sabia quem era e o que queria — e que não esperava o mesmo comportamento submisso fora do quarto.

Beck ficou por cima de mim, entrelaçando nossos dedos antes de levar minhas mãos acima da cabeça. Em seguida, ele me deu um beijo suave, explorando minha boca com a língua de um jeito íntimo e sensual, bem diferente do beijo daquela noite no bar. Ele encontrou meu olhar enquanto entrava em mim. Eu ainda estava tão molhada pelo orgasmo que tive na boca dele, que consegui aguentar a espessura.

— Caralho. Você é tão quente e apertada... — Beck entrava e saía, indo um pouco mais fundo a cada vez. Ele fechou os olhos por um breve instante assim que se acomodou todo dentro de mim. — Encaixou como uma luva. Que delícia. — Ele começou a se mexer com mais intensidade, indo mais rápido, com mais força, mais fundo. Mas sem nunca desviar o olhar do meu. E a forma como me olhava nos olhos me deixava assustada... mas me fez sentir segura. Aquilo era para ser apenas sexo, uma maneira de esquecer por um tempo, mas pareceu muito mais, pareceu algo bonito.

O resto do mundo desapareceu. Éramos apenas Beck e eu, duas pessoas se conectando profundamente, e o som do nosso corpo se chocando um no outro nos transportou para dentro de um mundo só nosso. Quando gemi, Beck grudou os lábios nos meus. Nosso beijo ficou mais ardente, ensandecido. Puxei o cabelo de Beck, e sua respiração se tornou ofegante. Nós dois estávamos perto de gozar, mas meu corpo não pôde mais esperar.

— Meu Deus. Beck! Eu vou...

— Eu também, minha querida. Goze no meu pau.

As palavras dele me levaram ao limite. Meu corpo se contraiu e voltou a pulsar de novo. Sem conseguir me controlar, gritei o nome de Beck.

Ele levantou minha perna, e a mudança de posição o fez se esfregar em um ponto que me levou a ver estrelas. Quando finalmente comecei a recuperar o controle, ele foi ainda mais fundo e parou. Senti espasmos dentro de mim, mas não sabia se era o corpo dele ou o meu que fazia aquilo.

Depois, esperei o momento em que ele relaxaria seu peso e rolaria para longe de mim. Mas não aconteceu. Em vez disso, Beck me beijou suavemente, ainda entrando e saindo de mim bem devagarinho. Então, afastou o cabelo do meu rosto e sorriu.

— Deu certo? Esqueceu um pouquinho?

Abri um sorriso bobo.

— Quem é você? Qual é o seu nome mesmo?

Ele beijou minha boca mais uma vez.

— Ótimo. Fico feliz que tenha se sentido um pouco mais em paz.

Alguns minutos depois, Beck se levantou para ir ao banheiro. Enquanto ele estava lá, corri para pegar meu roupão. Eu amarrava o laço quando ele voltou com uma toalha na mão.

Beck franziu as sobrancelhas.

— O que está fazendo?

— Eu, hum... — Apontei para trás com o polegar, em direção à porta que conectava nossos quartos. — Vou voltar para o meu quarto. Tente dormir um pouco.

A expressão dele se fechou.

— É sério? Até uma prostituta ficaria mais tempo.

— Você acabou de me chamar de puta?

Ele se aproximou e parou bem na minha frente.

— Não. Mas volte para a cama. — Beck apontou para o colchão king-size atrás dele. — Aquela ali, caso não tenha ficado claro.

Coloquei as mãos na minha cintura.

— Isso pareceu mais uma ordem que um pedido.

Beck suspirou.

— Estou cansado. E você cansou meu pau. Será que podemos não discutir? Só gosto disso quando são preliminares, e preciso de dez minutos para recarregar.

— *Eu* cansei seu pau?

Beck me pegou no colo, então, levou-me para a cama e me jogou no meio do colchão sem qualquer cerimônia.

— Mas que merda é essa?

Ele se deitou ao meu lado.

— Cale a boca e durma.

— Calar a boca?

Passando o braço ao redor da minha cintura, ele puxou minha bunda para perto.

— Dei o que você queria sem reclamar. Agora, deixe-me ter o que eu quero.

— O que eu queria era sexo! Está falando que foi um sacrifício?

— Não estou falando nada, porque meus olhos estão fechados, e eu vou dormir. Agora me deixe ficar de conchinha, e mais tarde você pode reclamar.

Me.
Deixe.
Ficar.
De.
Conchinha.

Fiquei sem reação. Não sabia muito bem o que achar daquilo.

Mas... estava gostoso.

O corpo dele estava quente, mesmo com o meu roupão entre a gente. E os braços dele me faziam sentir que nada de ruim poderia acontecer enquanto eu estivesse ali.

Talvez eu pudesse ficar só um pouquinho.

Bocejei.

É, só uns dez ou quinze minutos...

CAPÍTULO 16
Nora

— O que está fazendo?
Beck estava sentado na cadeira ao lado da cama, me encarando.
— Estou vendo você dormir.
Puxei as cobertas.
— Que bizarro, Cross.
Ele esboçou um sorrisinho.
— Dormiu bem?
Pensei a respeito daquilo. Eu realmente me sentia bem descansada. Mas *ah, merda* — a gente precisava voltar ao hospital. Então, me levantei apoiando nos cotovelos.
— Que horas são?
— Nove.
Franzi as sobrancelhas.
— Da manhã?
Beck pareceu estar se divertindo.
— Sim. Nove da manhã.
— De sábado?
— Sim, de sábado.
— Então eu só dormi o quê, umas duas ou três horas?
Ele deu de ombros.
— Mais ou menos.

— Mas me sinto tão descansada... como se tivesse dormido uma noite inteira.

Um sorriso arrogante curvou os lábios de Beck.

— Deve ter sido porque dormiu de conchinha.

Revirei os olhos, mas me perguntei se ele não tinha razão. Só que havia dois problemas em admitir aquilo. Primeiro, eu estaria admitindo que Beck tinha razão; segundo, eu estaria admitindo que eu mesma estava errada.

Então, sentei-me e me espreguicei.

— Já tomou banho?

Ele fez que sim.

— Tomei.

— Certo. Vou tomar um banho rápido para despertar, mas não vou lavar o cabelo, então vou ficar pronta em uns vinte minutos.

— Não tenha pressa. Tenho uma videoconferência daqui a dez minutos que deve durar meia hora.

De volta ao meu quarto, fui direto ao banheiro. Fiquei horrorizada com o que me encarou pelo espelho.

— Ah, meu Deus — murmurei.

E eu achando que Beck tinha me admirado enquanto eu dormia. Ele devia era estar se perguntando quem era aquela lunática na cama dele. Eu tinha ido para o quarto dele com o cabelo molhado, então acabou secando sozinho, ou seja, naquele momento estava espetado para todo o lado. Havia uma linha de baba seca que descia da minha boca até o pescoço e, embora eu tivesse acordado me sentindo descansada, os olhos inchados e vermelhos diziam outra coisa.

Grunhi e abri a torneira de água quente do chuveiro. Eu teria que tomar banho ainda mais rápido que o normal para, então, colocar uma compressa de água fria nos olhos inchados por alguns minutinhos. Assim que entrei no banho, meu cérebro acordou e começou a disparar perguntas.

Que merda você fez...? Transar com Beck?

No que estava pensando?

Você não consegue se controlar?

Pelo amor de Deus, você tem um vibrador na mala. Por que não o usou?

Eram perguntas excelentes, e eu não sabia como responder a nenhuma delas.

Mas senti o estômago revirar quando lembrei de detalhes do que tinha acontecido.

"Ajoelhe."

"Lamba."

E, quando eu tinha dito para ele não parar...

"De jeito nenhum, meu bem."

Meu Deus. Aquilo era a última coisa em que eu precisava pensar no momento. Eu *precisava* de café.

Muito café.

Saí do chuveiro para me vestir, mas uma batida na porta do quarto me interrompeu. Vestindo o roupão do hotel, dei uma espiada pelo olho mágico e vi um funcionário com um carrinho. Eu não tinha pedido nenhum serviço de quarto.

Abri a porta e sorri.

— Oi. Acho que você veio ao quarto errado. Eu não pedi nada.

O carrinho estava lindo, com toalhas brancas, um buquê de flores rosa-choque, uma bandeja de prata com tampa, suco de laranja, jornais e o que parecia ser um bule de café delicioso. Fiquei tentada a mudar de ideia e trazer o cara para dentro.

O garçom tirou uma pastinha de couro do carrinho e a abriu.

— Você é a srta. Sutton?

— Sim.

— O pedido foi feito pelo sr. Cross, do quarto 315. Ele deu instruções específicas para que não fosse entregue no quarto dele, mas no seu.

— Ah. — Abri caminho. — Bom, sendo assim...

O garçom rolou o carrinho para dentro. Peguei um pouco de dinheiro para a gorjeta, mas ele fez que não com a mão.

— Já está tudo acertado.

— Ah. Tudo bem, obrigada.

Aquele era um hotel muito bom, mas eu não conseguia superar a beleza de tudo no carrinho. As flores deviam ter custado mais do que a refeição em si. A arrumação era digna de uma postagem no Instagram.

— Gostaria que eu preparasse seu café? — perguntou o garçom.

— Não, está tudo certo — respondi com um sorriso. — Posso dar conta disso, mesmo antes da cafeína.

Ele se curvou para a frente de forma breve.

— Muito bem. Tenha um bom dia.

— Você também.

Ele estava a meio caminho da porta quando o chamei.

— Com licença.

Ele se virou.

— Sim?

Apontei para o carrinho de café da manhã.

— É assim que todo serviço de quarto é entregue? Com um grande buquê de flores e todos esses jornais?

O garçom sorriu.

— Não, senhora. Só o seu.

Franzi as sobrancelhas.

— Por que só o meu?

— O cavalheiro que fez o pedido solicitou que o *concierge* providenciasse as flores e os jornais. Ele especificou que tudo tinha que ser rosa.

Assenti devagar.

— Tudo rosa?

— Rosa-choque, na verdade.

— É sério? Você sabe quando o pedido foi feito?

O garçom tirou a pastinha do bolso interno.

— Parece que às seis e quarenta e cinco. Provavelmente, o *concierge* deve ter levado um tempo para encontrar uma floricultura aberta tão cedo.

Eu não fazia ideia do que pensar daquela informação, então apenas concordei com a cabeça.

— Certo. Obrigada mais uma vez.

Assim que fiquei sozinha, dei uma olhada no que havia debaixo da tampa da bandeja — ovos Benedict e frutas frescas. Fiquei com água na boca. Em seguida, senti o aroma das flores e me inclinei para cheirar melhor, ainda impressionada com o trabalho que Beck tinha tido. Ouvi vozes no quarto ao lado, parecia que ele ainda estava na reunião, mas imaginei que o mínimo que eu poderia fazer para mostrar minha gratidão era levar um pouquinho de cafeína para ele. Preparei duas xícaras, bebi um gole de uma e fui para o quarto ao lado com a dele na mão.

Beck estava sentado à mesa, o laptop aberto com vozes ao fundo, mas seus olhos percorreram meu corpo quando entrei e demoraram a chegar ao meu rosto. Eu me repreendi em silêncio por não ter verificado minha aparência no espelho antes de entrar.

Até a forma como ele me observava entregar o café o fazia passar uma imagem de dominância, assim como na cama. Os olhos acompanhavam cada passo meu, embora a cabeça não se movesse. Aquilo fez arrepios percorrerem os meus braços.

Deixei o café ao lado do laptop dele, tomando cuidado para não aparecer na câmera. Naquele tempo todo, Beck permaneceu impassível: os olhos me seguiam, mas ele não demonstrava reação alguma diante da câmera. Então, não consegui me conter. Pareceu um desafio silencioso.

Quando voltei para a porta, desamarrei o cinto do roupão e me virei, abrindo-o bem, para mostrar minha nudez por baixo.

Aquilo foi o suficiente.

Beck perdeu o autocontrole. Os olhos se arregalaram, e ele abriu um sorriso enorme enquanto balançava a cabeça.

Satisfeita por, pelo menos dessa vez, ele não estar no controle da situação, voltei ao meu quarto com um pouco mais de gingado no passo.

⁓

— Meu Deus. Você está acordada...

Louise nos surpreendeu quando entramos na ala da UTI, uma hora depois. Minha parceira de viagem parecia mil vezes melhor do que quando tínhamos saído havia algumas horas. O alívio me encheu de emoção e fui até a beira da cama para abraçá-la. Beck fez a mesma coisa.

— Vocês acharam que eu perderia o Harry?

Beck olhou para mim.

— Compramos ingressos para um show do Harry Styles na próxima sexta-feira à noite. Os assentos ficam na terceira fileira. Ele vai tocar em Nova York, então vamos pegar um voo para casa.

— Harry Styles? É sério? Harry Styles não é para adolescentes?
Semicerrei os olhos.
— Harry Styles é para *todo mundo*.
Beck deu de ombros e olhou para Louise.
— Como está se sentindo?
— Quero sair daqui, é assim que estou me sentindo.
Ele me olhou de relance.
— Sim. Ela está melhor.
Alguns minutos depois, um grupo de médicos entrou. Um deles era o neurologista do dia anterior, dr. Cornelius.
— Bom dia — cumprimentou ele.
— Bom dia.
O homem digitou alguma coisa em um iPad, sorriu e se voltou para Louise.
— Como você está, sra. Aster?
— Ótima. Pronta para ter alta.
O dr. Cornelius se virou para nós.
— Normalmente, gosto de perguntar à família se o paciente parece ter voltado a agir como de costume. Na verdade, é parte importante do meu exame neurológico. Mas algo me diz que a resposta é sim.
Beck abriu um sorrisinho.
— Com certeza.
— Isso é um bom sinal. Vim examinar a sra. Aster faz uma hora, quando as enfermeiras disseram que ela já tinha acordado. Discutimos o ocorrido e falamos um pouco a respeito da condição dela, mas não sou oncologista, então quis não só falar com os médicos dela em Nova York, mas consultar meus colegas daqui, antes de conversarmos a respeito de um plano de tratamento.
Beck fez que sim.
— Certo...
— A sra. Aster disse que tomou a decisão de aproveitar a fase final da vida, em vez de optar por um tratamento com quimio e radioterapia que prolongaria um pouco mais a expectativa de vida, mas à custa da qualidade dos dias.

— Eu não necessariamente concordo com isso — replicou Beck. — Mas a escolha é dela.

O dr. Cornelius assentiu.

— Quando lidamos com uma doença terminal, costumo aceitar os desejos do paciente sem questionar. No entanto, na minha opinião, o tumor que está pressionando a artéria carótida provavelmente vai causar outro derrame se não for tratado... e pode ser que não leve muito tempo até que isso aconteça.

— Quanto tempo? — perguntou Louise.

O médico balançou a cabeça.

— Não tenho como dizer. Mas não me surpreenderia se fosse uma questão de dias. No máximo, semanas. Os anticoagulantes são apenas uma solução temporária.

— Existe algo não invasivo que possa ser feito? — perguntei.

O dr. Cornelius olhou para Louise.

— Conversei com seu oncologista em Nova York, o dr. Ludlow. Ele acredita que um tratamento rápido com radioterapia seria a melhor opção. Considerando seu desejo de não passar por mais tratamentos que interfiram na sua qualidade de vida, ele recomendou duas semanas de radioterapia, ou seja, aproximadamente dez sessões. A maioria dos tumores encolhe nas primeiras semanas, causando o mínimo de efeitos colaterais. Não podemos dizer com certeza se vai funcionar, nem quanto tempo você pode ganhar até que o tumor cresça o suficiente para voltar a causar problemas, mas o oncologista acredita que deva diminuir o bastante em dez sessões para que, nos próximos três a seis meses, não sejam um problema.

Louise suspirou.

— A radioterapia me deixou tão cansada da última vez que eu nem conseguia sair da cama.

— Sim — acrescentou Beck. — Mas você também estava fazendo quimioterapia. Dessa vez seria só a radioterapia, certo?

— Isso — confirmou o médico. — Seu oncologista não estaria tentando curar a doença; estaria apenas tentando deixar a vida mais suportável, para que você tenha mais tempo para viver se sentindo bem.

— Não sei, não... — disse Louise. Então, olhou para mim. — O que acha?

Senti os olhos de Beck em mim, mas tentei ignorar a influência.

— Acho que é uma decisão que você deve considerar com cuidado.

Louise deu de ombros.

— Preciso pensar.

— É claro. — O médico assentiu. — Mas, como falei, os anticoagulantes são uma solução temporária. Então é melhor não demorar para se decidir.

Os profissionais ficaram mais dez minutos ali, examinando os olhos e avaliando a força de Louise. Ela conseguiu apertar os dedos do médico com as duas mãos, mas um lado estava visivelmente mais fraco que o outro. Assim que terminaram, o dr. Cornelius perguntou se tínhamos alguma dúvida.

— Quanto tempo ela precisa ficar no hospital, se não houver mais episódios? — perguntou Beck. — Você disse que um próximo derrame poderia acontecer em questão de dias, então gostaria de levá-la para Nova York para começar o tratamento.

Louise franziu os lábios.

— *Se* eu começar o tratamento.

Beck a ignorou.

— Quando poderíamos colocá-la em um avião?

— Eu quero monitorá-la hoje e tentar fazer com que a sra. Aster se levante e caminhe esta tarde. Que tal discutirmos isso no fim do dia?

— Pode ser. Ótimo.

Louise afastou as cobertas e começou a jogar as pernas para fora da cama.

— Opa... Espere aí — disse o doutor. — A senhora precisa de uma enfermeira e de alguém da fisioterapia para ficar em pé. E, provavelmente, de um andador para começar.

Assim que ouvi a palavra "andador", eu me encolhi, sabendo o que estava por vir. E não deu outra.

— Não preciso da porcaria de andador nenhum. Não tenho como deixar de envelhecer, mas estou longe de estar velha, rapaz. Estou morrendo, mas vou me sair bem sem ajuda.

O médico tentou disfarçar o sorriso.

— Que tal se fizermos um acordo? A enfermeira e o fisioterapeuta podem ajudar a senhora sem o andador.

— Ótimo.

Beck balançou a cabeça enquanto a equipe médica saía do quarto de Louise.

— Ele está apenas cuidando de você. Não custa nada ceder um pouco e usar o andador por alguns minutos para se certificar de que consegue ficar em pé sem nenhum problema. Você não precisa estar sempre no controle.

— Ah, é? E quando foi a última vez que *você* deixou alguém assumir o controle?

Abri um sorriso. Quanto mais tempo eu passava com aqueles dois, mais eu notava como eram parecidos.

Beck olhou feio para mim.

— Por que está sorrindo?

Meu sorriso cresceu ainda mais.

— Quem, eu? Não estou sorrindo.

Ele resmungou algo baixinho. Logo, uma enfermeira entrou, e Louise pediu um café.

— Desculpe. — Ela deu de ombros. — Só descafeinado hoje.

— Isso é o mesmo que tomar banho com capa de chuva. Não faz sentido.

Sim. Louise está bem. Pelo menos, por enquanto.

Depois de algumas horas, um cara de uniforme azul bateu na porta. Ele devia ter uns 25 anos e era bem bonito. Abriu um sorriso.

— Sou Evan, da fisioterapia. Pronta para arrasar, sra. Aster?

— Com certeza. — Mais uma vez, Louise tirou as cobertas das pernas.

Evan ergueu as mãos.

— Espere aí. Precisamos de duas pessoas, uma de cada lado. Vou chamar uma enfermeira.

— Não preciso de duas pessoas.

— Ah, estou vendo que não precisa mesmo, mas é a regra idiota do hospital e, se eu não a seguir, vou acabar me ferrando.

Ele deu uma piscadela para Beck e para mim ao sair. Jovem, mas já sabia como lidar com as pessoas.

— Ele sacou o jeito dela — sussurrei para Beck.

— Deve ter lido a observação que deixaram no prontuário: "Encrenqueira."

— Eu ouvi isso! — gritou Louise.

Depois que ela terminou de caminhar pelos corredores — provando que não precisava de andador nem de ninguém ao seu lado —, a equipe a levou para repetir um exame, a fim de confirmar que as coisas não tinham mudado. Beck e eu fomos até a lanchonete almoçar, já que disseram que o exame levaria mais ou menos uma hora. No centro da nossa mesa, havia um cravo murcho dentro de um vaso barato, mas me lembrou das flores na minha bandeja no café da manhã.

— Obrigada pelo serviço de quarto hoje.

Beck deu um breve aceno de cabeça.

— Imagine.

— Ah… "imagine", né? Agora entendi. O café da manhã sofisticado é a jogada clássica depois de passar a noite com uma mulher.

Ele estreitou os olhos.

— Do que você está falando?

— Eu tive um gostinho do Beck Cross clássico, foi isso? Os pedidos são sempre iguais? Ovos Benedict, café, suco, flores chiques e alguns jornais… E, quando não está em um hotel, você pede delivery? Talvez, um pedido padrão salvo no aplicativo, aí você só precisa clicar em "pedir outra vez"? Ah, e sempre descobre a cor favorita delas de antemão, para dar aquele toquezinho personalizado?

Beck inclinou a cabeça.

— Não estou entendendo, perdi alguma coisa?

Revirei a salada com o garfo.

— As flores que vieram com o serviço de quarto hoje eram lindas. E da minha cor favorita.

— E daí?

— Estou dizendo que foi uma bela jogada. Aposto que as mulheres se derretem na manhã seguinte.

— Que mulheres?

— As mulheres para quem você manda entregar café da manhã com flores da cor preferida delas.

Beck pareceu atordoado.

— Você bateu a cabeça?

Revirei os olhos.

— Esqueça. Obrigada pelas flores, de qualquer maneira. Eram lindas.

— De nada. E, só para constar, mandei flores porque você entrou no meu quarto querendo esquecer a vida por um tempo. Imaginei que estivesse pra baixo, e você mencionou que rosa-choque ajudava a melhorar seu humor. — Ele fez uma breve pausa e encontrou meus olhos. — Não é minha jogada clássica, como você falou. Foi só para você.

Senti um leve frio na barriga. *Quem diria que Beck podia ser tão fofo?*

Enquanto eu tentava não me deixar afetar por aquela resposta, ele se inclinou e falou baixo:

— Eu preferiria melhorar seu humor com meu pau como seu café da manhã, mas achei que você precisava dormir. — Ele deu uma piscadela.

— Ovos. Segunda melhor opção.

E... o verdadeiro Beck estava de volta.

Como o frio na barriga tinha acabado de se transformar em calor e descido um pouco mais, achei que estava na hora de mudar de assunto.

— Acho que você não deveria pressionar Louise a fazer radioterapia.

Ele fechou a cara.

— Por que não?

— Porque acho que ela vai chegar a essa conclusão por conta própria. Mas, se não chegar, a última coisa de que ela precisa é sentir culpa por possivelmente ter privado você de mais tempo ao lado dela.

O semblante de Beck mudou. Era como se eu tivesse acertado uma flecha em cheio no coração dele.

— É assim que ela se sente?

— Ela não diz isso com todas as letras, mas sim. Ela teve que se esforçar muito para tomar a decisão de se colocar em primeiro lugar. Louise passou cinquenta anos criando uma família... primeiro sua mãe, depois você e seu irmão. Sei que ela não faria nada diferente, mas isso, agora, é o que *ela* quer, Beck.

Os olhos dele se encheram de lágrimas.

— Certo.

Beck passou o restante do almoço em silêncio. E continuou em silêncio até o dr. Cornelius voltar, às quatro horas da tarde.

— Ouvi dizer que a senhora está pronta para correr a maratona de Nova York — disse ele ao entrar.

— Não é para tanto. — Louise sorriu. — Mas estou pronta para o show do Harry Styles.

O dr. Cornelius sentou-se na beirada da cama de Louise. Ele pegou a mão dela.

— Então, chegou a pensar no plano de tratamento que o médico em Nova York sugeriu?

Ela olhou para Beck.

— Vou dar uma chance à radioterapia, mas, se eu passar mal ou se eu ficar exausta demais para viver, vou parar. Abri mão do tratamento para aproveitar o fim da minha vida, e é isso que pretendo fazer... seja por três dias ou três meses.

Beck se virou para o dr. Cornelius.

— Quando ela pode pegar um voo para Nova York?

— Vou liberá-la sob seus cuidados assim que você tiver organizado tudo. — Ele apontou para Louise. — Mas a senhora precisa ir direto para o hospital em Nova York e deixar que a internem para monitoramento contínuo. Nada de paradas no meio do caminho... É direto do aeroporto para o hospital. A partir de então, caberá ao seu oncologista decidir se a radioterapia pode ser feita no hospital ou externamente.

— Tudo bem — concordou Louise.

Beck pegou o celular.

— Vou cuidar dos preparativos e garantir que ela vá direto para o hospital assim que a gente pousar.

Quatro horas e meia depois, embarcamos em um voo para Nova York. Beck havia providenciado um daqueles carrinhos motorizados para nos levar da segurança ao portão. Louise estava fraca e, no momento da decolagem, já dormia profundamente ao lado do neto.

Os dois estavam perto da janela, e meu assento ficava do outro lado do corredor. Inclinei-me e sussurrei:

— Obrigada por comprar minha passagem de volta. Não precisava. — Sorri. — Se eu tivesse pagado, estaria lá atrás, nas cadeiras apertadas, não nessa poltrona confortável da primeira classe.

— Não tem problema. Obrigado por cuidar tão bem da minha avó enquanto ela estava mal.

Assenti.

— Eu faria qualquer coisa pela Louise.

Beck olhou no fundo dos meus olhos.

— Eu sei que faria.

— Eu estava pensando... quando a gente voltar, tenho certeza de que você precisa trabalhar e que deve ficar com sua filha em certos dias, então que tal cuidarmos da Louise em turnos? Seja no hospital ou não, eu quero estar presente.

Beck abriu um sorriso triste.

— Isso seria ótimo, obrigado. Você é uma amiga incrível para ela.

— É recíproco. Ela me dá mais do que recebe. — Ele sustentou meu olhar outra vez, mas não respondeu. — Já que estamos tendo um momento bacana, sendo legais um com o outro e agradecendo, o que não deve durar muito entre a gente, vou aproveitar e agradecer por hoje cedo. Eu precisava daquilo mais do que você imagina.

— Disponha.

Olhei para a virilha dele e suspirei. Aquele volume na calça social era mesmo a coisa mais sensual do mundo.

— Por mais tentadora que a perspectiva de uma segunda ou terceira rodada possa ser, acho que foi uma coisa de momento. Espero que entenda.

Ele abriu um sorriso.

— Veremos.

CAPÍTULO 17
Nora

— Ah, desculpe. Não vi você aí. — Um jovem fofo abriu um sorriso com covinhas e apontou para trás com o polegar. — Acho que posso ter entrado no quarto errado do hospital. Mas… — Ele deu de ombros e ergueu um dos copos da Starbucks que segurava. — Trouxe café para você.

Dei uma risadinha.

— Você está no quarto errado, mas trouxe café para mim?

— Eu trouxe para meu irmão, mas ele não vai gostar tanto do meu gesto quanto eu vou gostar de tomar um café com você.

Não sei se foi o comentário a respeito do irmão mal-agradecido ou o jeito descontraído e charmoso que me fez perceber.

— Ah, nossa. Você deve ser o Jake, né?

As covinhas ficaram ainda mais marcadas.

— Você também passou a vida inteira me procurando?

Eu fiquei em pé e estendi a mão.

— Sou amiga da sua avó. Nora Sutton.

— Ah, caramba. — Ele deixou os cafés de lado e me surpreendeu ao me envolver em um abraço caloroso. — A mulher que salta de *wingsuit* e não se abala com as ordens do meu irmão. É um prazer conhecê-la, Nora. Já ouvi falar muito de você.

Eu ri. Se ouviu do Beck, não sei se foi coisa boa.

Ele pegou o café dele novo.

— É sério, pode ficar com o outro copo se quiser. Só comprei para dar uma amaciada nele, já que fiz besteira no trabalho.

— Obrigada. Acho que vou ficar, sim. O café daqui é horrível, e o sabor vai ser ainda melhor sabendo que privei Beck de bebê-lo.

O sorriso de Jake era contagiante. Os dois irmãos eram parecidos, ambos lindos, mas ainda assim bem diferentes, de alguma forma. Beck tinha ombros largos, um porte imponente e se vestia de maneira impecável. Era reservado e autoritário, enquanto Jake, por sua vez, era magrinho, com traços um pouco mais suaves, e precisava cortar o cabelo e fazer a barba. Mesmo assim, eu apostaria até meu último centavo que as mulheres também deviam ser loucas por ele. *Ainda mais* com aquelas covinhas profundas.

Ele apontou para a cama vazia com o queixo.

— Cadê a nossa avó? Já fugiu?

— Faz um tempinho que a levaram para a radioterapia. Costuma demorar meia hora, então ela deve estar de volta logo.

— Como é que ela está se sentindo?

— Não ficou muito feliz quando soube que o médico não a deixou ir ao show do Harry Styles hoje à noite.

— Adoro o Harry!

Abri um sorriso. *Sim, esses irmãos são beeem diferentes.*

— Enfim, é engraçado você ter perguntado se ela fugiu, porque sua avó está tentando me convencer a tirá-la daqui de fininho por algumas horas. Não paro de dizer que não posso. Talvez seja melhor darmos um toque para as enfermeiras quando formos embora.

— Bom, se precisar de um acompanhante substituto para o show de hoje... — Jake se balançou nos calcanhares e enfiou as mãos nos bolsos. — Posso cancelar meus planos.

Fiquei um pouco tentada a aceitar a oferta, só porque achei que pudesse deixar Beck maluco, mas eu já tinha dado a ele os ingressos para vender.

— Desculpe. Acho que os ingressos já foram vendidos.

— Droga. — Ele abriu um sorriso. — Fica para a próxima.

Jake tirou os sapatos e subiu na cama de Louise. Esticou as pernas compridas, acomodando-se com as mãos entrelaçadas atrás da cabeça, os cotovelos para fora.

— Então... você já soube por que a cadela da nossa avó detesta o Beck? Sorri.

— Acho que não. Se bem que cheguei a ver as marcas de mordidas nos dedos. No dia em que conheci seu irmão, acho que ele estava com quatro curativos.

— Pois é. A cadela o odeia. Ele gosta de dizer que é porque nossa avó conversa com a Bitsy, e ele não. Mas isso não tem nada a ver.

— Qual é o podre?

— Bitsy deve ter uns 8 anos, mas ela tinha 1 ano quando certa vez Beck foi buscá-la na pet shop. Nossa avó não estava em casa no fim de semana e pediu para que ele cuidasse da cachorrinha. Ela deixou Bitsy na pet shop, e Beck deveria buscá-la.

— Ele se esqueceu?

— Ah, não, ele foi até lá. E levou uma cachorrinha para casa. Só que não era a Bitsy.

— Ah, meu Deus. Não teve uma vez que ele pegou o bebê conforto errado e deixou você na creche?

O sorriso de Jake aumentou.

— Teve. Para um cara que geralmente não deixa nada passar, ele consegue ser bem desatento.

— Concordo. Quanto tempo ele levou para perceber que não era Bitsy?

— Ele ficou com a cadela errada por dois dias inteiros e não percebeu. E, caso esteja pensando: "Ah, mas Lulu da Pomerânia é tudo igual mesmo, então acontece..." Nada disso. Porque a que ele levou para casa era um Yorkshire Terrier.

Dei uma risada.

— Você está brincando!

— Estou falando sério. Ele não tinha ideia de que a cadela da nossa avó, que estava com ela fazia um ano inteiro, não era a que ele tinha levado para casa. Eu ainda era adolescente na época, então morava com ela. Mas ele nos visitava algumas vezes por mês.

— E o dono da Yorkie? Não percebeu?

— Por coincidência, ela tinha o mesmo nome e ia passar o fim de semana lá, então os donos não perceberam até chegarem para buscá-la.

Tentaram entrar em contato com Louise logo que imaginaram o que poderia ter acontecido, mas ela estava voltando para casa e nunca atendia o celular enquanto dirigia. Então, o outro dono chamou a polícia. Beck e nossa avó tiveram que ir até a delegacia, porque o dono da outra cadela queria prestar queixa por sequestro. Foi muito engraçado.

Eu não consegui parar de rir imaginando Beck fazendo carinho e alimentando uma cadela por um fim de semana inteiro sem se dar conta de que não tinha nada a ver com a que ele deveria estar cuidando. Jake começou a rir comigo. E, é claro, aquele foi o momento exato em que Beck apareceu.

— Ah, merda. — Beck parou assim que adentrou alguns passos. Balançou a cabeça. — Isso não pode ser boa coisa.

Jake apontou para os dedos de Beck, e havia curativos em três deles. Aquilo só nos fez rir ainda mais. Lágrimas escorreram pelas minhas bochechas.

— Tudo bem, sequestrador de cães?

Beck nos encarou e balançou a cabeça.

— Você é tão babaca, Jake.

— Sorte sua que você chegou logo. Eu estava prestes a contar das bananas na semana passada.

— O que aconteceu com as bananas? — perguntei.

— Ele recebe as compras em casa. Maddie gosta de banana, então ele pediu dez, mas não tinha lido que eram vendidas em cachos. Entregaram setenta bananas. Ele chegou a levar para o trabalho, e comi seis em um dia. — Jake passou a mão na barriga. — Não recomendo.

— Ainda são quatro e meia. Você não deveria *estar* no trabalho? — perguntou Beck.

— Não. — Jake abriu um sorriso. — Trabalho seis horas por dia. Trabalho em excesso causa estresse, e rugas. Sou bonito demais para murchar tão novo.

Beck balançou a cabeça.

A enfermeira trouxe Louise de volta na cadeira de rodas. Os olhos dela brilharam quando viu todos esperando.

— Três de uma vez só? Por acaso é hoje que vou bater as botas e ninguém me avisou?

— Não tem graça, vó — disse Beck.

Ela fez um gesto de descaso para ele.

— Ah... Relaxe, seu chato.

Tanto Beck quanto Jake deram um beijo na avó, e o irmão mais velho ficou de olho na enfermeira que ajudava Louise a se acomodar na cama. O homem era protetor, para dizer o mínimo.

Louise se ajeitou e olhou para mim.

— Então você finalmente conheceu meu Jake.

— Conheci. Ele me distraiu enquanto eu esperava você voltar.

Os olhos dela brilharam.

— Ele está solteiro, sabia?

Ela olhou para Beck assim que falou. Era evidente que queria provocá-lo. Beck ficou em silêncio, sem morder a isca, mas a mandíbula contraída disse tudo.

— Então, meu Jakezinho. — Louise estendeu a mão para o neto. — Sabia que sempre foi meu neto favorito?

— É claro. — Ele sorriu, levou a mão dela aos lábios e deu-lhe um beijo. — E você é minha garota favorita.

— Que bom — disse Louise. — Que tal me tirar daqui por volta das nove da noite? Tem um homem com boá de plumas que preciso ver.

— Você não vai ao show do Harry Styles — murmurou Beck. — Já vendi os ingressos.

Louise mostrou-lhe a língua.

— Eu sei que você só se ofereceu para ajudar Nora a vendê-los porque teve medo de que ela mudasse de ideia e me levasse.

Beck deu de ombros.

— Só estou tentando manter você saudável.

Nas duas horas seguintes, meu entretenimento foi ouvir uma história mais divertida que a outra sobre a infância de Jake e Beck. Uma vez, eu tinha dito a Beck que nunca me senti privada de nada por ter crescido com apenas um dos pais, e, ao ver os três interagindo, notei que eu não era a única a pensar daquele jeito.

Um anúncio chegou pelos alto-falantes, informando que o horário de visitas ali acabaria em quinze minutos. Olhei para o relógio, surpresa ao me dar conta de que eram quase sete da noite.

— Bom... — Jake bateu as mãos nas coxas. — É melhor eu ir. Tenho uma dobradinha hoje à noite.

— Você odeia comida gordurosa — comentou Beck.

Jake sorriu.

— E quem disse que estou falando de comida? Tenho dois encontros. Um para tomar uns drinques às oito, e outro na boate à meia-noite.

— E você abriria mão de tudo isso para ir comigo ao show do Harry? — provoquei.

Jake pegou minha mão e a levou até a bochecha dele.

— Eu daria minha bola direita para levar você a qualquer lugar, linda.

— Talvez você devesse sair com ele — resmungou Beck. — Se ele perder uma bola, pode ser que não consiga mais procriar.

Depois que Jake saiu, Beck e eu nos despedimos de Louise.

— Volto amanhã de manhã — avisei.

— Ou... você pode estacionar bem embaixo da minha janela, e eu pulo mais ou menos às nove. Estou no segundo andar, acho que consigo me virar. Podemos comprar outros ingressos com um cambista.

Beijei a bochecha de Louise.

— Descanse. Você está se saindo muito bem. Já estou tramando nossas próximas aventuras.

Beck e eu fomos até os elevadores.

— Até agora, ela está tolerando bem a radioterapia — comentei.

Ele fez que sim.

— O humor dela está melhor do que eu esperava, mas acho que muito disso é graças a você. Você a faz se sentir jovem de novo.

Abri um sorriso.

— Que fofo. Mas tenho certeza de que são você e seu irmão que mantêm o espírito dela vivo.

As portas do elevador se abriram, e Beck e eu entramos.

— Já comeu? — perguntou ele.

— Não. Vou comprar alguma coisa no caminho de casa.

— Por que não jantamos juntos? Meu restaurante italiano favorito fica a uma quadra daqui. Eles fazem o melhor nhoque ao molho *pesto* que já experimentei.

Mordi o lábio inferior. Aquilo parecia muito melhor do que comida chinesa fria direto da embalagem assistindo à TV, mas...

— Acho que não é uma boa ideia.

Beck franziu a testa.

— Por quê?

— Não quero passar a impressão errada.

Ele fechou a cara.

— Eu estava querendo companhia para jantar, não para transar.

O elevador abriu as portas no térreo. Beck fez um gesto para que eu saísse primeiro. Depois, abriu a porta para a rua.

— E então? Você vem ou vou comer sozinho?

— Acho que não tem problema dois amigos jantarem juntos, né?

— É claro que não. — Ele colocou a mão nas minhas costas e me guiou para a direita. — Além disso, uma vez foi suficiente para mim.

Parei na mesma hora.

— O que foi que você disse?

Ele sorriu.

— Ah, então só você pode decidir que uma vez foi suficiente? E eu não deveria me sentir ofendido?

— Eu não disse que uma vez foi suficiente; eu disse que não era uma boa ideia. É diferente.

— Ah, então uma vez não foi suficiente?

Revirei os olhos.

— Cale a boca e me alimente.

— Ah, pode ter certeza de que vou...

Alguns minutos depois, entramos no Gustoso.

O maître, um homem mais velho com uma vasta cabeleira grisalha, abriu um sorriso quando viu Beck e se apressou para cumprimentá-lo.

— Ah... Beckham. Como você está, meu amigo? Quanto tempo.

— Estou bem, Enzo. E você, como vai?

O homem deu tapinhas na barriga que sobressaía por cima da calça.

— Ainda gordo, então ainda feliz. Pessoas só ficam magras quando estão tristes, não é mesmo?

Beck sorriu.

— Você está ótimo. Como vai a Allesia?

— Bem. Ela está de folga hoje. É noite do Clube do Livro. Se bem que eu acho que "livro" é um termo americano secreto para "vinho", porque ela volta para casa toda alegre. — Enzo olhou para mim. — Mas chega de falar da minha esposa. Conte-me quem é essa bela criatura.

— Nora. Nora, esse é Enzo Aurucci, dono do restaurante.

Enzo ergueu um dedo.

— Apenas sócio agora, né?

Beck sorriu.

— É verdade.

— Um minuto. Vou mandar preparar a melhor mesa da casa.

— Obrigado, Enzo.

Olhei ao redor do restaurante. Paredes de tijolo e vigas antigas davam ao lugar um clima acolhedor. Uma grande lareira ocupava metade de uma parede, e a iluminação suave lançava um brilho romântico sobre o ambiente aconchegante.

— Entendi o porquê de esse ser seu restaurante favorito. É muito romântico. É seu lugar padrão para começar a noite com suas concubinas? Você deve vir bastante aqui, se lembram seu nome.

— Enzo e a esposa são clientes — explicou Beck. — Eles tinham alguns restaurantes espalhados pela cidade, mas queriam se aposentar parcialmente, então ajudei a vendê-los para um grande conglomerado. Agora, passam dois meses na Itália no inverno e trabalham só três dias na semana. Eu só trouxe Jake e nossa avó aqui. É o restaurante favorito dela.

— Ah...

— Você gosta de pensar o pior de mim, né? Se convido você para jantar, é porque quero transar. Se trago você a um lugar em que considero a comida boa, você pensa que me conhecem porque o frequento com mulheres cinco noites por semana. Talvez você esteja certa... Uma vez foi suficiente.

Eu me senti mal, porque estava apenas brincando, mas não tinha parado para pensar a respeito do tom dos meus comentários.

— Desculpe. Estou sendo uma babaca.

Enzo voltou e nos levou até uma mesa. Era uma cabine com assentos altos e curvos, de frente para o restaurante, então nos sentamos lado a lado, não um de frente para o outro. Enzo insistiu que o deixássemos trazer seus pratos favoritos. Depois, voltou com uma deliciosa garrafa de vinho e uma cesta de pães quentinhos.

Olhei para Beck.

— Toda vez que vejo casais sentados assim, um do lado do outro, e não de frente, acho estranho. Deve ser porque geralmente tem mais dois assentos, mas o casal escolhe se sentar junto de um lado só. Ainda assim, acho estranho.

Beck apontou para a lareira acesa à direita.

— Provavelmente é para que as duas pessoas consigam curtir o ambiente.

— É, acho que sim.

Ele pegou a cesta de pão e a ofereceu a mim antes de pegar um pedaço para si.

— Então, eu conversei com o oncologista por telefone hoje de manhã. Ele disse que está vendo uma diminuição no tumor, mesmo só com quatro sessões.

— Eu sei. Ele veio falar com Louise pouco antes de você e Jake chegarem.

— Ele chegou a mencionar talvez estender...

Coloquei a mão no braço de Beck.

— Poderíamos jantar sem falar de doenças e tratamentos? Depois de ficar a semana toda na ala de oncologia do hospital, vendo crianças doentes e tudo o mais, eu preciso de algum assunto mais animador.

— Sim — concordou Beck. — Entendi. Boa ideia.

Arranquei um pedaço de pão e o mergulhei na tigelinha de azeite e vinagre temperados.

— Obrigada. Só assuntos felizes. E aí, do que podemos falar?

Beck deu de ombros.

— De como sou bom de cama?

Dei uma risadinha. Eu o tinha ofendido antes, então talvez estivesse na hora de fazer um elogio — um fácil de fazer, porque era verdade.

— Não deixe subir à cabeça, mas você *é* muito bom de cama mesmo.

Beck abriu um sorriso de quem cantava vitória.

— Eu sei.

Revirei os olhos.

— Você poderia pelo menos ser cortês...

— Não. Não faz meu estilo. — Ele riu. — Mas tenho uma pergunta séria: se você se divertiu e não tem mais ninguém, por que insiste tanto que uma vez foi suficiente?

Suspirei.

— Vou me mudar para o outro lado do país daqui a poucos meses. E mais, não estou em um bom momento para um relacionamento. Não quero me amarrar a ninguém.

Beck baixou a voz, inclinando-se para perto de mim, e sussurrou:

— Que tal ser amarrada?

E, simples assim, meu dia, antes marcado pela melancolia do hospital, mudou da água para o vinho, e todos os pelos nos meus braços se arrepiaram.

— Comporte-se... — avisei.

Os olhos dele brilharam.

— Isso é o oposto do que sinto vontade de fazer quando estou tão perto assim de você. Aliás, seu vestido é da minha cor favorita. Azul-bebê. Será que você o vestiu para mim?

— Beck...

— Sua boca diz que tivemos um caso de uma noite só, mas seu corpo diz algo bem diferente. — Ele abaixou os olhos até meus mamilos, que, naquele momento, eram protuberâncias bem marcadas no tecido, depois voltou a se concentrar nos meus lábios entreabertos. — Posso tocá-la?

— Onde?

Ele deslizou a mão por baixo da mesa até minha coxa. Dei um pulo, embora aquilo tenha causado uma onda de desejo no meu ventre. Os dedos de Beck foram mergulhando para a parte interna da coxa.

— É só me mandar parar, que eu paro.

O mais leve toque daquele homem me deixava louca. Mas eu ia mesmo permitir que ele me tocasse em um lugar público?

Beck sussurrou no meu ouvido:

— Cadê seu espírito de aventura? Feche os olhos. Ninguém vai ver. A toalha é longa o bastante para cobrir você.

Seus dedos deslizaram por baixo do meu vestido, avançando um pouquinho mais pela coxa. A mão dele ainda estava a uns quinze centímetros do meu sexo, mas parecia que estava roçando meu clitóris. Eu o sentia *por toda parte*. Minha respiração ficou tão errática quanto meus batimentos cardíacos.

— Gostoso, né? — Beck pareceu fazer tanto esforço para falar quanto eu fazia naquele momento para me controlar.

Engoli em seco e fiz que sim.

Sem qualquer aviso, a mão dele se moveu, e os dedos subiram e desceram devagarinho pela minha calcinha.

— Você já está molhada por mim.

Eu não acreditava que estava fazendo aquilo em um restaurante. Eu nunca tinha nem transado perto de uma janela.

— Abra um pouco as pernas — sussurrou Beck no meu ouvido.

E aquele seu hálito quente me deixou arrepiada dos pés à cabeça.

Como não obedeci logo de cara, ele pressionou o polegar no meu clitóris por cima da calcinha.

— Deixe-me fazê-la se sentir bem, esquecer.

Eu estava sem fôlego.

— Seria melhor se fosse em qualquer outro lugar.

— Então deveria ter respondido minhas mensagens essa semana. Se dependesse de mim, eu teria escolhido um lugar em que pudesse ouvir você gritar meu nome quando gozasse, mas aqui e agora foi a opção que você me deu. Então abra as pernas, meu bem.

Eu sabia que as chances eram grandes de eu me odiar no dia seguinte, mas eu queria aquilo demais. Deixei os joelhos se abrirem descaradamente debaixo da mesa. Continuei olhando para a frente, mas, pelo canto de olho, vi Beck abrir um sorriso.

O clima estava pegando fogo enquanto ele tocava a borda da calcinha, até os dedos deslizarem por baixo. Ele traçou uma linha pela vulva, mergulhando dentro de mim e fazendo todo meu corpo tremer.

Eu não tinha parado de encarar o restaurante, mas Beck teve que parar de mexer os dedos para eu perceber que havia algo errado.

— Enzo está vindo com um prato — disse ele.

— Meu Deus. Tire a mão.

— Apenas fique quieta.

Enzo sorriu ao chegar à nossa mesa.

— Minha berinjela *alla parmigiana* favorita. Cortada em fatias finas, do jeito que deve ser. Com minha famosa ricota caseira entre as camadas.

— Está com uma aparência ótima — comentou Beck. — Obrigado, Enzo.

Para meu horror, Beck decidiu que aquele era o melhor momento para enfiar um dedo em mim. Virei a cabeça para encará-lo, e ele sorriu — exibindo um semblante calmo, frio e totalmente controlado.

— Parece delicioso, não é Nora?

Assim que falou, Beck enfiou mais um dedo em mim. E os mexeu para a frente e para trás.

Engoli em seco e fiz que sim, incapaz de falar.

— *Bon appétit* — disse Enzo. Se ele fazia alguma ideia do que estava acontecendo debaixo da mesa, não deixou transparecer. — Volto com mais coisas daqui a pouco.

— Obrigado, Enzo — falou Beck.

O dono do restaurante mal tinha se afastado o bastante para não nos ouvir quando me apoiei no homem ao meu lado.

— Não acredito que você fez isso.

A resposta dele foi enfiar os dedos ainda mais fundo. Por mais louco que fosse, acho que fiquei excitada com o fato de que quase fomos flagrados. Parecia a adrenalina de pular de um avião, porém melhor. E Beck ainda não tinha puxado os cordões do paraquedas. Ele me olhou com um desejo que crescia ao movimentar os dedos sem parar. Não demorou muito para que meu orgasmo viesse com tudo.

— Beck...

Com a voz rouca, ele sussurrou no meu ouvido:

— Beije-me. Ninguém vai nos interromper, e vai abafar o som quando você gozar.

Os dedos dele estavam dentro de mim no meio de um restaurante, e eu estava na dúvida se seria de bom-tom *beijá-lo*?

Beck notou a hesitação no meu rosto.

— Ah, pelo amor de Deus. Vire essa boca para cá.

Eu me inclinei um pouco para a frente, e Beck grudou os lábios aos meus. Assim que nos conectamos, ele curvou os dedos dentro de mim e o polegar encontrou meu clitóris, fazendo pressão em círculos. O orgasmo me fez estremecer. Com medo de deixar escapar algum som, mesmo em meio ao nosso beijo, enterrei os dentes no lábio inferior de Beck.

Ele gemeu, e o som reverberou em mim como um tremor secundário. Minutos depois, eu ainda estava ofegante. Beck envolveu minha nuca e me manteve perto.

— Tudo bem?

Fiz que sim.

Ele passou a língua pelo lábio inferior e a levou para dentro da boca.

— Você me arrancou sangue.

— Sinto muito.

— Não, não sente nada.

Aquilo me fez sorrir.

— Pode ser que você tenha razão.

Nós rimos. E o riso levou consigo a loucura dos últimos dez minutos, e começamos a comer logo em seguida. De repente, eu estava morrendo de fome.

Apontei para a berinjela *alla parmigiana* no meu prato.

— Talvez eu esteja um pouco eufórica depois do orgasmo, mas essa é a melhor coisa que já comi em... talvez na vida.

— É uma delícia, mas consigo pensar em outra coisa que comi recentemente e que foi melhor. — Ele me deu uma piscadela.

Enzo trouxe mais três pratos depois daquele, cada um melhor que o outro.

No fim, por mais que eu quisesse, não conseguia comer nem mais uma garfada da massa no meu prato. Eu me recostei na cadeira com a mão na barriga.

— Estou cheia. E feliz por estar com este vestido, e não com um jeans.

— Também estou feliz que esteja com esse vestido, mas não tem nada a ver com estar cheia.

Dei uma risadinha.

— Ainda não consigo acreditar no que fiz. Pena que a gente não veio de carro. Estou a fim de me aventurar agora. Nunca paguei boquete no carro.

— Então não ter carro é o único obstáculo, não sua regra de uma vez só?

Mordi o lábio inferior.

— Acho que já quebramos essa regra.

Algum tempo depois, Enzo chegou empurrando um carrinho cheio de sobremesas. Eu tinha dito que estava cheia, mas ele insistiu que eu pelo menos provasse o tiramisu. Beck comeu uma fatia de cheesecake e um cannoli. Balancei a cabeça, observando-o comer.

— Não sei onde você coloca tudo isso.

Ele moveu as sobrancelhas de forma sugestiva.

— Eu sei bem onde gostaria de colocar algo.

Dei uma risada.

— Estava falando de tudo que você comeu. Cada uma das suas porções tinha o dobro do tamanho da minha, e você ainda teve espaço para duas sobremesas. Você come sempre assim?

— Só se a comida for boa. Se não for, como o suficiente para me satisfazer. — Ele sorriu. — Acho que isso também vale para *outras* coisas. Se gosto, quero devorar. — Beck estendeu a mão e enrolou uma mecha do meu cabelo no dedo. — Pronta para irmos? Na verdade, tenho um compromisso às dez, mas posso deixar você no caminho.

— Ah. Tudo bem. — Uma pontinha de ciúme estava começando a dar as caras. *Será que ele tinha um encontro?* Como eu não queria passar a mensagem errada, segurei a vontade de enchê-lo de perguntas. — É claro. Não precisa me deixar em casa, posso pegar um Uber ou ir de metrô.

Beck tirou várias notas de cem da carteira e as colocou no porta-contas.

— Ah, não, eu *definitivamente* vou deixar você em casa.

Senti algo esquisito no tom de Beck, mas ele se levantou e estendeu a mão para me ajudar a sair do assento, então logo esqueci. Pelo menos, até chegarmos ao lado de fora do restaurante.

Havia uma limusine enorme estacionada na calçada, e um motorista uniformizado encostado nela. Ele se levantou ao ver Beck se aproximar.

— Sr. Cross?

— Sim.

O homem fez menção de abrir a porta de trás, mas Beck balançou a cabeça.

— Pode deixar. Obrigado.

Olhei para Beck.

— O carro é para você?

— É pra gente.

— É meio excessivo, não acha? Um Uber teria dado para o gasto.

Os olhos dele brilharam.

— Talvez. Mas um Uber não tem um painel de privacidade. Você disse que estava a fim de se aventurar, e isso, tecnicamente, é um carro.

Arregalei os olhos e fiquei boquiaberta.

— Você está dizendo que alugou esse carro só para que eu...

Beck deu um tapinha no meu queixo.

— Assim mesmo, pode manter aberta.

Ele abriu a porta de trás e indicou que eu entrasse.

— Você é mesmo tão louco assim?

Ele deu uma piscadela.

— Prefiro ser chamado de aventureiro. Agora, entre.

CAPÍTULO 18
Beck

— Bisa! Maddie correu até a cama de hospital da avó e subiu. Estava em seu típico traje de sábado: short e camiseta com a faixa verde de escoteira no corpo, ostentando dezessete distintivos.

— Cuidado, querida. A bisa está melhor, mas você precisa tomar cuidado.

Ela parecia bem melhor mesmo. O fato de estar sentada na cama, usando roupas normais e com maquiagem no rosto, ajudava.

Minha avó franziu a testa.

— Não dê ouvidos ao Capitão Chatonildo. Então, o que me conta, baixinha?

Maddie apontou para os olhos da bisavó.

— Gostei da sua sombra. É brilhante.

— Tudo fica melhor quando brilha. Se eu pudesse comer glitter no café da manhã e brilhar o dia inteiro, eu comeria.

Maddie abriu um sorriso, mostrando os dentinhos.

— Eu também quero brilhar.

— É mesmo? Bem, então pegue aquela bolsa de maquiagem na mesinha, e daremos um jeito.

Ver minha avó com minha filha me lembrou muito da minha mãe comigo — não que maquiasse meu rosto com glitter, mas ela tinha um jeito de compartilhar as experiências sem fazer com que eu me sentisse uma criancinha.

— Papai falou que você vai ficar com a gente — disse Maddie.

Aquele tinha sido um assunto polêmico nos últimos dias, desde que minha avó e os médicos começaram a falar sobre alta. Fazia duas semanas que ela estava no hospital, então não era nenhuma surpresa que quisesse ir para casa e ficar no canto dela, mas os médicos disseram que ela não deveria ficar sozinha logo que recebesse alta, já que podia sentir fraqueza e tontura. Eu esperava uma nova discussão, que, por incrível que pareça, não aconteceu.

— É isso mesmo, meu amor. — Ela tocou o nariz de Maddie. — Mal posso esperar.

O sorriso da minha avó brilhava tanto ou mais que a sombra nos olhos. E o fato de ter aceitado a ideia de ficar comigo sem brigar outra vez me fez achar que devia estar assustada, ou talvez estivesse começando a sentir a fraqueza de que os médicos a tinham alertado. De qualquer maneira, era sempre bom lembrar que de cavalo dado não se olhava os dentes. Então, sentei-me aos pés da cama e fiquei assistindo à minha avó maquiar as pálpebras da minha filha de 6 anos com um treco roxo brilhante.

Uma enfermeira entrou quando estavam terminando.

— Oi, sra. Aster. — Ela olhou para Maddie e sorriu. — Ah, olá. Quem é você? Adorei a sombra.

Minha filha abriu um sorriso de orelha a orelha.

— Sou a Maddie. Tenho 6 anos, e essa é minha bisa.

— Meu Deus, quantos distintivos. São todos seus?

Maddie fez que sim.

— Vou ganhar todos que existem.

A enfermeira sorriu.

— Bem, se você for tão determinada quanto sua bisavó, não tenho a menor dúvida disso. — Então, ela se virou para minha avó: — Estou terminando a papelada da sua alta. Preciso de mais ou menos uns quinze minutos, e então volto para retirar seu acesso. Aí, podemos repassar todos os medicamentos e instruções para que a senhora possa dar o fora daqui.

— Obrigada, Lena.

Enquanto ela saía, Nora entrou.

Eu não a via desde nosso infame passeio de limusine, embora tivesse repassado a cena na minha cabeça milhões de vezes. Acabei não resistindo e liguei para ela duas vezes, mas caiu na caixa postal. Não deixei recado, pois as mensagens dela para mim tinham sido bem claras desde o início.

— Oi. — Nora sorriu. — Tudo bem, Beck?

Nora usava um vestido, e minha mente logo se voltou para o que eu tinha feito com ela debaixo da mesa, e como tive que beijá-la para disfarçar o gemido enquanto ela gozava na minha mão. Aquele som era melhor do que qualquer pornô.

Nora se aproximou de Maddie e da minha avó com um sorriso.

— Você deve ser a Maddie.

Maddie fez que sim e apontou para os olhos.

— A bisa me maquiou.

— Estou vendo. Ficou lindo.

— Você trabalha para meu pai?

— Não, não trabalho. Na verdade, sou amiga da sua bisavó.

— De onde veio essa pergunta, Maddie? — questionei.

Ela deu de ombros.

— É que o trabalho é o único lugar em que vejo você com garotas.

Engraçada, a perspectiva de uma criança. Maddie estava certa, eu evitava levar mulheres com quem eu saía para conhecer minha filha. Não queria apresentar ninguém a ela, a menos que eu vislumbrasse um futuro com a pessoa. E aquilo ainda não tinha acontecido desde o divórcio.

Maddie olhou para Nora.

— Você tem namorado?

— Maddie — eu a repreendi. — Não é legal perguntar essas coisas para as pessoas.

— Por quê?

— Lembra que eu expliquei que algumas perguntas são pessoais?

— Tipo quando perguntei para aquela senhora se ela estava grávida?

— Caramba. — Nora deu uma risadinha.

Assenti.

— É, ela devia ter uns 60 anos e não estava grávida. — Então, voltei a falar com minha filha. — Sim, perguntas desse tipo... Você entendeu nossa conversa. Não se pergunta sobre idade, bebês, namorados e namoradas, dinheiro ou Deus para estranhos.

Nora sorriu para Maddie.

— Você deveria ouvir seu pai. Mas, não, não tenho namorado.

— Minha amiga Lizzie disse que meninas bonitas sempre têm namorados.

Nora e eu nos entreolhamos.

— Posso responder essa? — perguntou ela.

Ergui as mãos.

— Por favor, fique à vontade.

— Você pode ter certeza de que nem sempre as meninas bonitas têm namorados. E se um menino gosta de uma menina *só* porque ela é bonita, provavelmente ele não é alguém que deveria ser namorado dela.

Maddie fez que sim.

— Você é bonita.

— Obrigada. Você também.

— O que é isso? — perguntou Maddie, apontando para o pote de vidro na mão de Nora.

Ela colocou o pote na bandeja com rodinhas do hospital.

— É um pote da gratidão. Esse é da sua bisavó, mas também tenho um.

— O que tem dentro?

— Bem, boas lembranças. Quando coisas boas acontecem, a gente escreve e guarda no pote. Assim, quando temos um dia ruim, podemos ler tudo e nos lembrar de quantas coisas boas temos na vida.

— Papai, eu quero fazer um pote da gratidão!

— Acho que o seu transbordaria — comentei. — Porque alguém que eu conheço é bem mimada e quase não tem dias ruins.

A enfermeira voltou para verificar os sinais vitais da minha avó e retirar o acesso. Imaginei que deveríamos dar a elas um pouco de privacidade.

— Maddie, tem uma máquina de doces no corredor. Quer ir lá ver?

Ela arregalou os olhos e pulou da cama.

— Chocolate!

Olhei para Nora.

— Quer alguma coisa?

Ela fez que não.

— Mas vou com vocês, de qualquer maneira.

A área de visitantes estava vazia. Maddie correu até a máquina e lambeu os beiços ao examinar com cuidado as opções.

— A mãe não a deixa comer muito açúcar. Carrie anda obcecada com o peso desde o nascimento da Maddie e conta cada carboidrato, inclusive os da Maddie.

— Ah, isso não é bom.

— Não me entenda mal, açúcar não faz muito bem para ninguém, mas não quero que minha filha comece a se preocupar com peso e tenha um transtorno alimentar. Acredito mais que moderação seja essencial em qualquer dieta.

— Eu concordo. Como você pôde notar pelos três quilos de massa que comi semana passada no jantar.

Eu a olhei de cima até embaixo.

— Não sei o que você está fazendo, mas está dando certo.

— Obrigada mais uma vez pelo jantar, aliás.

— De nada. — Dei uma piscadela. — Obrigado pelo passeio até em casa.

Ela corou.

Refleti se deveria falar mais alguma coisa, mas sabe-se lá quando eu a veria de novo depois da alta da minha avó. Então, tive que arriscar.

— Liguei para você algumas vezes na semana passada...

Ela abriu um sorriso resignado.

— Eu sei.

— Você sabe... porque viu meu nome nas chamadas perdidas? Ou porque ficou vendo a chamada piscar na tela até cair na caixa postal?

A cara que ela fez respondeu à minha pergunta.

— Entendi.

Nora balançou a cabeça.

— Desculpe. É só que... É difícil dizer não para você, então é mais fácil evitar a pergunta.

— Talvez signifique que você não deva dizer não.

Maddie voltou correndo e saltitando.

— Papai, posso comprar Skittles?

— Eu compro, mas você só vai poder comer um pouco agora. O restante, guarde para depois do almoço.

— Tudo bem, papai.

Eu me virei para Nora.

— Quer alguma coisa?

Seus olhos repousaram nos meus lábios por uma fração de segundo.

— Não, obrigada.

Desembolsei dois dólares e cinquenta centavos por um pacote de doce de setenta e cinco centavos, e, logo em seguida, meu celular tocou. Entreguei-o para minha filha.

— É a mamãe ligando.

Maddie atendeu a ligação diária da minha ex enquanto Nora e eu saíamos da sala de espera.

— Minha avó comentou que você veio todos os dias essa semana e a animou. Ela finge estar tranquila, mas deu para perceber que estava pra baixo. Então... obrigado por visitá-la tantas vezes e por melhorar o humor dela.

Nora deu de ombros.

— Não precisei me esforçar muito. Bastava conversarmos de nossas aventuras que acabávamos rindo por uma ou duas horas todos os dias.

— Bom, obrigado mesmo assim.

Ela sorriu.

— De nada.

Nossos olhares se encontraram. Eu poderia me perder naquele lindo tom de verde. No começo, eu a desejava quando discutíamos, mas, àquela altura, eu a desejava até quando se mostrava meiga e vulnerável. Para dizer a verdade, eu a queria basicamente o tempo inteiro. Por sorte, Maddie voltou da sala de espera e me impediu de dizer algo de que eu provavelmente me arrependeria. Nós três voltamos para o quarto da minha avó, que terminou de assinar a papelada da alta. Nora e eu repassamos a lista de novos medicamentos, embora minha avó dissesse não ser necessário.

Peguei a mochila de Maddie.

— Muito bem, pronta para sair daqui e levar a bisa para nossa casa?

Nora franziu as sobrancelhas.

— Para a casa de vocês? Achei que Louise fosse para a casa dela. Ela me pediu para fazer companhia, para que não ficasse sozinha.

Olhei para minha avó, que exibia um sorriso maroto.

— Ah, devo ter me esquecido de comentar que decidi ficar na casa do Beck por alguns dias. Você me faria companhia lá, querida?

Eu senti o cheiro da mentira de longe.

— Esqueceu, é?

Minha avó nem tentou disfarçar o sorriso indulgente.

— Deve ser culpa dos remédios. — Ela acenou a mão ao redor da cabeça. — Fiz confusão.

Fez confusão, uma ova.

Nora abriu um sorriso educado.

— Posso fazer uma visita esta semana. Talvez quando Beck estiver no trabalho.

— Ótimo. Mas será que você não poderia ir hoje também? Seria muito bom ter companhia.

Aquilo me deixou ofendido.

— E eu sou o quê, picadinho de fígado?

Minha avó balançou a cabeça. Do que eu estava reclamando, afinal? Eu não conseguia fazer Nora atender às minhas ligações, enquanto minha avó a estava levando para meu apartamento.

Mas Nora pareceu hesitante.

— Não sei...

— Deveria ir. Comprei coisas para um churrasco no almoço, mas estava com fome quando fui ao mercado de manhã, então tem comida suficiente para doze pessoas, não três.

A enfermeira ajudou minha avó a se acomodar em uma cadeira de rodas.

— Eu insisto — disse minha avó. — Além disso, quero conversar sobre algumas ideias novas para nossa viagem. O que acha da Autobahn alemã?

Meu Deus. Nem tínhamos saído do hospital, e ela já estava pensando em mais loucuras para fazer.

Os olhos de Nora brilharam.

— Eu sempre quis participar da Oktoberfest na Baviera.

Minha avó bateu palmas.

— Faremos as duas coisas.

— Espero que a Autobahn venha antes da maratona de cerveja — resmunguei.

— O que você acha? — perguntou minha avó. — Que tal passar a tarde comigo?

Nora olhou de mim para minha avó. Certamente, não estava muito animada, mas, ainda assim, sorriu.

— É claro.

∽

— Que incrível. — Nora foi para o terraço e olhou ao redor. — É permitido fazer churrasco em Nova York?

Abri um sorriso.

— Na maioria dos lugares, não. É preciso estar a três metros de distância de qualquer outro prédio e sacada. Essa foi minha única exigência enquanto procurava um imóvel para comprar.

— Você gosta tanto assim de churrasco?

— Gosto de assar. Quando pequeno, meus pais me levavam todo verão a Montauk. Ficávamos em um lugar que tinha churrasqueiras a carvão, e meu pai passava horas sentado do lado de fora, observando o mar e assando costelas. Não sei se era a maresia ou a fumaça, mas eram as melhores refeições que eu comia no ano. Depois que meus pais se foram, comentei com a minha avó como eu amava fazer churrasco. Em um Natal, acho que eu tinha uns 13 anos, ela comprou para mim uma churrasqueira elétrica que não soltava fumaça. Não era a mesma coisa, mas aquilo me fez gostar de assar carnes. Eu a ligava perto da janela da cozinha para que o vento pudesse entrar, até no inverno, e assava diversos jantares para a gente. — Dei de ombros. — Acho muito relaxante, e a comida fica gostosa demais se feita em uma churrasqueira a carvão.

— Que lembrança bonita.

Naquele dia, eu estava com linguiça, costelas e frango na churrasqueira. Apontei para a maior das linguiças.

— Separei essa para você. Sei que gosta muito de uma linguiça grande e quente.

Nora revirou os olhos, rindo.

— Olhe, eu já te saquei. Você mostra seu lado fofo, mas logo emenda uma gracinha, para que eu não ache que você tem coração mole.

Arqueei a sobrancelha.

— Achei que eu tinha mostrado que não tenho nada mole nesse corpo.

— Viu? Você fez de novo. — Ela sacudiu o dedo para mim. — Mas eu estou de olho, Beck Cross. Você não é o cara que tenta parecer ser.

— Ah, não? Então quem sou eu?

— Uma pessoa que vai ao show do Harry Styles e faz transmissão ao vivo para a avó, porque ela está doente demais para ir. Não acredito que você fez isso depois da nossa volta de limusine.

Meus ombros desabaram.

— Ela contou para você?

— Por que *você* não me contou que faria isso? Eu teria ido junto.

— Eu só tinha um ingresso. Eu vendi mesmo aqueles outros dois, para uma mulher do meu trabalho. Eram para a filha dela de 17 anos e uma amiga, mas a amiga ficou doente, então a filha foi sozinha para se encontrar com outras amigas e entrar de fininho na seção delas. Além disso, eu não sabia se aguentaria mais de cinco minutos naquele lugar, ou se minha avó estaria acordada quando eu ligasse. Ela fica acordada até tarde, mas o horário dela ficou todo confuso no hospital. Então, liguei para uma enfermeira para ver se ela ainda estava acordada. Quando me disseram que sim, resolvi dar uma passada no show e transmitir o final para ela ao vivo.

— Você foi ao show do Harry Styles sozinho...

Fiz que sim.

— E acho que vai ser meu último show do Harry. Fiquei esmagado entre um milhão de adolescentes histéricas, todas com boás de plumas e perfume demais.

Nora sorriu.

— Deve ter sido uma cena e tanto. Consigo até imaginar: você de braços cruzados como se fosse um segurança, no meio de um mar de adolescentes. Devia estar mais deslocado do que mosca em bolo de casamento.

Semicerrei os olhos.

— Mosca em bolo de casamento?

— É. Quem não ficaria encarando uma moscona em um bolo branco impecável?

Dei uma risadinha e virei as costelas na grelha.

— Se você diz...

— Enfim... No dia seguinte, Louise não parava de falar da transmissão ao vivo quando a visitei. Parece que algumas enfermeiras assistiram com ela. Eram jovens e bonitas. Se sua avó nada sutil não estivesse tão ocupada tentando nos transformar em casal, ela poderia ter arranjado uma delas para você. Todas estavam caidinhas pelo neto fofo que fez um gesto tão atencioso.

Nossos olhares se encontraram.

— Não tive nada a ver com isso, mas que bom que minha avó trouxe você aqui.

O semblante de Nora se suavizou, mas ela logo se recompôs e fechou a cara.

— Pare de dizer coisas legais. Vai me dar alergia.

Maddie saiu saltitante de dentro da casa.

— Nora, quer ver o distintivo que estou tentando conseguir? É o de liderança digital. Estou criando um site para isso!

— É mesmo? Eu também tenho um site. É mais um vlogue, na verdade.

— O que é um vlogue?

— É um blogue em forma de vídeo. E sabe quem é a estrela?

— Quem?

Nora se agachou, apoiando as mãos nos joelhos.

— *Sua bisavó.*

Maddie deu uma risadinha.

— A bisa não sabe fazer sites. Ela me disse que a única rede que ela conhece é a da teia de aranha crescendo na perseguida dela. — Minha filha olhou para mim. — Quase me esqueci... Papai, o que é uma perseguida? Perguntei para a bisa, mas ela disse para eu perguntar para você, porque estava ansioso para me contar.

Eu grunhi, e Nora pareceu extremamente entretida. Mas ela se levantou e estendeu a mão.

— Que tal se eu mostrar meu site para você, e depois você me mostra o seu?

Maddie abriu um sorriso radiante.

— Sim!

Observei as duas entrarem em casa de mãos dadas. Eu devia estar com um pouco de indigestão de novo, pois me peguei esfregando um ponto dolorido logo abaixo do esterno.

Nem pense nisso, Cross.

Ela quer um relacionamento ainda menos que você.

E mais, ela era um pé no saco. Brigávamos o tempo todo. Se bem que... calar a boca de Nora enfiando algo nela era um dos meus passatempos favoritos.

Dei mais uma olhada em Nora e Maddie, que, naquele momento, estavam sentadas juntas no sofá, e me obriguei a me virar.

Meia hora depois, estávamos todos sentados à mesa almoçando. Eu tinha feito comida demais, mas, pelo menos, todo mundo parecia com fome.

— Papai, a bisa tem uma amiga chamada Cachorro Louco! — Os olhos de Maddie brilhavam de alegria.

— Eu sei.

— Ela escreveu no mural dela.

Olhei para Nora em busca de uma tradução.

— Meu blogue — explicou. — As pessoas podem deixar recados e comentários ao lado de cada vídeo. Louise virou uma espécie de celebridade.

— Como assim?

— Bom, quando lancei o site, pouco antes da nossa viagem, eu tinha um visitante e comentarista regular: William, meu pai. Mas o vídeo que fiz no hospital naquele outro dia teve quase dois mil comentários.

— Você só pode estar brincando...

Ela balançou a cabeça.

— Não. Sei que você nunca gostou muito do que temos feito, mas Louise tocou o coração de muitas pessoas.

— De onde surgiu toda essa gente comentando?

Nora deu de ombros.

— Conhecemos muitas pessoas nas nossas viagens. Assim que contamos a história de Louise e que estamos documentando tudo como inspiração para quem tem alguma doença terminal, as pessoas começam a seguir o vlogue, depois contam para os amigos. No rancho em Montana, por exemplo, conhecemos um ferreiro. Vimos o rapaz colocar ferraduras em alguns cavalos mais velhos. No fim das contas, a esposa dele trabalha em uma casa de repouso para idosos. Quando falamos da viagem, ele contou para ela e, no dia seguinte, levou-a ao rancho. Ela havia mostrado alguns dos nossos vídeos para os residentes no trabalho, e alguns que tinham começado a ficar mais em casa entraram em contato com as famílias para poderem sair mais, planejar coisas que vinham adiando. Acho que ganhamos uns cem seguidores naquele dia. As pessoas ouvem falar de Louise... ou, melhor ainda, *a conhecem*, e não têm como não se inspirarem.

— Uau.

— Você tinha que ver minhas postagens recentes no vlogue, ler alguns dos comentários. Tem gente do mundo todo torcendo por ela a cada atividade. Até pensamos em dar início a uma fundação, porque muitas pessoas se ofereceram para patrocinar nossa viagem ou para simplesmente transferir algum dinheiro.

Observei o rosto de Nora.

— Que tal me mostrar os comentários depois de comermos?

Aquele sorriso sincero dela era lindo. Esfreguei o esterno de novo. Eu deveria ter tomado algum remédio para aliviar a indigestão.

Assim que terminamos de comer, Nora e Maddie insistiram em limpar tudo, porque eu tinha cozinhado. Nora abriu o laptop na sala e me explicou o site antes de me deixar na página com todos os vídeos. É claro, fingi que não tinha visto tudo antes — principalmente os dela de biquíni. Mas, na verdade, fazia algumas semanas que eu não entrava ali. Não sabia que Nora havia continuado a postar depois que minha avó tinha sido internada no hospital.

Rolei a tela até o fim e assisti ao primeiro vídeo feito no hospital. O rosto da minha avó surgiu na tela. Reconheci o fundo: era a ala de UTI em Gatlinburg. Ela devia ter gravado quando saí uma ou duas vezes para alguma reunião no Zoom, porque, no restante do tempo, Nora e eu estivemos juntos.

Minha avó parecia frágil e fraca, completamente diferente de como estava naquele momento. Ela falou do que tinha acontecido, dando detalhes da localização do tumor e do derrame que tinha sofrido. A última parte me emocionou.

"Olhem, eu me diverti. Tive uma vida boa. Amei intensamente. Ajudei a criar dois rapazes dos quais não poderia estar mais orgulhosa. Por isso, se for meu último vídeo, não se preocupem, eu nunca vou morrer... nem quando meu coração parar de bater, porque ninguém morre de verdade quando vive na alma das pessoas que ficam."

Engoli em seco e passei os olhos pelos milhares de comentários: pessoas que ela conheceu na noite que passou na cadeia, pessoas do rancho que tinha visitado em Montana, o instrutor de paraquedismo, pessoas que estavam doentes. Havia diversas mensagens de pessoas de fora do país.

Talvez aquela tenha sido a primeira vez que entendi de verdade o que as duas estavam fazendo, o porquê de Nora estar tão encantada por minha avó a ponto de pausar sua vida para viajar com uma mulher quarenta e nove anos mais velha. Minha avó era a definição de vida. E, para muita gente que passava dia após dia se esquecendo de *viver* — talvez até eu —, ela era uma inspiração.

Nora se aproximou, secando as mãos em um pano de prato.

— Louise vai se deitar. O dia foi agitado para ela, depois da alta e tudo o mais.

Comecei a me levantar.

— Certo, pode deixar que eu a ajudo.

Nora balançou a cabeça.

— Não, aproveite os vídeos.

Fiz que sim. Mas o último vídeo tinha me abalado de verdade, então fechei o laptop. Nem a ideia de rolar a tela e assistir a um vídeo de Nora de biquíni para levantar o astral me pareceu boa. Em vez disso, decidi pegar mais uma cerveja. A caminho da cozinha, alguém bateu na porta do apartamento.

Quando a abri, dei de cara com uma mulher que morava no prédio com a filha. Ela e Maddie tinham a mesma idade e haviam se tornado amigas, então viviam se encontrando nos dias em que eu ficava com minha filha.

— Oi — disse a mulher.

— Olá.

Ela olhou por cima do meu ombro.

— Maddie está pronta?

Franzi as sobrancelhas.

— Pronta para...?

— Ah, desculpe. Achei que você soubesse. Maddie ligou para Arianna e perguntou se podia ir brincar lá em casa. A ligação veio do seu celular, então achei que você tivesse concordado. Ela falou que a bisavó tinha acabado de chegar do hospital e que o apartamento precisava de silêncio.

Minha filha veio correndo pelo corredor com a mochila nas costas.

— Maddie, você ligou para a mãe da Arianna, perguntou se podia ir lá brincar e não me disse nada?

— A bisa que mandou. Ela disse que precisava descansar.

Considerando que minha filha conseguia passar horas brincando sozinha e em silêncio e que minha avó sabia daquilo, comecei a ficar desconfiado.

A mãe de Arianna interrompeu minha ruminação.

— Vai ser um prazer recebê-la em casa. Arianna e eu estávamos pensando em ir à biblioteca para a contação de histórias e, depois, dar uma passada no parque.

Maddie juntou as mãos como se fosse rezar.

— Por favor, papai, posso ir? Eu amo a *blibioteca*.

Dei uma bagunçada no cabelo dela.

— É bi-blioteca, e como posso dizer não se você está mais animada em ir à biblioteca que ao parque?

Maddie pulou de alegria.

— Obrigada, papai!

— Posso trazê-la umas... — A mãe de Arianna olhou para o relógio.
— Tudo bem se for lá pelas seis? Assim dá tempo de tomarmos sorvete.

Abri um sorriso.

— Está ótimo. Muito obrigado.

Assim que fechei a porta, Nora surgiu no corredor e olhou para os dois lados.

— Cadê a Maddie?

— Acabou de sair para brincar com uma amiga. Aparentemente, minha avó que teve a ideia.

Nora balançou a cabeça.

— Imagino que seja por isso que acabei de ser expulsa do quarto dela e por que ela me pediu para ficar até ela acordar... caso precise de ajuda para ir ao banheiro.

Semicerrei os olhos.

— Ela parece que precisa de ajuda para ir ao banheiro?

Nora riu.

— Com certeza, não. Está aprontando de novo.

— Sinto que somos marionetes, todos vivendo no teatro de fantoches da Louise.

— E eu caio igual a um patinho toda vez. — Ela suspirou. — É melhor eu ir embora.

— Não. Fique, por favor.

— Você acabou de dizer que ela não precisa da minha ajuda.

Fiquei quieto um minuto, considerando se não seria melhor ser sincero. Nora ficava arisca quando se tratava de mim, quase como um cachorro maltratado que tinha sido adotado por uma nova família. Ela me deixava chegar perto quando queria, mas Deus me livre se eu tomasse a iniciativa. Ainda assim, optei pela verdade.

— Ela não precisa de ajuda. Mas quero que você fique mesmo assim.

— Beck...

— Não podemos ser amigos?

— Da última vez que passamos algumas horinhas inocentes juntos, a noite acabou com você me fazendo gozar em público, e eu retribuindo o favor na volta para casa.

Abri um sorriso.

— É uma amizade boa *pra caralho*, não acha?

Nora deu uma risada.

— Achei que tivéssemos decidido não sermos amigos. Acredito que suas palavras exatas foram: "Não gostamos o suficiente um do outro."

— Mudei de ideia.

Ela fez cara de quem não acreditava.

— Acho que é papo furado seu.

Comecei a me sentir um pouco desesperado, como se ela não fosse ficar, não importava o que eu dissesse. Então, fui obrigado a tomar medidas drásticas.

— Uma bebida. Ver todos aqueles vídeos e comentários que estranhos deixaram no seu site mexeu comigo. Não estou a fim de ficar sozinho. E mais, quero conversar com você sobre uma coisa.

Nora olhou no fundo dos meus olhos, como se estivesse avaliando minha sinceridade. Em seguida, fez que sim.

— Tudo bem. Mas nenhuma peça de roupa vai sair de nenhum corpo.

Eu podia pensar em mil formas de satisfazer aquela mulher sem tecnicamente tirar qualquer peça de roupa, mas fiquei quieto. Em vez disso, eu a tratei como se fosse qualquer outro amigo que tivesse vindo me visitar.

— Que tal fumarmos uns charutos e tomarmos um uísque na varanda?

Nora se animou.

— Eu nunca fumei charuto.

Não era minha primeira opção de itens que ela poderia envolver com os lábios, mas teria que servir... *por enquanto.*

CAPÍTULO 19
Nora

Soprei seis anéis de fumaça seguidos.

— Você viu?

Os olhos de Beck estavam fixos nos meus lábios. Ele grunhiu.

— Você está acabando comigo, mulher.

— Talvez, se você pensasse em qualquer coisa *além* de sexo, veria que levo muito jeito para fumar charuto.

— Você tem talento mesmo...

Dei uma risada e olhei ao redor.

— Seu apartamento é incrível. Essa varanda é maior que minha casa toda.

— Seu apartamento tem uma planta diferente? O da minha avó não é tão pequeno.

— Ah, é. Ela tem um de dois quartos, o meu é uma quitinete.

Ele fez que sim.

— Aposto que o pôr do sol é incrível daqui de cima — comentei.

— É. Você podia ficar para assistir.

O uísque tinha relaxado meus ombros, e eu estava apreciando a brisa. Fazia dias que não me sentia tão relaxada. Dei outra tragada no charuto e soprei mais anéis de fumaça.

— Talvez eu fique.

— O amanhecer é ainda melhor. Devia ficar para ver os dois.

Dei uma risadinha.

— Sutil, Cross. Muito sutil.

— Eu tentei.

Beck deu uma tragada no charuto dele, e meus olhos se concentraram na forma como os lábios envolviam a ponta. Então, forcei-me a desviar o olhar antes que ele reparasse.

— Então, é por isso que você vai embora de Nova York? — perguntou ele. — A fortuna que custa alugar um apartamento de trinta metros quadrados?

— Não. Na verdade, o espaço pequeno não me incomoda. Quero ficar mais perto do meu pai.

— Você disse que vai embora quando seu contrato de aluguel acabar, né? E quando acaba?

— No fim do verão.

Aproveitamos mais alguns minutos de silêncio. Era raro eu me sentir confortável calada. Era bom.

— Então, do que você queria falar? — perguntei algum tempo depois.

— Hum?

— Quando me pediu para ficar, você disse que queria conversar comigo sobre alguma coisa.

— Ah. — Ele olhou para meu copo de uísque quase vazio. — Mais um?

— Parece que está tentando me embebedar antes de começar a conversa, não deve ser coisa boa.

— Não estou tentando embebedá-la, estou tentando ser um bom anfitrião.

Eu tinha minhas dúvidas com relação àquilo, mas estava curiosa.

— No que você está pensando?

Inclinei a cabeça para trás e dei uma tragada longa e profunda no charuto, soprando mais anéis de fumaça.

— Eu queria uma deixa melhor para essa conversa. Mas, como parece que não a terei, vou colocar para fora de uma vez.

Fiquei intrigada.

— Certo...

— Eu preciso muito transar com você de novo.

Estava formando o quarto anel de fumaça, mas acabei sugando em vez de soprar. Eu me engasguei na mesma hora. Fumaça de charuto *não* tinha sido feita para ser inalada.

Beck se inclinou e colocou a mão nas minhas costas.

— Tudo bem? Você quer água?

Fiz que não. Um minuto depois, minha garganta ainda ardia, e os olhos estavam cheios de lágrimas, mas consegui soltar algumas palavras esganiçadas.

— Por que você disse isso?

Ele pareceu confuso.

— Porque é verdade.

Balancei a cabeça.

— Em primeiro lugar, existem formas mais gentis de pedir para uma garota ir para a cama com você. Em segundo lugar, que tal um aviso antes de sair falando esse tipo de coisa?

— Eu disse que queria uma deixa melhor. Você me obrigou a contar.

— Ah, então a culpa é minha por você ser um nojento que diz coisas inapropriadas?

Beck encarou meus lábios e se inclinou.

— Porra. Isso, vamos bater boca.

Eu o empurrei de leve para que se recostasse na cadeira, abrindo certo espaço entre nós.

— A gente já falou disso. Eu falei que não estou no momento certo para um relacionamento.

— Nem eu.

— Então você não quer me namorar, só quer... o quê, transar?

Ele deu de ombros.

— Exatamente.

— Beck...

— Escute, eu preparei alguns argumentos. Eu sabia que não seria uma conversa simples.

— Você preparou argumentos?

— Preparei. É o que se faz às duas da manhã quando não se consegue dormir por não parar de pensar no som que uma certa mulher faz quando goza na sua mão em um restaurante. — Beck pegou o celular na mesa e rolou a tela. — Tudo bem, número um: nenhum de nós quer um relacionamento. Número dois: você vai se mudar para o outro lado do país no fim do verão, então existe um prazo de validade bem definido para o esquema que estou propondo. Número três: sinto atração por você, *muita atração*, e acho que você sente a mesma coisa. Número quatro: fizemos o test drive e sabemos que funciona, ninguém vai sair decepcionado. Número cinco... — Beck fez uma pausa e sustentou meu olhar. — Eu realmente quero você. Não durmo direito desde aquele dia no restaurante... Fico ocupado demais pensando naquele sonzinho que você faz quando goza, quase miando.

Ele deixou o celular na mesa. Eu me inclinei para a frente e dei uma olhada na tela. Ele realmente tinha feito uma lista numerada, mas parecia haver mais que cinco argumentos.

— O que mais tem nessa lista?

— Nada.

Estendi a mão.

— Então eu quero ver.

Beck me encarou por alguns segundos. Aproveitei a chance, agi rápido e roubei o celular dele.

— Número seis: melhor boquete de todos. — Encarei-o nos olhos. — Parece que você esqueceu alguns argumentos.

— Você acabou de me chamar de nojento, então eu quis atender ao seu pedido de ser educado.

Dei uma risada e continuei a leitura.

— Número sete: peitos fenomenais; preciso que ela trepe por cima para que eu possa vê-los subindo e descendo.

Abaixei o celular.

— Você tem mesmo a mente de um moleque de 13 anos.

Depois daqueles dois, eu provavelmente deveria ter parado de ler. Mas, obviamente, não foi o que eu fiz. E foi o último que me pegou.

"Número oito: ela me faz esquecer."

Suspirei e mordi o lábio inferior enquanto refletia. Eu também não conseguia parar de pensar nele desde a noite no restaurante. Caramba, talvez desde aquele nosso primeiro beijo no meio de uma discussão.

— Não posso me apegar a você...

— Podemos combinar de ser apenas sexo. Nada de passeios românticos na praia.

Por que eu nem sequer cheguei a cogitar aquela ideia? A verdade era que a cada dia ficava mais difícil. E, quando eu estava com Beck, fosse transando ou passando algum tempo juntos, não havia espaço para me lembrar das outras partes da minha vida — ele sabia como me fazer esquecer.

— Preciso pensar.

— Tudo bem...

— Mas, se decidirmos fazer isso, acho que não quero que Louise saiba. Sinto que estaríamos alimentando falsas esperanças.

— Não costumo falar de sexo com a minha avó, de qualquer maneira.

Balancei a cabeça com um sorriso.

— Não acredito que estou considerando a sua ideia...

Beck se inclinou para a frente e pôs a mão no meu joelho. Com o polegar, acariciou a parte de dentro da perna, deixando meu corpo todo arrepiado.

— Que tal um repeteco do restaurante? — A mão dele subiu um pouco mais. — Para ajudá-la a decidir, quer dizer.

Coloquei a mão em cima da dele, impedindo que subisse mais.

— Acho que prefiro decidir isso por conta própria.

Ele fez beicinho.

— Que pena.

— Na verdade, é melhor eu ir. Eu falei para a Louise que planejaria as viagens. Não sei se ela falou com você, mas está pensando em voltar para a estrada no dia quinze, um dia depois da consulta com o médico, contanto que ele dê o sinal verde.

Beck franziu a testa.

— Eu sei que ela está bem, mas não acho que ainda esteja forte o suficiente. Isso seria daqui a pouco mais de uma semana.

— Eu concordo. Por isso, sugeri que começássemos devagar, talvez riscando um dos itens da lista que não exige tanta aventura.

— E que item seria esse? Escalar a Torre Sears?

— Não. Visitar Charles Tote.

— Quem é Charles Tote?
— O primeiro amor dela.
— Ela se casou com meu avô aos 22 anos.
— E?
— Você está me falando que ela se apaixonou por outra pessoa antes dele?
— Estou.
— E que, depois de sessenta anos, quarenta dos quais esteve casada com o meu avô, ela ainda pensa nesse cara a ponto de visitá-lo estar em uma lista de desejos?

Dei de ombros.

— Acho que ela sente muita culpa com relação a ele.
— Por que ela sente culpa?
— Bem, eles se conheceram aos 13 anos e, pelo que entendi, foi paixão à primeira vista. Mas, nos anos 1950, as coisas eram bem diferentes. Você tinha que cortejar a garota, e ele precisava pedir permissão aos pais dela. Os dois planejaram começar a namorar aos 16, só que, uma semana antes do aniversário de Charles, ele pegou poliomielite. A vacina era nova e ainda não estava disponível em todo lugar.
— Que merda.
— Sim. Aparentemente, ele ficou paralisado da cintura para baixo, então acabou em uma cadeira de rodas. Louise não se importava, mas o pai dela a proibiu de namorar um homem que, segundo ele, não poderia sustentá-la. Ela saía escondida para visitá-lo, só que, assim como o pai de Louise, Charles também não achava mais uma boa ideia ficarem juntos. Sua avó ficou arrasada e disse a ele que o esperaria mudar de ideia. Continuaram próximos, bons amigos, mas, um ano depois, ele contou a ela que tinha conhecido outra pessoa na fisioterapia e se apaixonado. Isso a devastou.
— E ela quer visitar esse cara?
— Ela descobriu anos depois, quando já tinha conhecido seu avô, que Charles não havia se apaixonado por ninguém na fisioterapia. Ele sabia que ela nunca o deixaria, a menos que fizesse alguma coisa, então inventou um relacionamento. Hoje, olhando para trás, Louise disse que

meio que suspeitava disso, mas se permitiu aceitar e jogar nele a culpa pelo fim. Parte dela ficou aliviada quando o relacionamento acabou depois que percebeu como seria trabalhoso cuidar dele.

— Caramba. Que pesado.

— Exatamente. Seu avô foi o amor da vida dela, então, no final das contas, deu tudo certo. Mas ela e Charles se reconectaram no Facebook faz uns dez anos. Depois de um tempo, ele se casou e teve uma vida boa, mas os dois gostariam de se rever. A esposa faleceu quase na mesma época que seu avô. Ele está em uma casa de repouso e tem muita dificuldade de se locomover, então Louise gostaria de visitá-lo.

Beck balançou a cabeça.

— Não acredito que nunca ouvi essa história.

— Acho que não é um assunto em que ela pense todo dia. Mas, quando a gente começa a refletir sobre nossa mortalidade, muita coisa do passado vem à tona.

Ele ficou um tempão me encarando.

— Que bom que ela tem você. E que bom que eu tenho você... por motivos além do seu oral incrível. — Beck deu uma piscadela. — Eu precisava de um lembrete de como minha avó tem pouco tempo. Sei que parece ridículo, mas acho que só aceitei isso recentemente.

— Não parece ridículo. Cada um aceita as coisas no seu tempo.

— Onde Charles mora?

— Utah. Tínhamos falado de visitar o Bryce Canyon também. Isso estava na minha lista, mas veremos como ela se sente.

Beck fez que sim.

Apaguei meu charuto no cinzeiro.

— Vou nessa, desculpe por desperdiçar isso.

— Não precisa se desculpar. Posso acendê-lo mais tarde enquanto penso em você e coloco a boca bem onde a sua estava.

Abri um sorriso.

— Seu nojento.

— Pense com carinho no que conversamos. Prefiro não precisar te beijar por tabela.

CAPÍTULO 20
Beck

— Por favor, diga que está lendo uma piada. — Jake entrou na minha sala e me encontrou com o nariz enfiado no celular. — Porque você está sorrindo como uma garotinha apaixonada.

— O que você quer, Jake? Tenho muito trabalho a fazer.

Como sempre, ele me ignorou e se jogou em uma das cadeiras à minha frente. Depois, usou o queixo para apontar para meu celular.

— Com quem está trocando mensagens?

— Não é da sua conta.

Ele sorriu.

— É aquela tal de Nora, né? Ela é gata, cara. Corpão.

Cerrei os dentes. Fiquei irritado pelo meu irmão ter reparado nela. Ele apontou para minha mandíbula.

— Ah, cara. Você está caidinho. Com certeza era com ela que estava falando. Qual é a dela, afinal? Está solteira?

— Está. — Puxei a cadeira para perto da mesa e larguei o celular. — Enfim, o que veio fazer aqui?

— Mandei o novo prospecto para você revisar. O antigo estava desatualizado, sem alguns dos nossos principais investidores. Isso, para não dizer que era chato e tinha palavras demais na página.

— É um documento que informa às pessoas a respeito da empresa. É claro que tem muitas palavras.

— Sim, mas precisávamos de menos palavras na página e mais informações em tópicos. As pessoas da minha geração têm a atenção de um mosquitinho. Gostamos de informações em pequenas doses. Nosso cérebro é moldado pelo TikTok e pelo Snapchat. Todas as suas informações chatas continuam lá, mas, agora, mais dinâmicas e fáceis de digerir. E precisamos de mais imagens bonitas. — Ele sorriu. — Pensando bem, eu deveria ter me colocado em uma das páginas.

Balancei a cabeça.

— Tanto faz. Vou dar uma olhada hoje à tarde.

Jake jogou os pés para cima da minha mesa e entrelaçou as mãos na nuca.

— Então, voltando à querida Nora. Por que ainda não deu em cima dela, se está solteira?

Franzi a testa.

Jake arregalou os olhos e abriu um sorriso.

— Cacete. Ela deu um fora em você, não deu?

— Ela não *me deu um fora*, se quer saber. Nós... passamos um tempo juntos.

— Quer dizer que se pegaram?

Revirei os olhos.

— Sim, Jake.

— Mas você gosta dela. Dá para perceber. Notei o jeito como olhava para ela no hospital. E toda vez que fala dela, fica com esse sorriso pateta.

— É sempre uma boa quando você gosta das pessoas com quem fica...

Jake balançou a cabeça.

— Não. É mais que isso. Você gosta, tipo *gosta*, dela mesmo. Então, por que continuar sendo uma ficada? Por que não a chama para sair e vê no que dá?

A única coisa de que Jake gostava mais que se olhar no espelho era fofoca. Ele não largaria aquele osso. Suspirei.

— Ela não quer um relacionamento, o que, por mim, tudo bem. Também estou ocupado demais para isso. Então, não vamos complicar as coisas. — Não cheguei a acrescentar que Nora ainda não tinha nem se comprometido com um relacionamento físico. Fazia três dias que tínhamos conversado na minha casa, e chegamos a trocar algumas mensagens sobre minha avó, mas ninguém tocou no assunto. Eu não queria parecer desesperado, por mais que fosse o caso, enquanto esperava Nora tomar uma decisão.

— Ah, merda. Então está fazendo o que você mesmo critica nas mulheres.

Semicerrei os olhos.

— Como assim?

— Você é direto quanto a não querer um relacionamento. Elas dizem que concordam com um esquema casual e, depois de ficarem com você algumas vezes, querem mais. Fazem propaganda enganosa.

Eu não estava fazendo aquilo. *Ou estava?* Eu aceitaria mais, caso Nora oferecesse? Sim. Mas isso não significava que eu não fosse capaz de ter apenas um lance. Caramba, eu era o rei dos lances casuais.

— Não estou fazendo isso.

Jake balançou a cabeça.

— Ficada sem compromisso não dá certo quando um dos dois tem sentimentos.

— Eu gosto dela, mas ela me tira do sério às vezes. Não tenho *sentimentos*.

— Ah, claro, é claro, sr. Meus Olhos Brilham Quando Mando Mensagem Para Ela. Mas tanto faz, o problema é seu.

— Tem mais alguma coisa que a gente precise discutir ou o momento interrogatório acabou? Tenho um monte de coisas para fazer.

— Só mais uma perguntinha.

— Pelo amor de Deus — resmunguei e apontei para a porta. — Dê o fora do meu escritório.

Jake saiu. Mas as palavras dele me chatearam a manhã toda. Com certeza, eu tinha reclamado com ele mais de uma vez sobre mulheres com quem eu começava a ter algo casual e que, de repente, não estavam mais felizes com nosso esquema. Eu lembrava de ter tido uma conversa daquelas havia poucos meses, na época em que eu estava saindo com uma mulher chamada Piper. Quando falei a ela que não estava interessado em nada sério e a lembrei de que ela tinha dito o mesmo, ela ficou chateada e disse que esperava que eu fosse mudar de ideia. Será que eu estava fazendo aquilo com Nora?

Para ser sincero, eu realmente gostava dela. E, pela primeira vez em mais tempo do que eu conseguia lembrar, eu queria mais — conhecê-la melhor, jantar juntos, acordar ao lado dela, talvez ver no que daria. Ficar com ela me parecia certo, de alguma maneira.

Meu celular vibrou na mesa, e fiquei grato pela interrupção. Não que eu fosse algum dia admitir, mas Jake tinha razão. Eu estava agindo como uma garotinha apaixonada. Precisava me recompor e colocar a cabeça no trabalho. Talvez fosse bom Nora ter aparentemente se esquecido do esquema que eu tinha proposto.

Eu não precisava daquela dor de cabeça.

Mas, então, virei o celular e li a mensagem que tinha chegado.

Nora: Pensei na sua... proposta.

Meu coração começou a acelerar. Aquilo me irritou. Mas me peguei respondendo na mesma hora.

Beck: E...?
Nora: Como você mesmo falou, de forma tão eloquente, também quero transar com você. Então, estou dentro.

Salivei como um cachorro faminto diante de um bife suculento na brasa.

Beck: Quando podemos nos ver?
Nora: "Nos ver" é eufemismo para ficarmos pelados?
Beck: É eufemismo para "qual o máximo que você consegue abrir as pernas?". Mal posso esperar para cair de boca na sua boceta.

Os pontinhos começaram a pular na tela e depois pararam. Uns bons trinta segundos depois, começaram a se mover de novo.

Nora: Você não tem papas na língua, né?

Eu estava digitando que poderia mostrar o que minha língua era capaz de fazer, se ela quisesse, quando uma segunda mensagem chegou.

Nora: Mas, sim, mal posso esperar para você fazer isso também...

Apaguei o que tinha digitado, impaciente demais para perder tempo.

Beck: O que está fazendo agora? Posso ir até você.
Nora: Haha. Calma, garotão. Estou na manicure com Louise. Eu estava pensando em algo amanhã à noite.

Nem a menção à minha avó desviou meu foco.

Beck: Que tal hoje à noite?
Nora: Ansioso, hein?
Beck: VOCÊ. NÃO. FAZ. IDEIA.
Nora: Acabei de rir tão alto pelo nariz que assustei a cliente fazendo as unhas do meu lado.

Imaginei a cena: ela, com aquele sorriso nos lábios carnudos e lindíssima com um brilho suave nos olhos, rindo para a tela.

Beck: Hoje à noite, então?
Nora: Pode ser, sr. Impaciência. Mas tenho coisas para fazer. Então tem que ser mais tarde.
Beck: Como quiser. É só me dizer onde e quando, estarei lá.
Nora: Na verdade, prefiro ir até você.

Maddie passaria os próximos três dias com a mãe. Minha avó já estava bem e tinha voltado para casa com Bitsy naquela manhã. Então, nem aquela cachorrinha irritante me impediria de dar toda minha atenção a Nora.

Beck: Por mim, tudo bem. Que horas?

Nora: Provavelmente, consigo chegar por volta das dez.

Beck: Mal posso esperar. Até mais tarde.

Nora: Ah, Beck, precisamos conversar antes. Acho que temos que estabelecer algumas regras básicas para isso.

Beck: Pode ser. Mas vai ser difícil falar com meu pau na sua boca. Então talvez seja melhor conversarmos depois.

Nora: Nojento.

Beck: Vamos ver se vai continuar achando isso depois de hoje à noite.

Ela respondeu com um emoji de porco, e a conversa terminou.

Era melhor dar uma passada na farmácia a caminho de casa para comprar um frasco de aspirina. Porque, se aquilo acabasse me dando uma dor de cabeça, de jeito nenhum eu deixaria de transar com Nora.

O porteiro interfonou para me avisar que eu tinha visita e, de repente, fiquei tão nervoso a ponto de minhas mãos suarem. Havia um tempão que nenhuma mulher me fazia sentir daquele jeito. E não tive certeza se gostei. Como era tarde, e Nora provavelmente já teria jantado àquela altura, eu tinha pedido que minha assistente encomendasse uma tábua de frios. Ela perguntou se era para um encontro ou para uma visita dos amigos, porque, às vezes, eles apareciam para jogar baralho, e, para aquelas noites, ela encomendava um banquete. Normalmente, eu adorava a iniciativa dela. Quando pediu comida para a última noite de jogatina, cheguei em casa e encontrei não apenas o delivery de comida, mas uma seleção de charutos e uísques que caíam bem juntos, além de meia dúzia de porta-copos de madeira que também serviam de cinzeiro, para que os caras tivessem onde colocar as bebidas e os charutos enquanto seguravam as cartas. No entanto, olhando para a mesa de jantar naquele momento, achei que podia ser um exagero. Gwen tinha mandado entregar não apenas uma tábua de frios, mas vinho gelado, um arranjo de flores e algumas velas.

Meu coração acelerou quando ouvi o elevador se abrindo no corredor. Mas, assim que abri a porta e a vi, quase perdi o fôlego.

É só pegação, Cross. Não um encontro.

Por sorte, eu era mestre em não demonstrar nervosismo.

Nora estava incrível — bem mais arrumada do que eu esperava. Estava com um vestido de seda verde e sapatos de salto amarrados nos tornozelos. Os cabelos loiros e volumosos, normalmente lisos, tinham sido arrumados em cachos frouxos, e ela usava mais maquiagem do que eu já tinha visto nela. Era impossível parar de observar aqueles lábios vermelhos. Talvez fosse um encontro, no fim das contas...

— Calminha aí, garoto — disse ela. — Não me vesti assim para vir aqui. Eu tive um encontro antes.

Meu entusiasmo morreu naquela hora. *Ela teve a droga de um encontro antes de vir?*

Nora deu uma olhada na minha cara e começou a rir.

Ela ficou frente a frente comigo e me deu um tapinha no peito.

— O encontro foi com o meu pai, sr. Tranquilão.

— Achei que seu pai morasse na Califórnia.

— Ele mora, mas veio visitar por alguns dias. Fomos a uma ópera no Met às sete. Por isso, estou arrumada e não pude vir antes.

Relaxei os ombros.

— Ah.

Ela abriu um sorrisinho malicioso.

— Você tinha que ver sua cara. Parecia que queria dar uma surra em alguém.

— E você acha isso engraçado?

Ela tamborilou as unhas no meu peito.

— Acho.

Eu a peguei pela nuca, apertei de leve e a puxei para mim.

— Você vai ter que pagar por isso, Sutton. Agora, eu quero essa boca que só me dá dor de cabeça.

Colei os lábios nos de Nora, e ela retribuiu com entusiasmo. O estresse do meu dia se desfez quase na mesma hora. Ela roçou os peitos em mim e soltou aquele gemidinho que me deixava maluco. Dizem que coisas que aliviam o estresse e a ansiedade costumam ser viciantes — tipo Xanax e álcool. Naquele momento, aquilo fez sentido.

Nora arrancou os lábios dos meus.

— Você vai me agarrar na porta ou vai me convidar para entrar?

Prendi o lábio inferior dela entre os dentes e lhe dei um puxão firme.

— Por mim, na porta estaria bom.

Ela deu uma risadinha e empurrou meu peito.

— Vamos entrar, homem das cavernas.

A contragosto, abri a porta e a deixei entrar. Se bem que fui recompensado pelo cavalheirismo com uma visão fenomenal da bunda dela naquele vestido.

Será que ela me deixaria entrar pela porta de trás?

Pigarreei e deixei aquele pensamento de lado — por ora. Nora deixou a bolsinha na mesa de jantar, que exalava romance com o vinho no balde de gelo, as flores e as velas.

— O que é isso tudo? — perguntou ela.

— Eu não sabia se você já tinha jantado. Então optei por algo que você pudesse beliscar.

— Muito atencioso da sua parte. — Ela se virou para a mesa por um minuto. — E as flores e o vinho?

Enfiei as mãos nos bolsos.

— São culpa da minha assistente.

Nora sorriu.

— Você ficou tímido? Até que é fofo, mas não esperava encontrar essa emoção no seu arsenal de expressões.

— Engraçadinha. Depois que arrumei tudo, percebi que era um pouco demais para… o que a gente tinha em mente.

— Você quer dizer para uma noite de pegação?

— Isso.

— Bom, pelo menos você tem uma boa assistente.

— Tenho. Gostaria de uma taça de vinho da minha mesa romântica?

Nora sorriu.

— É claro.

Tirei a garrafa do balde de gelo e fui até a cozinha para abri-la.

Nora se sentou em uma cadeira do outro lado da bancada.

— Então, acho melhor definirmos algumas regras antes de seguirmos em frente.

Passei uma taça de vinho para ela e servi a minha.

— Mande ver. Eu gosto de regras.

— Gosta?

— É claro. Não tem graça quebrá-las se não sabemos quais são.

— Beck...

— Relaxe. Estou brincando. — Tomei um gole de vinho e dei de ombros. — Estou pronto. Diga o que você tem em mente.

— Certo, bem, acho que esse tipo de esquema costuma dar errado porque as pessoas vivem forçando cada vez mais os limites, e quando uma das duas olha para trás, se dá conta de que o lance casual virou um relacionamento. Por isso, a ideia de estabelecer algumas regras seria para evitar que isso aconteça.

— Tudo bem. Então, que regras são essas?

— Primeiro, acho que, a não ser que a gente esteja com Louise, é melhor limitarmos nosso tempo juntos ao sexo.

— Então você entra, eu tiro sua roupa e você mete o pé assim que a gente acabar?

Ela riu.

— Talvez não de um jeito tão dramático assim, mas mais no sentido de que não deveríamos assistir a filmes antes nem dormir juntos depois.

Eu não amava aquela ideia, mas entendia o porquê de Nora querer uma regra assim. Talvez tivesse sido nisso que errei nos meus supostos relacionamentos sem compromisso anteriores.

— Certo. E o que mais?

— Nada de encontros. Nada de restaurantes, cinemas ou qualquer coisa do tipo.

— Beleza.

— Nada de conversinhas no telefone nem troca de mensagens, a menos que seja algo relacionado a Louise ou para combinarmos quando vamos nos ver.

Aquilo era péssimo. As mensagens dela tinham se tornado o ponto alto do meu dia.

— Tudo bem.

— Acho que deveríamos tentar limitar as demonstrações de carinho. Nada de dar as mãos ou mandar flores. Nenhum gesto carinhoso de jeito nenhum.

— Espere, soltar sua cabeça por tempo suficiente para que você possa respirar enquanto me chupa é considerado um gesto carinhoso? Na minha opinião, existe uma linha tênue entre ter consideração e ser carinhoso.

— Quem é o engraçadinho agora?

— Terminamos?

— Só mais uma coisa: acho que, normalmente, esse tipo de situação não envolve monogamia. Está mais para "não pergunte, não fale nada". Mas, como transamos sem camisinha, então, a menos que você queira voltar a usar, acho que deveríamos nos abster de transar com outras pessoas. Apenas encontros não seria um problema, é claro.

Só a ideia de Nora transando com alguém, ou até saindo com outro homem, já me deixava irado, então aquela era a regra mais fácil de aceitar.

Fiz que sim.

— Combinado.

Ela tomou um gole de vinho, deixou a taça na mesa e passou o dedo pela borda. Depois, ergueu os olhos, espiando através dos cílios espessos.

— É isso. Então… podemos começar quando você estiver pronto.

Sustentei o olhar dela, bebendo o resto do meu vinho, então contornei a bancada. Ergui Nora da cadeira, joguei-a por cima do ombro e fui para o quarto. Por um breve instante, considerei transar com ela na bancada, mas a imagem dela esparramada na minha cama era boa demais para resistir. Ela soltou uma risadinha, e aquele som acertou em cheio meu coração.

No quarto, eu a deixei em pé perto da beira da cama, depois fui até uma poltrona a três metros de distância para me sentar.

— O que você está fazendo? — Ela riu.

— Tire a roupa para mim.

O sorriso no rosto dela se transformou em algo bem diferente. Ela *gostava* quando eu assumia o controle no quarto.

Nora levou a mão às costas e abriu o zíper do vestido sem pressa. O som de cada dente se soltando me deu vontade de rasgar o tecido. Tive que agarrar os braços da poltrona para não sair de onde eu estava enquanto ela afastava as alças finas dos ombros, deixando o material sedoso cair no chão. Parada ali, apenas com os saltos que envolviam as pernas e um sutiã de renda sem alça que combinava com a calcinha... era impossível ela ficar mais sensual. Mas, então, Nora ergueu o queixo, desafiando qualquer desconforto que provavelmente se espalhava por dentro dela por estar tão exposta, e meu pau passou de meio-mastro à saudação completa.

— Você é magnífica. — Minha voz saiu tensa, meio trêmula. — Dê meia-volta, quero ver você de costas.

Ela girou devagarinho. Caramba, como eu queria ser aquele fio-dental enfiado em sua bunda fantástica. Umedeci os lábios, que tinham secado.

— Sente-se na beira da cama.

Eu quase gozei apenas vendo aquela mulher seguir meus comandos. Aquilo era um presente que ela estava me dando.

Nora se acomodou na beirada do colchão, as pernas fechadas.

Esfreguei o lábio inferior com o polegar.

— Quero acrescentar uma regra à sua lista.

— Qual?

— Nada de se tocar a não ser que estejamos juntos. Não quero que você satisfaça seus desejos sozinha. Quero que me ligue. Com frequência.

Ela engoliu em seco e assentiu.

— Obrigado. Agora, abra as pernas.

Os olhos de Nora brilharam, e ela me lançou um olhar intenso, mas obedeceu.

— Mais — pedi.

Ela usou as mãos para afastar os joelhos até não poder mais.

— Agora, você pode se tocar. Massageie o clitóris. Por cima da calcinha.

Os olhos dela me encararam no mesmo instante. Parecia que Nora daria para trás, mas, em vez disso, sustentou meu olhar e levou a mão até a calcinha. Começou a acariciar o clitóris com pequenos círculos e, depois de alguns segundos, fechou os olhos. Os lábios dela se abriram, e eu a observei arfar cada vez mais.

Puta.
Que.
Pariu.

Como eu poderia não me apaixonar por aquela mulher? Ela era perfeita, e a sexualidade confiante era a cereja do bolo.

Esfreguei o pau por cima da calça enquanto assistia. Nora arqueou as costas, e a cabeça tombou para trás. Quando os círculos ganharam velocidade e ela começou a gemer, percebi que não demoraria muito. Então, fui até ela. Caí de joelhos entre as coxas de Nora, puxei a calcinha pelas pernas e mergulhei de boca, com tanta fome, que ela parecia minha primeira refeição depois de meses. Comecei a lamber e a chupar, meti a língua naquela entrada doce e a sorvi por inteiro.

Nora afundou os dedos no meu cabelo, cravando as unhas no meu couro cabeludo.

— Beck...

Estendi a mão e a segurei, enterrando o rosto todo nela. Se eu tivesse me afogado ali dentro, teria morrido feliz. Eu a devorei durante o orgasmo, os espasmos e os tremores dela, até bem depois de Nora ter desabado na cama. Eu não permitiria que nenhuma gota fosse desperdiçada nos lençóis.

Assim que terminei, limpei a boca com o dorso da mão e libertei meu pau duro. Eu sabia que ela estava quente e molhada, então mal podia esperar para mergulhar ali e encontrar meu Nirvana.

Enquanto me acomodava por cima dela, Nora abriu os olhos. Um sorriso bobo e saciado surgiu naquele rosto lindo.

— Oi — disse ela.

Esbocei um sorriso leve.

— Oi.

— Você é *muito* bom nisso.

— Ora, obrigado.

— Não sei quanto vou conseguir contribuir agora. — Então, ela virou a cabeça e olhou para o braço direito estendido na cama. — Meus membros parecem gelatina.

— Não tem problema. Eu dou conta do recado.

Ela sorriu.

— Valeu. Fico devendo uma.

— E vou cobrar com muito prazer em breve.

Levei a mão para baixo e segurei meu pau, alinhando-o com a abertura dela, depois entrei. Por mais que estivesse apenas com a cabeça para dentro, estava feliz por ela ter gozado, porque aquilo seria vergonhosamente rápido. Eu tinha me esquecido de como ela era apertada.

Fechei os olhos ao entrar mais, e as paredes internas de Nora abraçaram meu pau. A sensação me fez pensar que aquela noite entraria no topo da lista de melhores experiências sexuais, e eu ainda nem tinha metido tudo nem gozado. Aquilo dizia muito.

Fui entrando mais, abrindo-a centímetro a centímetro, até minhas bolas encontrarem a bunda dela. Nora me encarou, olhos turvados e lábios entreabertos, ofegante, então decidi que faria uma pausa ali. Não me moveria. Talvez para sempre.

Mas Nora se arqueou, trazendo os lábios ao encontro dos meus, e me perdi naquele beijo. Correndo o risco de soar ridículo… Tudo ao redor desapareceu. E então, com energia renovada, meus quadris entraram em ação, deslizando para a frente e para trás. Ela estava molhada. Escorregadia, fenomenal. Mas, antes de qualquer coisa, eu precisava que ela gozasse de novo. Não importava que tivesse tido um orgasmo fazia cinco minutos nem que eu estivesse prestes a explodir a qualquer momento. Eu precisava satisfazê-la, precisava agradá-la.

Então, segurei um dos joelhos dela e o ergui para meter de um novo ângulo. O semblante dela passou de alegremente saciada para "puta merda, lá vamos nós de novo". Com a certeza de estar no caminho certo, deslizei a mão entre nós e massageei o clitóris enquanto eu entrava e saía. Os músculos de Nora começaram a pulsar; ela se contraiu tanto ao meu redor que deu para senti-la se contorcendo, ordenhando meu pau.

Ela gemeu quando chegou ao clímax, repetindo meu nome várias e várias vezes.

E…

Ali estava.

Nirvana.

Paraíso.

Eu teria que ativar o gravador do celular para poder reproduzir aquele som ao longo do dia. Ainda mais se eu não tivesse autorização para falar com ela.

Estranhamente, eu nunca tinha me excitado ouvindo uma mulher gritar meu nome durante o sexo. Mas alguma coisa no modo como Nora fazia aquilo era quase melhor do que o orgasmo em si. Eu derretia por dentro, me sentia o rei da selva.

Assim que o corpo dela relaxou outra vez, aumentei a velocidade e finalmente gozei, enchendo-a com o que parecia ser um fluxo interminável de esperma. Depois, senti alguns espasmos ainda dentro dela. A realidade começou a voltar aos poucos, e ergui os olhos para ter certeza de que Nora estava bem. Mais uma vez, encontrei-a com um sorriso bobo que ia orelha a orelha.

Também sorri.

— Oi.

O sorriso dela se expandiu.

— Oi para você também.

Dei uma risada e me afastei, embora não sentisse qualquer desejo de sair do lugar.

— Espere um minuto, vou pegar uma toalha para você.

Voltei com um pano úmido e outro seco. Nora não tinha movido um músculo. Já que ela tinha me deixado fazer a bagunça, imaginei que o mínimo que eu podia fazer era limpar tudo. Mas, quando olhei entre as pernas dela, vi meu esperma escorrendo.

— Caralho — falei com um grunhido. — Essa é a coisa mais sexy que já vi na vida.

Nora se apoiou nos cotovelos, mas eu a impedi.

— Não, não se mexa. Quero ver escorrer naturalmente.

Ela corou.

— Meu Deus. Isso é esquisito para caramba, e eu provavelmente deveria estar com vergonha. Mas você está me olhando de um jeito tão sensual, que não estou nem aí.

Meu pau ainda não tinha amolecido por completo, mas voltei a ficar duro ao observá-la. Eu não conseguia tirar os olhos do líquido escorrendo pela boceta de Nora e chegando à fresta que levava à bunda. Quando chegou perto do buraco, estendi um dedo e espalhei o fluido. Nora arregalou os olhos enquanto eu massageava o esperma na porta de trás.

— Isso passa dos limites? — perguntei.

Ela mordeu o lábio inferior carnudo.

— Nunca fiz isso. Não até o fim, de qualquer maneira. Eu e meu ex, a gente… ele tentou uma vez, mas doeu muito.

— Isso não me parece um não… — Mergulhei o dedo molhado, só a ponta. Nora arfou, mas relaxou quando comecei a entrar e sair sem pressa. — Está doendo?

Ela fez que não.

— Não vamos fazer isso hoje à noite. Não precisamos ter pressa. Vamos no nosso ritmo. Talvez uma massagenzinha de vez em quando, até você se acostumar com a ideia. — Enfiei um pouco mais, mas não cheguei nem na primeira junta do dedo. Ela se contraiu… mas voltou a relaxar depois de um tempo. — Você tem que aprender a confiar em mim. Saber que vou com calma, que vou cuidar de você.

Ela fez que sim.

— Certo.

Fiquei ali mais um minuto, entrando e saindo devagar. O corpo de Nora relaxou o suficiente para que eu pudesse ir mais longe, mas não quis avançar rápido demais. Então, tirei o dedo e a limpei. Quando terminei, fui ao banheiro. Nora estava de pé, com o vestido cobrindo metade do corpo, quando voltei.

— O que está fazendo?

— Vestindo a roupa…

— Só faz meia hora que você está aqui.

Ela sorriu sem muito entusiasmo.

— Eu sei. Mas é apenas sexo, então…

— É sério? Você vai embora assim? Estou devendo dinheiro para você?

Nora semicerrou os olhos.

— Não seja babaca, Beck. Foi o que combinamos.

Sim, tínhamos concordado que seria apenas sexo, só que parecia errado. No entanto, parei de reclamar, pois tinha medo de assustá-la no primeiro dia.

— Tudo bem — resmunguei. — Deixe-me levar você para casa, pelo menos.

Ela fechou o zíper do vestido.

— Vou chamar um Uber.

Passei a mão pelo cabelo. Era a primeira vez na vida em que me sentia usado. E não gostei muito. Respirei fundo.

— Quando podemos nos ver de novo?

— Em breve.

— Que tal uma resposta mais concreta?

— Meu pai só vai ficar na cidade por alguns dias, então vou passar um tempo com ele. — Nora passou os dedos pelo cabelo como um pente. — Estamos cheios de planos. Museus, uma peça de teatro, um restaurante francês com menu degustação de sete pratos... Vamos até almoçar com a Louise um dia, estou animada para que os dois se conheçam.

Que maravilha. Minha avó podia fazer uma refeição com Nora, mas eu não.

Ela se aproximou, ficou na ponta dos pés e me deu um beijo na boca.

— Você está emburrado.

— Não estou, não.

Estou, sim.

— Eu te ligo, pode ser?

Menos de um minuto depois, ela tinha saído. Apoiei a testa na porta e ouvi o som do elevador chegar e ir embora.

Essa história de lance sem compromisso não vai ser tão fácil quanto achei.

CAPÍTULO 21
Beck

— Ene?

Nora semicerrou os olhos para mim.

— Por que eu estou desconfiada de que você está errando de propósito só para eu continuar?

Porque você é uma mulher inteligente.

Aquele era um jogo novo que tínhamos inventado. Quer dizer, era a versão *dela* de um jogo que eu tinha começado na semana anterior, quando a segurei e lambi a boceta dela, soletrando D-E-L-I-C-I-O-S-A. Nora tinha tentado retribuir o favor lambendo uma palavra no meu pênis, mas eu nunca conseguia passar da primeira letra sem enfiar o pau bem fundo na garganta dela. Por isso, ela começou a soletrar palavras nas minhas costas com a unha. Era uma delícia, mas não era esse o motivo pelo qual eu fingia não identificar as letras. Mas porque eu sabia que, assim que acabássemos, ela sairia correndo por aquela maldita porta. Eu tinha que aproveitar ao máximo tudo que conseguisse arrancar de Nora.

— Sou competitivo demais para deixar você ganhar. De novo.

Ela não pareceu acreditar em mim, mas traçou um M nas minhas costas pela terceira vez.

— O? — perguntei.

Ela me deu um tapa nas costas e riu.

— Agora eu tenho certeza de que você está de sacanagem. Não tem como confundir M com O.

Passei o braço pela cintura dela e nos virei, para que ela ficasse por cima de mim. Nora deu um gritinho, mas havia um sorriso no rosto dela. Afastei uma mecha de cabelo da sua bochecha.

— Quero ver você amanhã.

— Vou estar em Utah.

— Você me entendeu. — Passava da meia-noite, então, tecnicamente, ela e minha avó estariam de partida no dia seguinte. Mas eu queria vê-la de novo antes da viagem. — Hoje à noite, então.

— Tenho que fazer as malas. Nosso voo é bem cedo, e temos que estar no aeroporto às cinco da manhã.

— Fazer as malas leva uma hora ou menos. Quero levar você para comer alguma coisa.

Nora tentou se desvencilhar de mim.

— Tenho muita coisa para fazer.

— Vou pedir para Gwen arrumar suas malas.

— Gwen? Sua assistente?

Fiz que sim.

— Ela também pode cuidar de qualquer compromisso seu. Podemos ir àquele restaurante francês a que você foi com seu pai. Aquele de que você gostou tanto.

— Beck...

Eu conhecia aquele tom. Também conhecia aquela cara. Era o que eu recebia toda vez que testava forçar um pouco as regras, tentando convencê-la a passar a noite na minha casa em vez de deixá-la ir embora às pressas antes que meu pau voltasse a ficar totalmente flácido, ou encontrá-la para um almoço que envolveria comida e não apenas uma rapidinha, ou trocar mensagens por nenhum motivo.

— Um jantar. Você vai embora amanhã e vai ficar duas semanas fora. Quando voltar, vai faltar pouco tempo para sua mudança para a Califórnia.

Merda... aquela azia estava de volta. Eu precisava ir ao médico para um check-up. Nos últimos tempos, o desconforto vinha sendo recorrente.

Nora deu uma mordidinha no lábio inferior. Pela primeira vez, pareceu de fato cogitar a ideia de quebrar aquelas regras idiotas.

— Eu realmente amei aquele restaurante, mas você nunca vai conseguir uma reserva. Eu tive que fazer a minha com três meses de antecedência.

— E se eu conseguir uma mesa, você vai?

— O dono de lá é seu cliente ou algo do tipo? Você já sabe que vai conseguir uma mesa?

— Não. Não tenho ideia de quem seja o dono.

— Tudo bem. Aceito, porque você nunca vai conseguir uma mesa.

Eu *compraria* a porra do restaurante, se fosse preciso. Abri um sorriso.

— Pego você às oito.

— Você ainda nem tentou conseguir uma reserva.

— Isso não vai ser problema.

Nora revirou os olhos.

— Tão arrogante...

— Confiante, não arrogante.

— Tanto faz. Vai quebrar a cara quando não conseguir a mesa. Estou avisando: é impossível. E a única exceção ao nosso acordo é aquele restaurante. Se não for no Chez Coucou, nada de jantarmos juntos.

Eu sorri.

— A única coisa que vou comer mais tarde é uma refeição de sete pratos e *você* de sobremesa.

— Acabei de falar com John Morlin — disse Gwen, balançando a cabeça. — Nada feito. Ele também não tem nenhum contato no Chez Coucou para conseguir uma mesa.

— Meu Deus. Tente com Alan Fortunato. Ele é dono de uma porrada de boates. Com certeza, tem contatos.

— Na verdade, já tentei. E falei com Trey Peterson também. Ele consegue uma mesa no La Mer para você. Tem uma estrela Michelin. Um dos donos do restaurante é sócio oculto de uma das boates dele.

Passei a mão pelo cabelo e dei uma olhada no relógio no canto da tela do meu computador. Eram quase quatro horas da tarde.

— O La Mer não serve. Repasse toda nossa lista de clientes. Veja se não esqueci de alguém que possa ter contatos.

Gwen deu de ombros.

— Tudo bem. Quer que eu faça uma reserva no La Mer, por via das dúvidas?

Franzi a testa.

— Não. Precisa ser no Chez Coucou.

— Quem vai ao Chez Coucou? — perguntou Jake, entrando na sala enquanto minha assistente saía.

Balancei a cabeça.

— Ninguém. Estou ocupado. O que foi?

Como sempre, meu irmão acomodou a bunda em uma das cadeiras diante da minha mesa. Então, recostou-se, tirando do chão as duas pernas da frente da peça.

— Sabia que, toda vez que entro na sua sala, você fala que está ocupado?

— É porque eu estou sempre ocupado.

— Você vai ter um ataque cardíaco se não aprender a relaxar. Acabei de me matricular em uma aula de meditação. Você deveria vir comigo.

Aquilo me lembrou de que eu precisava marcar uma consulta com o cardiologista por conta da queimação.

— Não preciso de meditação. Preciso que você me diga por que entrou aqui para eu poder voltar a trabalhar. Eu relaxo resolvendo as coisas, não fechando os olhos enquanto um *hippie* bate em um gongo.

— Você sabia que nossa avó vai visitar um ex-namorado dela?

Suspirei. Ele não sairia da minha sala tão cedo.

— Sim, sabia.

— Nora disse que ele mora perto do Bryce Canyon. Já esquiei em Utah, então vi o lugar do avião uma vez. Lindo.

Semicerrei os olhos.

— Quando foi que você conversou com Nora?

— No almoço.

— Você almoçou com ela? Com ela e nossa avó, quer dizer?

Jake sorriu e apontou para mim.

— Eu queria muito dizer que foi só com Nora. Mas acho que você pularia da mesa e me daria uma surra, então não vou sacanear você. Sim, almocei com nossa avó e Nora hoje.

Será que eu sou mesmo a única pessoa naquela maldita família com quem Nora não quer fazer uma refeição?

— Você gosta mesmo dela, né? — comentou Jake.

— Eu não disse nada.

— Nem precisa, porque está estampado na sua cara.

Meu celular vibrou na mesa. Era um cliente para quem eu tinha ligado de manhã para ver se conseguia arrumar uma mesa no Chez Coucou. A assistente dele tinha dito que o cara estava no exterior. Arrastei a tela para atender.

— Oi, Robert. Obrigado por retornar a ligação.

— Sem problema. Estou quase embarcando, então não posso demorar.

— Não é tão importante. Mas, já que estamos nos falando, será que, por acaso, você teria algum contato no Chez Coucou? Estou tentando fazer uma reserva, mas o lugar é mais restrito que o Fort Knox.

— Não tenho. Já falou com Alan Fortunato?

— Já, ele também não tem.

— Foi mal, cara.

— Tudo bem. Obrigado por me ligar no meio da sua viagem.

— Se conseguir uma mesa lá, depois me conte se o lugar vale tudo que falam.

— Pode deixar.

Joguei o celular na mesa e suspirei.

Jake ainda não tinha ido embora.

— Por que precisa tanto ir ao Chez Coucou hoje à noite?

— Não é da sua conta.

Jake deu de ombros.

— Beleza. Mas eu provavelmente conseguiria arrumar uma mesa para você.

Apertei os olhos para cima dele, desconfiado.

— Como?

— Fiz faculdade com o gerente do lugar, Brett Sumner. — Ele bateu o punho no peito. — Irmãos da Phi Sigma Kappa. Ele faria qualquer coisa por mim.

— Por que diabo não falou isso antes? Não me ouviu falando com a Gwen quando entrou aqui? — Apontei para o celular que nunca saía da mão do meu irmão. — Ligue e veja se consegue uma mesa para as oito e meia.

— Quantas pessoas?

— Duas.

— Qual é o nome da outra pessoa com quem vai jantar?

— Faça a reserva no meu nome.

Jake sorriu.

— Preciso saber o nome da outra pessoa se quiser que eu faça a ligação.

— Por que, caralho, você precisa disso?

— Porque você parece bem desesperado pela reserva. Você anda dispensando clientes, então sei que não está tentando impressionar um deles. Acho que é uma mulher. E estou curioso para saber quem está mexendo com você.

Apontei o dedo para o celular dele.

— Só faça a maldita ligação.

O sorriso dele cresceu.

— Não se não me contar quem você está tentando impressionar.

— Não estou tentando impressionar ninguém. Eu só… preciso da reserva. Pode fazer isso por mim?

— É a Nora, não é?

Eu não tinha tempo para aquelas palhaçadas do meu irmão.

— Sim, é a Nora. Agora, faça logo a droga da ligação.

— Ela me contou no almoço que talvez fosse jantar no restaurante com um amigo.

— *Então por que raio você me fez contar quem era?*

O sorriso dele foi de orelha a orelha.

— Eu queria ouvir você admitindo.

— Faça a maldita ligação.

Jake pegou o celular e mexeu na tela por alguns segundos antes de levar o aparelho ao rosto.

— Oi, Brett. Tudo beleza, cara?

Ouvi apenas um dos lados de uma conversa idiota por alguns minutos, até Jake, finalmente, tocar no assunto da reserva.

— Escute, meu irmão está tentando impressionar uma mulher. Ele precisa de uma reserva no seu restaurante hoje à noite, umas oito e meia. Consegue me ajudar?

Eu fiquei ansioso demais para o meu gosto esperando a resposta.

Jake sorriu.

— Você é o melhor, cara. Eu te devo uma. — Então, deu uma risadinha assim que ouviu algum comentário. — Pode deixar, vou resolver isso em breve.

Meu irmão apagou a tela do celular e abriu um sorriso presunçoso.

— Prontinho.

— Obrigado.

— Então, vocês dois estão mantendo o lance de vocês em segredo, né? Nora não mencionou que o *amigo* era você, e você protegeu o nome da sua acompanhante como se fosse um segredo de Estado. Pelo jeito, as coisas deixaram de ser casuais?

Não respondi. Não verbalmente, de qualquer maneira.

Jake interpretou meu rosto.

— Ah, foi mal. Que bosta.

Meu irmão era a última pessoa com quem eu geralmente falava de mulher. Mas, naquele momento de fraqueza, baixei a guarda.

— Sim, é uma bosta.

— Ela vai se mudar no fim do verão, não vai?

— Vai.

— Algumas pessoas conseguem manter um relacionamento a distância.

— É mais que isso.

Jake assentiu e, por fim, colocou as quatro pernas da cadeira no chão.

— Vou deixar você voltar ao trabalho.

Eu o fiz parar assim que chegou à porta.

— Ei, Jake.

Ele se virou.

— Obrigado pela reserva.

— Sem problema. Divirtam-se.

— Ei. Por que veio até a minha sala, afinal?

Ele abriu aquele sorriso brincalhão de sempre.

— Para esfregar na sua cara que eu tinha almoçado com Nora. Sei que está caidinho por ela. Na verdade, soube antes mesmo que você.

CAPÍTULO 22
Nora

— Ainda não acredito que você conseguiu uma mesa para a gente. Beck deu uma piscadela, e mais outro naco da barreira de gelo que cercava meu coração derreteu. Que bom que eu partiria pela manhã, porque gostei daquilo — ele estava sendo um cavalheiro: abrindo a porta, puxando a cadeira para eu me sentar, dizendo que eu estava bonita. Não me entenda mal, eu também gostava do outro lado de Beck, o que não era cavalheiro: o que abria meu zíper em vez da porta, o que puxava meu cabelo em vez da cadeira, o que falava para eu me masturbar em vez de dizer que eu estava bonita. Mas fazia um bom tempo que eu não tinha um encontro, e foi bom ser tratada de forma especial fora do quarto.

— Então... sinto que passamos muito tempo juntos nas últimas semanas. — Tomei um gole do vinho e observei Beck por cima da borda da taça. Ele era sempre atento, mas havia algo diferente na forma como me olhava naquela noite. Um olhar ainda mais intenso que o normal, se aquilo fosse possível. — O que vai fazer para se ocupar enquanto eu estiver fora?

— Em primeiro lugar, não passamos tanto tempo assim juntos.

— A gente se viu cinco de sete noites nas últimas duas semanas.

— Sim, mas só uma horinha a cada vez. Somando tudo, dá menos que um dia de trabalho no escritório.

— Ah. Bem, pense em todos os encontros com duração normal que você vai poder ter enquanto eu estiver fora.

Senti um embrulho no estômago só por dizer isso. Beck estava com o vinho a meio caminho dos lábios quando a mão parou.

— Eu não estava planejando sair com ninguém. — Ele franziu a testa. — E você?

A verdade era que eu não tinha vontade de sair com ninguém. Nos últimos anos, sair com pessoas tinha sido apenas um meio para um fim. Eu gostava de sexo vez ou outra. Então, jogava conversa fora, tomava uns drinques e ouvia algum corretor de ações me contar como era rico enquanto jantava com ele em um restaurante caro. Mas eu não sentia falta da parte dos encontros. Por outro lado, nenhum dos homens com quem eu tinha saído chegava aos pés de Beck.

Dei de ombros, tentando parecer casual.

— Não, mas… o que acontecer, aconteceu. Não quero que você fique achando que porque saímos juntos hoje à noite as coisas mudaram.

Beck franziu os lábios.

— Como eu poderia achar isso se você já me lembrou umas quinhentas vezes que não passo de uma foda?

— Foi o que combinamos.

— Sim, eu sei. Mas não sou um cachorro que sai trepando com tudo que tem pernas. Acho que consigo aguentar as duas semanas em que vai estar fora.

— Não precisa ficar tão irritado. Eu só queria deixar claro que não ficaria chateada se você… Entende?

O olhar de Beck varreu meu rosto, como se procurando alguma coisa. Depois, ele semicerrou os olhos.

— Você não ficaria chateada se eu… o quê, Nora? Diga, se isso não a incomoda.

Revirei os olhos.

— Acho que sabemos do que estou falando. Não preciso ser rude e dizer em voz alta.

Beck se inclinou para a frente.

— Mas eu quero que você diga. Você não ligaria se eu... o quê? Trepasse com outra mulher? Talvez mergulhasse a cara entre as pernas dela, como faço com você? Você não ligaria, né?

Contraí a mandíbula.

— Não teria problema.

— É sério? Talvez eu possa trazer uma mulher aqui. Levá-la para minha casa. Dar meu pau de sobremesa para ela.

Segurei com força a taça de vinho.

— Faça o que você quiser.

— *Seeei*. — Ele fez que sim. — É claro. Porque você não liga para o que eu faço. Isso é tudo muito, como você sabe, casual.

Dei de ombros e desviei o olhar. O ar estava carregado de tensão. Eu senti os olhos raivosos de Beck em cima de mim, mas não consegui encará-lo de volta. Não naquele instante, pelo menos.

Algum tempo depois, ele quebrou a tensão silenciosa.

— Nora, olhe para mim.

Pelo canto dos olhos, encontrei os dele. Longos segundos se passaram enquanto Beck sustentava aquele olhar. Depois de um minuto, ele balançou a cabeça.

— Porra. Sou várias coisas, mas não sou mentiroso. Então vou me arriscar e ser sincero... talvez pela primeira vez desde que você me beijou naquela noite no bar. — Ele se inclinou na minha direção. — Não quero você trepando com outra pessoa, nem chupando o pau de ninguém. E só de pensar em outro homem encostando em você... — Beck desviou os olhos por um segundo, mas logo voltou a se concentrar nos meus. — Fico com vontade de agir com violência, Nora. E eu não sou um cara violento. Então, pode continuar fingindo que não se importa com o que eu faço enquanto você estiver fora. Mas eu vou ser sincero, porque, por mais que o fato de me importar viole suas regras, prefiro que fique brava comigo por eu ter dito a verdade do que feliz comigo mentindo para você.

Abri e fechei a boca, sem saber o que dizer.

Beck jogou o guardanapo na mesa e se levantou.

— Vou ao banheiro. Termine seu vinho e, quando eu estiver de volta, podemos voltar a fingir.

Antes que eu pudesse dizer alguma coisa, Beck se afastou da mesa com passos firmes.

Quase dez minutos depois, ainda nem sinal dele, então comecei a achar que talvez tivesse me deixado ali. Mas logo ele voltou. Seu semblante estava mais sereno, e me senti uma idiota.

Beck ajeitou a cadeira enquanto falava:

— Desculpe. Eu não deveria ter me excedido.

Ergui a mão.

— Não, eu que peço desculpas. Você tem razão. Eu me incomodaria se você ficasse com outra mulher.

— O engraçado é que, no geral, sou eu que estou na posição em que você está agora quando esse tipo de situação acontece… Sentindo como se eu tivesse caído em uma propaganda enganosa depois de ter feito um acordo.

Balancei a cabeça.

— Não vou ficar com ninguém enquanto eu estiver fora. E também não quero que você fique.

— Obrigado. — Ele abriu um sorriso radiante. — Deveríamos formalizar esse novo acordo de alguma forma. Que tal se eu dedar você por baixo da mesa?

Quando ele deu outra piscadela, senti um frio na barriga. Depois daquilo, de alguma forma, voltamos ao normal. Comemos sete pratos pequenos sem nenhum momento de silêncio na conversa. Falei com ele da viagem para Utah com Louise, do almoço com Jake, seu irmão tranquilão, e que, naquela tarde, eu tinha aprovado as últimas emendas do meu livro mais recente. Ele me contou histórias de alguns negócios em que estava trabalhando. Depois de pagar a conta, Beck se levantou e estendeu a mão para me ajudar a fazer o mesmo. Assim que fiquei em pé, ele me puxou para perto, bem ao lado da mesa.

— A noite de hoje foi ruim? Você morreu por compartilhar uma refeição comigo?

— Não. — Abri um sorriso. — Eu me diverti muito, na verdade.

— Que bom.

E me deu um beijo na boca da mesma forma possessiva como agia quando estávamos sozinhos. Minhas pernas ficaram bambas.

Do lado de fora, Beck fez sinal para chamar um táxi.

— Que tal irmos para seu apartamento? Assim você não precisa voltar tarde para casa depois, já que seu voo é cedo.

— Hum... Está uma bagunça.

Ele segurou minha bochecha.

— Com você por baixo de mim, o lugar poderia até pegar fogo que, provavelmente, eu nem repararia.

— Quem sabe outra hora...

Beck me lançou um olhar.

— Quando tento buscar você, você também não deixa. Estou começando a achar que está escondendo alguma coisa. Tem certeza de que não é casada?

Droga. Forcei um sorriso e o abracei pelo pescoço.

— Definitivamente não sou casada. Mas... não vamos para minha casa hoje, tudo bem?

Ele pareceu cético, mas assentiu.

— E quando você voltar?

Sem querer estragar a noite dizendo não, decidi que era melhor lidar com aquele obstáculo quando chegasse o momento.

— Sem problema. Parece um bom plano.

CAPÍTULO 23
Beck

Cinco dias depois, eu já tinha assistido ao mesmo vídeo do Bryce Canyon no blogue de Nora pela quarta vez, e conferido meu celular pela décima.

Ainda sem resposta dela. Tínhamos trocado mensagens todos os dias desde que Nora tinha ido viajar, mas ela estava sumida desde a manhã do dia anterior. No início, as mensagens que eu enviava apareciam como entregues, mas não lidas. No entanto, naquele momento, nem como entregues apareciam mais. Talvez o celular dela tivesse pifado. Achei que estava mais que na hora de falar diretamente com minha avó para saber como estavam as coisas, de qualquer maneira. Por isso, depois de ter colocado Maddie para dormir, servi um copo de uísque para mim e me acomodei no sofá.

Minha avó atendeu no terceiro toque.

— Oi. Como está minha garota favorita?

— Ah, estou na correria.

Eu não consegui identificar o que era, mas havia algo estranho na voz dela.

— Correria, é? O que andou aprontando nos últimos dois dias?

— Ah, uma coisinha aqui, outra ali.

Minha avó não era tímida. Ela também não passava mais de cinco segundos ao telefone sem soltar um comentário sarcástico ou uma piadinha.

— Você está bem mesmo?

— Ah, estou. Estou ótima. Nunca estive melhor.

Silêncio de novo.

— E a Nora? Tudo bem com ela? Cheguei a mandar algumas mensagens, mas ela não respondeu.

— Ela está só... meio indisposta.

Eu me levantei com tudo.

— Ela está doente?

— Provavelmente, exagerou um pouquinho no vinho ontem à noite.

Meus ombros tombaram. *Ótimo. Agora estou imaginando-a em um bar esperando algum babaca do Tinder.*

Minha avó voltou a ficar em silêncio. Mas, daquela vez, consegui escutar um ruído de fundo do outro lado da linha. Pareceu algum tipo de anúncio de alto-falante, talvez de aeroporto.

— Onde você está?

— No meu quarto, no hotel.

— No seu quarto? E que anúncio foi esse?

— Ah, deve ter sido a televisão.

Por que eu tinha a sensação de que aquilo tudo não passava de papo furado?

— Tenho que ir, querido — disse minha avó.

— Por que a pressa se está de bobeira no quarto?

— Preciso do meu sono de beleza.

Não consegui deixar de lado a sensação de que havia alguma coisa acontecendo. Mas eu conhecia minha avó. Se eu forçasse a barra, ela desligaria na minha cara.

— Pode me fazer um favor?

— Diga.

— Mande uma mensagem amanhã de manhã, avisando se você e Nora estão bem.

— Não se preocupe com a gente. Estamos bem, querido.

— Mas você poderia fazer isso por mim, por favor?

Ela suspirou.

— É claro. Boa noite, Beck.

Depois que desliguei, terminei o uísque que tinha no copo e repeti a dose. Estava inquieto, e esperei que aquilo me ajudasse a relaxar. Mas não ajudou.

Fiquei me revirando a noite inteira na cama e conferi o celular uma dezena de vezes no dia seguinte. Minha avó não tinha me mandado a mensagem, como prometido. Perto da hora do jantar, perdi a paciência, então mandei uma mensagem para Nora primeiro.

> **Beck:** Oi. Minha avó me disse que você não estava se sentindo bem ontem. Só queria saber se as coisas estão melhores hoje.

Encarei a tela, esperando a mensagem mudar de enviado para entregue. Mas não mudou. *Mas que porra...* Como alguém podia passar tão mal por causa de um pouco de vinho a ponto de não conseguir nem carregar o celular por dois dias? Em vez de continuar naquele joguinho, rolei a tela até encontrar o contato da minha avó e liguei para ela. Chamou duas vezes, depois caiu na caixa postal, o que significava que ela tinha me direcionado para lá, porque, se estivesse simplesmente longe do celular, teria tocado mais vezes. E se o celular estivesse desligado, teria caído direto na caixa postal.

Rosnei para o telefone antes de largá-lo na bancada. Infelizmente, não tinha reparado que minha filha vinha pelo corredor.

— O que foi, papai?

— Nada, meu amor.

Ela fez uma cara igualzinha à que a mãe fazia quando não acreditava em algo. Aquilo me fez sorrir. Peguei Maddie no colo e a virei de cabeça para baixo.

Ela deu uma risadinha.

— Papai, o que você está fazendo?

— Tentando transformar seu bico em um sorriso.

Eu a sacudi algumas vezes, como se a gravidade pudesse fazer os cantos da boca da minha filha mudarem de direção. E deu certo, porque ela sorria quando a devolvi ao chão.

— O que quer jantar? — perguntei.

Sempre pedíamos delivery nas noites de sábado.

Ela pulou de alegria.

— Sushi e um pote de açaí.

Dei uma risada. Quando eu era pequeno, o McDonald's era uma delícia. Aquelas crianças eram um barato.

— Você quer a mesma coisa que pedimos da última vez?

— Sim, por favor.

Toquei a ponta do nariz dela com o indicador.

— Deixe comigo.

— Papai, pode passar as fotos que tirei hoje para o seu laptop? Quero escolher algumas e mandar para Nora.

Naqueles dias, minha filha estava trabalhando para ganhar o distintivo de fotografia. Mais cedo, tínhamos rodado a cidade toda para que ela tirasse fotos de grafites, como o projeto de Nora.

— É claro. Mas vou mostrar a você como se faz, porque já conquistei meu distintivo de fotografia das escoteiras.

Maddie deu uma risadinha.

— Papai, você nunca foi escoteira.

— E como você sabe disso?

— Você é menino!

Eu sorri.

— Pegue sua câmera, filha. Vou ensinar você a fazer o *upload* delas e, depois do jantar, você pode dar uma olhada nas fotos antes da sua mãe vir buscar você.

— Tudo bem, papai! — disse ela, saltitando pelo corredor.

Depois que pedi nosso jantar, tentei ligar para minha avó outra vez, mas a mesma coisa aconteceu: dois toques, depois caixa postal. Mandei uma mensagem.

Beck: Como você e Nora estão hoje?

Quase duas horas se passaram antes de meu celular apitar com uma mensagem recebida. Maddie e eu tínhamos terminado de comer, e ela estava no quarto, arrumando as coisas para ir para a casa da mãe.

Vó: Estamos bem.

Encarei o celular com a testa franzida de novo.

Beck: Então por que você não para de me mandar para a caixa postal? E por que o celular da Nora está desligado?

Fiquei olhando os pontinhos pularem na tela, em seguida pararem por alguns minutos e, depois, voltarem a pular.

Vó: Você não deveria vir. Mas sei que nunca me dá ouvidos.

Que porra era aquela?

Beck: Você está me dizendo para ir até aí? O que está acontecendo?
Vó: Não estou dizendo nada. Mas sei como você é.

Havia alguma coisa errada.

Beck: Cadê a Nora?

De novo, minha avó demorou um tempão para responder.

Vó: Está descansando.

Ela ainda estava descansando da ressaca? Depois de dois dias?
Que se dane. Liguei em vez de mandar outra mensagem. Depois de chamar duas vezes, foi para a caixa postal. O celular da minha avó claramente estava na mão dela havia dois segundos. Comecei a digitar uma mensagem exigindo explicações, mas ela foi mais rápida.

Vó: Não posso falar agora.
Beck: POR QUE NÃO? O QUE ESTÁ ACONTECENDO?
Vó: A gente se vê amanhã, se você vier.

Eu não fazia ideia do que estava acontecendo, mas descobriria, pois, logo em seguida, comprei a primeira passagem de avião para Utah que consegui encontrar.

∽

— Vocês têm algum carro disponível?

Eu estava em frente ao balcão de aluguel de carros no Aeroporto Regional de Cedar City, em Utah.

— Você não fez reserva? — perguntou o atendente do outro lado do balcão.

— Não.

— Vou dar uma olhada. — Ele digitou algo no teclado por um minuto antes de erguer os olhos de novo. — Só tenho SUVs disponíveis.

— Perfeito.

— Certo. E qual seria a data de devolução?

Eu não fazia a menor ideia.

— Posso alugar um até amanhã e renovar se precisar?

— É claro.

Eu tinha o itinerário da minha avó, então sabia onde ela estava hospedada. Mas, no avião, lembrei que ela também havia me dado acesso à localização dela pelo aplicativo Buscar. Então, assim que entrei no carro alugado, configurei o GPS para a localização exata dela, em vez de procurar o endereço do hotel. Seriam 132 quilômetros de distância, mas o trânsito estava bem tranquilo, então, em pouco mais de uma hora, o GPS indicou que eu deveria sair da rodovia. Alguns quilômetros adiante, em uma estrada movimentada, o aplicativo me mandou virar à esquerda... e cheguei ao estacionamento do Cannon Memorial Hospital.

Mas que merda...?

Meu coração disparou. Minha avó estava no hospital? Por que raio ela não me disse nada? O GPS piscou, avisando que eu tinha chegado ao meu destino, mas eu não fazia a menor ideia do que fazer então. Estacionei perto da entrada principal e fui até o balcão de informações.

— Oi. Vim visitar uma paciente, mas não sei o número do quarto.

Uma mulher mais velha, que vestia um casaco rosa com "Voluntária" estampado na frente, sorriu.

— Qual é o nome dela?

— Louise Aster.

Ela digitou no computador.

— Não estou vendo ninguém com o nome Aster. Mas, como passou das onze, será que ela não recebeu alta hoje?

Abri o app Buscar no celular e o atualizei. Minha avó definitivamente estava em algum lugar do hospital. Talvez sendo transportada ao saguão naquele exato momento, vindo do andar em que estava internada. Dei de ombros e apontei para a porta pela qual eu tinha entrado.

— Talvez. É por ali que ela sairia se estivesse recebendo alta agora?

— Normalmente, sim.

Olhei ao redor do saguão. Não havia sinal da minha avó.

— Tudo bem. Obrigado. — Comecei a me afastar, mas, então... — Pensando melhor, e Nora Sutton... Eleanor Sutton?

A mulher voltou a digitar no computador.

— A sra. Sutton está na UTI, leito 4.

Aquilo foi como um soco no estômago.

— Poderia me dizer como chego lá?

Ela apontou para um conjunto de elevadores.

— Pegue os elevadores do lado leste até o terceiro andar, depois vire à direita. Não tem erro.

— Obrigado.

Senti o coração batendo na garganta enquanto eu subia de elevador. Foram menos de trinta segundos, mas meu estômago estava embrulhado quando saí. Virei à direita e segui a passos largos em direção a um conjunto de portas duplas nas quais se lia Terapia Intensiva.

A unidade era um grande salão aberto, havia um posto de enfermagem bem no meio e quartos com divisórias de vidro ao redor. Fui atrás da primeira pessoa de uniforme que vi. O homem estava ao telefone, mas aquilo não me impediu.

— Nora Sutton. Leito 4?

O cara apontou e voltou à conversa. Levei um susto a caminho do local que ele tinha indicado. Caramba. Aquela era mesmo a Nora? Dei mais uns passos para a frente para ter certeza. Ela estava completamente diferente. Estava pálida e parecia pequena demais, com um milhão de fios e monitores conectados a ela. Uma enfermeira ajustava um deles quando entrei.

Ela abriu um sorriso educado.

— Olá.

Não consegui tirar os olhos de Nora para dar à enfermeira a cortesia de olhar para ela quando perguntei:

— Ela está bem?

— A sra. Sutton está tão bem quanto se pode esperar na condição dela.

— Condição? Qual é a condição dela?

A enfermeira me olhou de cima a baixo, e o sorriso amigável se tornou cauteloso.

— Desculpe, mas quem é você? Qual é seu grau de parentesco com a sra. Sutton?

Uma placa vermelha na parede, acima da cabeça de Nora, chamou minha atenção.

ONR. Ordem de Não Reanimar? Por que raio aquela placa estava ali? Elevei o tom de voz.

— O que aconteceu com Nora?

— Senhor, terei que pedir que se retire.

Uma voz familiar surgiu atrás de mim.

— Bea, é o meu neto. Ele está comigo.

Ao me virar, dei de cara com minha avó segurando uma xícara de café. Ela estava séria, e os olhos, com olheiras escuras e fundas. Parecia que não dormia havia um tempo.

— Vó, o que está acontecendo? O que houve com Nora?

Minha avó e a enfermeira trocaram olhares antes da minha avó apontar para trás.

— Que tal irmos até a sala de espera e conversarmos um pouquinho?

Encarei o corpo imóvel de Nora por um bom tempo antes de finalmente sair da UTI, seguindo minha avó até uma sala vazia no fim do corredor.

Ela se sentou em uma cadeira de plástico laranja e deu um tapinha no assento ao lado. Mas eu estava agitado demais para me sentar. Passei a mão pelo cabelo.

— O que está acontecendo, vó? Nora está bem? Você está bem?

Ela abriu um sorriso triste.

— Eu estou bem, querido.

— Vocês sofreram um acidente ou algo do tipo?

— Não, não foi um acidente. Nora não está bem, Beck. Não cabe a mim contar a você. Ela não queria que ninguém soubesse da condição dela. Mas, já que você está aqui... acho que vai acabar descobrindo, de qualquer maneira.

— Condição? Que condição?

— Nora tem rabdomiossarcoma cardíaco... Tumores malignos recorrentes que se infiltram no coração dela.

— Tem? Ela me disse que *teve* um tumor, mas que tinha sido removido e que ela estava curada. Vi a cicatriz no peito dela.

— Ela já teve que passar por várias cirurgias. A condição dela é recorrente, assim como foi a da mãe. Mas os tumores de agora são inoperáveis. — Minha avó franziu a testa. — Ela estava se saindo muito bem... mas, há dois dias, sofreu um ataque cardíaco.

Arregalei os olhos.

— Um ataque cardíaco?

Ela assentiu.

— Nora está aguentando firme, mas os médicos a colocaram em coma induzido. Ela deve ficar assim por mais alguns dias.

Minha avó estendeu a mão. Como eu estava com a cabeça girando, segurei a mão dela e me sentei.

— Por que ela não me contou?

— Provavelmente, porque queria privacidade. Sei que vocês acham que conseguem disfarçar, mas já percebi que alguma coisa floriu entre os dois. Ela fica toda boba mandando mensagens ultimamente, e vejo um brilho nos olhos dela que não existia antes. Mas sei que ela não planejava isso. Nora não queria se aproximar de uma pessoa nova e, depois, machucá-la quando...

Engoli em seco.

— Quando o quê? Você está dizendo que ela está morrendo?

Minha avó apertou minha mão.

— Nora não mora no meu prédio, filho. Nós nos conhecemos em um encontro do grupo Vivendo o Fim da Vida.

Eu não consegui respirar. As paredes marrons insípidas pareciam estar se fechando ao meu redor. Puxei a gola da camisa, embora não estivesse apertada no pescoço.

— Preciso de ar.

Toda cor desapareceu do rosto da minha avó.

— Vou chamar uma enfermeira.

— Não. Eu só preciso de ar. — Fiquei em pé. — Já volto.

Ela também se levantou.

— Vou com você.

— Não. — Balancei a cabeça. — Preciso de uns minutos.

Ela hesitou, mas assentiu.

— Vou esperar aqui.

Não me lembro de ter entrado no elevador ou de ter passado pelos corredores, mas, de repente, eu estava do lado de fora. Curvado e com as mãos nos joelhos, inspirei pela boca bruscamente, como se tivesse passado horas sem oxigênio.

Minha cabeça girava a ponto de eu imaginar que fosse colocar para fora o iogurte que tinha comido no avião. A indisposição devia estar estampada na minha cara, porque uma mulher de jaleco se aproximou.

— Senhor, você está bem? Precisa de atendimento médico?

Consegui balançar a cabeça.

— Eu estou bem. Precisava de um pouco de ar.

— Tem certeza?

Não. E pareceu que ela não iria embora tão facilmente, então me forcei a endireitar a postura. Fiz que sim outra vez.

— Estou bem. Acabei de receber uma notícia ruim.

— Sinto muito. Tem uma capela no final do corredor do primeiro andar, caso ajude.

— Obrigado.

Depois que ela entrou, decidi caminhar. Não queria mais ninguém parando para perguntar se eu estava bem. Felizmente, havia uma trilha que contornava o prédio — eu não estava em condições de descobrir aonde ir sozinho.

Enquanto caminhava, muitas peças começaram a se encaixar.

Nora nunca tinha me deixado ir ao apartamento dela. De repente, aquilo fez sentido, já que ela não havia conhecido minha avó porque moravam no mesmo prédio.

Nora não queria um relacionamento. Ela era alguém que dava, não que recebia. Jamais se envolveria com alguém por não querer machucar a pessoa quando...

Engoli em seco.

A cicatriz no peito.

O desejo de encontrar o pai biológico pela primeira vez na vida...

A amizade dela com minha avó nunca fez muito sentido. Nora tinha dito que algumas das coisas que faziam eram ideias dela. Então não era apenas a lista de últimos desejos da minha avó, mas de Nora também.

Os sinais tinham sido tantos que não consegui acreditar que não havia somado dois mais dois. Como deixei de notar que havia mais coisas no vínculo entre elas que apenas amizade?

Assim que todas as respostas se encaixaram, uma nova leva de perguntas começou a ocupar meus pensamentos.

Quanto tempo ela tem?

Não existe tratamento?

Ela já consultou todos os especialistas possíveis?

Ela já foi ao Mass General? E a Londres e Berlim? Recentemente, eu tinha lido uma matéria que dizia que os tratamentos cardíacos deles eram pioneiros.

Será que consigo um helicóptero médico para nos levar de volta a Nova York? Ou preciso de um avião?

Caminhei cada vez mais rápido em volta do hospital à medida que recuperava o fôlego. Sem saber dos detalhes, percebi que o tempo que eu estava passando ali poderia ser um tempo precioso para Nora. Então, voltei correndo para a entrada do prédio. Segundos depois, foi como se eu tivesse me tornando um velocista. Entrei pela porta a mil por hora, ignorando o segurança que me mandou reduzir o passo, e voei pelo corredor até os elevadores. Apertar o botão três vezes não ajudou, então encontrei a escada mais próxima e subi dois degraus de cada vez, sem parar.

Minha avó esperava do lado de fora da salinha em que tínhamos conversado. Parei e apontei para as portas da UTI.

— Quantos especialistas ela consultou? Quem é o principal médico dela em Nova York? Precisamos transferi-la para lá o mais rápido possível. Esse hospitalzinho amador não tem condições de oferecer a ela o que ...

Minha avó pressionou o dedo nos meus lábios para me silenciar.

— O que ela *precisa* é de paz. Não importa onde ela esteja. Os médicos daqui têm sido muito solícitos e a estão deixando confortável.

— Confortável? Não. Ela precisa de especialistas.

— Beck...

— Não me venha com "Beck". Ela não tem nem 30 anos. É jovem e saudável. Deve ter alguma coisa que os médicos possam fazer.

Minha avó franziu a testa.

— Ela passou por três cirurgias de peito aberto em dez anos, além do mesmo número de rodadas de quimioterapia. Os tumores voltaram com força total e estão em um lugar inoperável.

— Quem disse isso? Alguém deve ser capaz de resolver isso.

— Nem tudo na vida tem solução, meu bem. E Nora deixou bem claros quais eram os desejos dela. Ela não quer mais tratamento nenhum. Ela quer partir nos termos dela.

Era como se alguém tivesse aberto meu peito e arrancado o *meu* coração. Balancei a cabeça e puxei com força o celular do bolso.

— Preciso fazer umas ligações. Encontrar alguém que ela ainda não consultou, uma pessoa que possa ajudá-la.

— A única coisa que você precisa fazer é estar *aqui* por ela. Apoiar as decisões dela.

— Não. — Eu estava procurando no Google o chefe de cirurgia cardíaca do Mass General. — Não posso ficar de braços cruzados e deixar duas pessoas que amo morrerem porque acham que está na hora de desistir!

O semblante da minha avó se suavizou. Por um instante, não entendi o porquê.

Em seguida, ela levou a mão ao coração.

— Não era para você se apaixonar por ela, Beck.

Congelei. Será que eu estava apaixonado por ela?

Ah, merda.

CAPÍTULO 24
Beck

Horas depois, eu estava a ponto de arrancar os cabelos. Tinha encontrado dois médicos que concordaram em dar uma olhada no prontuário de Nora, mas ninguém em Utah queria me ajudar.

Nem a enfermeira.

Nem o médico.

Nem o babaca do administrador que havia ameaçado chamar a equipe de segurança para me retirar do local se eu não parasse de importunar os funcionários.

E o pior de tudo? Nem minha avó quis me ajudar.

Eu me senti impotente. Inútil. Desamparado.

De alguma maneira, tinha ido parar na capela fazia meia hora. Estava sentado na fileira de trás, encarando uma estátua de Jesus na cruz acima do altar, quando um homem interrompeu meus pensamentos.

— O lugar ao seu lado está ocupado? — perguntou.

Eu estava sozinho naquela maldita capela. Havia seis ou oito bancos vazios, além dos dois lados do corredor. Eu me virei, irritado.

— Pode se sentar em qualquer porcaria de lu... — Parei de falar assim que vi o colarinho. — Merda. Desculpe, padre. — Balancei a cabeça. — E desculpe por ter falado "merda".

Ele sorriu.

— Não tem problema. Mas posso me sentar ao seu lado?

Eu não estava no clima de conversa, principalmente não com alguém que exigia que eu pensasse antes de falar. Mesmo assim, fui para o lado, para que ele não precisasse passar por cima de mim.

Ele se sentou com um suspiro e estendeu a mão.

— Padre Kelly. Kelly é meu nome, não sobrenome.

Apertei a mão dele.

— Como vai, padre?

— Meus joelhos estão doendo, preciso de uma prótese de quadril e minha secretária ainda usa máquina de escrever, por mais que tenha um computador funcionando perfeitamente na mesa dela. — Ele sorriu. — Mas, pelo jeito, acho que estou melhor do que você está agora.

Dei um sorriso sem muito entusiasmo, mas não disse nada, ainda na esperança de que ele entendesse o recado.

Ele não entendeu.

— Você perdeu alguém? — perguntou ele.

Fiz que não.

— Alguém está doente?

Fiz que sim.

Passamos um bom tempo em silêncio. Eu tinha sido criado na fé católica, mas não era mais praticante. A última vez que tinha ido à igreja, a não ser para um casamento, tinha sido no funeral da minha mãe. Eu tinha quase certeza de que aquela foi a última vez que minha avó esteve em uma também. A capelinha do hospital era tranquila, mas, sentado ao lado do padre, comecei a ficar cada vez mais irritado. Mudei de posição no assento para encará-lo.

— Como você concilia o trabalho de Deus com a morte dos jovens?

— Não concilio. A fé não pode explicar ou justificar tudo. Mas proporciona conforto, se você permitir.

— Como?

— Bem, nossa fé nos dá a certeza de que os entes queridos ficarão bem. Felizes, até, depois que se forem.

— Como podem ficar felizes se não vão estar mais com as pessoas que amam?

Ele sorriu.

— Todos vamos nos reencontrar um dia. Se conseguir aceitar isso, se confiar de verdade na sua fé, ela pode ajudá-lo a se recuperar depois da perda de um ente querido.

— Sempre pensei que quem depende demais da crença em uma vida após a morte só é assim porque não sabe lidar muito bem com a vida real.

Em vez de ficar ofendido, o sorriso do padre cresceu.

— E eu sempre desconfiei que muitos dos que não acreditam na vida após a morte têm medo de acreditar por se preocuparem com a possibilidade de irem parar no outro lado — disse ele, apontando os dois polegares para baixo.

Dei uma risada.

— Bom argumento.

— Conte-me do seu ente querido que está no hospital.

Olhei para o altar.

— Ela é linda e teimosa. Inteligente. Criativa. Meio destemida. Não julga as pessoas e faz amizade com um pessoal bem excêntrico. É uma boa pessoa, que protege com unhas e dentes aqueles com quem se importa.

— Ela parece maravilhosa.

Suspirei e passei a mão pelo cabelo.

— Ela é. E fui burro de não perceber como ela era incrível até ser tarde demais.

— Mas ela ainda está entre nós?

Fiz que sim.

— Então não é tarde demais. Talvez você esteja aqui agora para oferecer o conforto de que ela precisa. Os últimos dias de uma pessoa podem ser assustadores se ela estiver sozinha. Talvez você possa ajudá-la nesse tempo, o que, por sua vez, trará conforto para você algum dia, quando você olhar em retrospecto.

— Não sei como fazer isso.

— Concentre-se nas necessidades dela. Seja isso segurar a mão dela quando ela estiver com medo ou assistir ao filme favorito dela de que você não gosta. Evite sobrecarregá-la com seus medos. E, acima de tudo, garanta que ela fique sabendo o que você sente.

Engoli em seco. Aquelas eram coisas que Nora vinha fazendo pela minha avó — concentrando-se nas necessidades dela, mostrando que não estava com medo. Meu Deus, e tudo que fiz foi encher o saco dela por fazer aquilo. Eu tinha pisado feio na bola e deixado meu egoísmo me impedir de apoiar as decisões da minha avó. Eu não a havia priorizado, como Nora fez.

Meus olhos se encheram de lágrimas. O padre Kelly colocou a mão no meu ombro.

— Nunca é tarde demais para ser o homem que você precisa ser.

∽

— É quase meia-noite — comentei com a minha avó. Estávamos sentados, um de cada lado da cama de Nora, desde que eu tinha voltado da capela pela tarde. — Por que não vai dormir um pouco?

Ela se endireitou, como se estivesse se preparando para discutir, então cortei o mal pela raiz:

— É a vez de Nora precisar da sua ajuda. E não vai ajudar se a senhora for parar na cama ao lado da dela porque está exausta, porque não se cuida.

Ela fechou a cara, mas assentiu.

— Vou deixar você no hotel e voltar. Os médicos disseram que vão extubar e tentar acordá-la pela manhã. Então, provavelmente nada vai mudar hoje.

— E você?

— Posso dormir em qualquer lugar. E não sou eu que estou doente.

— Tudo bem. — Minha avó pegou a mão de Nora e fechou os olhos por um instante. Eu tinha quase certeza de que a mulher que não frequentava a igreja havia vinte anos tinha acabado de fazer uma oração. Aparentemente, nós dois estávamos mais conectados à religião naquele dia do que nunca. Minha avó pôs a bolsa no ombro, mas, então, parou.

— Espere um segundo.

Ela deixou a bolsa no pé da cama, depois vasculhou-a até pegar algo embrulhado em um jornal e me entregar.

— Esse é o pote da gratidão dela... para caso ela acorde antes de eu voltar e precise de ajuda para se lembrar.

Aquelas duas mulheres incríveis carregavam consigo recipientes de vidro cheios de lembranças às quais se agarrarem quando não lhes restava mais nada a que se apegar. Foi difícil reprimir as lágrimas.

Quando voltei ao hospital, depois de ter deixado minha avó no hotel, era quase uma da manhã. A enfermeira da noite mexia nas máquinas quando entrei.

— Alguma alteração? — perguntei.

Ela abriu um sorriso educado.

— Não. Mas, nesse tipo de situação, nenhuma notícia é uma boa notícia. Amanhã será um grande dia para ela, quando os médicos a tirarem dos medicamentos e a deixarem acordar.

Fiz que sim.

Depois que a enfermeira conferiu os sinais vitais, levei o conjunto de mesa e cadeira móvel, juntamente com o laptop, para o leito ao lado. Voltei a me concentrar no que tinha feito pela maior parte do dia, quando não estava conversando com minha avó ou encarando Nora: estudar sobre rabdomiossarcoma cardíaco. Eu tinha aprendido muita coisa a respeito do câncer raro, inclusive que, às vezes, era hereditário. A mãe de Nora tinha morrido da doença aos trinta e poucos anos. Também li que, após a identificação do tumor, apenas onze por cento das pessoas alcançava a marca de cinco anos de expectativa de vida e fazia mais de dez que Nora tinha sido diagnosticada — ela já havia superado as expectativas. Mas as três cirurgias cardíacas tinham enfraquecido o coração dela, e os tumores que voltaram, daquela vez, eram inoperáveis.

Mais algumas horas se passaram, e meus olhos estavam embaçados de tanto ler no celular, então deixei o aparelho na bandeja de comida. Ali perto, o pote da gratidão chamou minha atenção e me fez sorrir. Peguei-o e fiquei segurando-o.

A enfermeira de mais cedo voltou para trocar a bolsa de soro de Nora. Então, apontou para o pote de vidro nas minhas mãos.

— O que é isso?

Abri um sorriso triste.

— Algumas coisas de que Nora quer se lembrar.

A enfermeira fez que sim, como se entendesse. Talvez realmente entendesse, trabalhando ali e convivendo todos os dias com pessoas em estado de saúde grave... Ela terminou de pendurar a bolsa de fluidos no suporte e olhou para mim.

— Ela não pode responder, mas acho que consegue ouvi-lo.

Franzi as sobrancelhas.

Ela voltou a olhar para o pote.

— Talvez isso a conforte.

Depois que ela foi embora, lembrei-me do que o padre Kelly tinha dito. "Talvez você esteja aqui agora para oferecer o conforto de que ela precisa."

Senti-me como um intrometido ao abrir aquela tampa, como se estivesse invadindo os pensamentos íntimos de Nora. Mas, quando peguei o primeiro pedacinho de papel dobrado, superei rapidamente aquela sensação.

"1º de junho: sou grata por ter conseguido dois ingressos para o show do Harry Styles hoje."

Dei uma risada e segurei a mão de Nora. Li o papel em voz alta para ela antes de pegar mais um.

"20 de junho: nascer do sol nas Smoky Mountains."

"9 de junho: aroma de gardênias frescas."

"17 de junho: a capacidade de pesquisar respostas para qualquer coisa na internet. Inclusive, o Google tinha razão, porque o Tequila Tuesdays tem os melhores tacos da Virgínia."

Sorri.

"9 de junho: sou grata por William Sutton, o melhor pai que uma garota poderia desejar."

Um nó se formou na minha garganta quando notei que ela escreveu aquilo no dia em que tínhamos ido conhecer o pai biológico dela nas Bahamas.

Passei quase meia hora pegando bilhetinhos de gratidão e os lendo em voz alta. Alguns bem simples atingiram-me em cheio, como um que mencionava poças e galochas. Outros me fizeram rir, como o que ela tinha escrito no Dia de Ação de Graças do ano anterior, dizendo que era grata por não ser um peru. Mas um deles me obrigou a fazer uma pausa.

"22 de maio: sou grata pela oportunidade de ter conhecido um homem que me fez lembrar o que é o amor."

Vinte e dois de maio foi o dia em que nos conhecemos.

CAPÍTULO 25
Beck

— Quantas horas se passaram?

Minha avó deu uma batidinha na minha mão.

— É melhor não ficarmos contando. O médico disse que algumas pessoas levam um dia inteiro para acordar depois que retiram a medicação.

Olhei para Nora. Ela não havia se mexido desde que os médicos tinham removido o tubo respiratório e interrompido os medicamentos sedativos. Aquilo foi por volta das oito da manhã, e já estava escuro do lado de fora. Minha avó tentava ser positiva, mas notei a preocupação nos olhos dela conforme as horas se arrastavam. Além disso, ela não comia nada desde que havia chegado, por volta das dez.

— Você tem que comer alguma coisa — falei.

— Estou sem apetite.

Igual a mim, mas, se eu quisesse insistir para que ela se cuidasse, era preciso dar o exemplo.

— Que tal uma sopa? Vi um Panera a poucos quarteirões daqui.

Minha avó assentiu.

— Pode ser.

— Canja?

— É claro.

— Volto o mais rápido possível.

O que deveria ter levado uns quinze minutos demorou quase uma hora, porque o parquímetro do hospital estava quebrado, então uma fila de carros havia se formado atrás do bloqueio de madeira que só subia quando um tíquete era pago. Depois, a parte de dentro do Panera estava fechada para reformas, por isso tive que esperar em uma fila enorme de drive-thru. Para completar, quando voltei ao hospital, não havia vaga em lugar nenhum, pois tinham fechado o estacionamento por causa do parquímetro quebrado.

Eu ainda resmungava quando voltei ao leito de Nora, mas minhas lamentações acabaram assim que vi um par de lindos olhos verdes.

— Você acordou.

Minha avó sorriu.

— Ela acordou alguns minutos depois que você saiu.

— Por que você está aqui? — perguntou Nora, a voz grogue.

Eu me inclinei e beijei a testa dela.

— Porque você está.

Ela suspirou.

— Beck...

Minha avó olhou para nós dois e se levantou.

— Preciso ir ao banheiro.

Coloquei a sacola de sopa na mesa e me sentei ao lado de Nora.

— Como está se sentindo?

— Cansada.

Abri um pequeno sorriso.

— Bem, não deveria, porque passou três dias inteiros dormindo.

— Acho que não preciso ter medo de você me tratar diferente só porque estou doente.

Dei uma piscadela.

— Jamais.

Nora me avaliou por um momento.

— O que exatamente você sabe?

— O suficiente para que, agora, eu consiga soletrar rabdomiossarcoma de tantas vezes que digitei isso no Google. — Afastei uma mecha de cabelo do rosto dela. — Por que não me contou?

— No começo, porque eu queria me sentir normal, ter um caso de uma noite só com um cara que me via como uma mulher, não como uma pessoa doente.

— E depois? Quando passamos a ser mais do que um caso de uma noite só.

Ela engoliu em seco.

— Eu não queria magoar você. Achei que fôssemos terminar antes que você se desse conta do que eu tinha. Era para você ter se cansado de mim, como se cansou de todas as outras depois do divórcio.

Franzi a testa.

— Mas você não é como as outras, então seu plano estava fadado ao fracasso desde o começo.

Os olhos de Nora se encheram de lágrimas.

— Desculpe.

— Por que está pedindo desculpa?

— Eu não deveria ter me envolvido. Assim seria mais fácil quando...

Ela desviou o olhar.

Eu engoli em seco.

— Nora?

Os olhos dela voltaram a encontrar os meus. Segurei seu rosto entre as mãos para ter certeza de que ela me ouvisse em alto e bom som.

— Eu preferiria me apaixonar por você e acabar me magoando a nunca termos tido a chance de nos envolver.

As lágrimas que ela vinha segurando rolaram pelo rosto. Eu as sequei com os polegares e me aproximei, até meu nariz quase tocar o dela.

— E, só para deixar claro — falei —, eu me apaixonei por você.

Mais lágrimas rolaram pelo rosto dela, mas, em vez de perder tempo limpando-as, eu me concentrei em melhorar seu humor. Colei os lábios nos de Nora até sentir a tensão ir embora do corpo dela.

Quando me afastei, ela sorriu.

— Você disse que passei três dias dormindo, ou seja, faz três dias que não escovo os dentes.

— Não estou nem aí, meu bem. Não escove os dentes. Não se depile. Não tome banho. Vou continuar querendo você. — Peguei a mão dela e a conduzi para que pudesse sentir a ereção crescente. Nora arregalou os olhos. Mas aquele brilho de sempre tinha voltado. — Eu realmente nem ligo.

— Sua avó pode chegar a qualquer momento.

— Ela vai demorar para voltar. Ela não precisava ir ao banheiro. Eu a conheço. Ela está nos dando um tempinho. — Mexi as sobrancelhas de maneira sugestiva. —Eu poderia me esconder debaixo dessas cobertas com você, para uma rapidinha.

— Não se atreva — disse ela, sorrindo.

Padre Kelly tinha dito que, talvez, meu propósito fosse oferecer conforto a Nora, mas eu soube, naquele momento, que não. Minha tarefa era fazer o rosto dela ficar daquele jeito até o fim, não importava quando o momento chegasse.

Infelizmente, fomos interrompidos por uma enfermeira que queria conferir os sinais vitais dela. Em seguida, minha avó voltou e, minutos depois, o cardiologista juntou-se a nós.

— Seja bem-vinda de volta. — Ele sorriu e estendeu a mão para Nora. — Sou o dr. Wallace. Eu a visitava algumas vezes por dia, mas você não foi uma anfitriã muito boa. Não falou muita coisa.

Nora sorriu.

— Prazer em conhecê-lo, dr. Wallace.

Ele a examinou rapidamente e digitou algo no iPad.

— Seus sinais vitais estão fortes. Olhando para os números, eu não diria que você sofreu um ataque cardíaco grave há poucos dias. Por outro lado, a maior parte das pessoas que sofre isso tem uns trinta anos a mais que você.

Nora se endireitou na cama.

— Quando posso ir embora?

— Caramba. Acabamos de nos conhecer, e você já não vê a hora de me ver pelas costas… — Ele sorriu. — Gostaria que você ficasse em observação por pelo menos mais um ou dois dias. Vamos fazê-la andar nas próximas doze horas, se estiver pronta, então, veremos como sua força evolui. Enquanto isso, podemos conversar a respeito das suas opções de tratamento.

— Ah… — Nora balançou a cabeça. — Não quero nenhum tratamento.

O dr. Wallace assentiu.

— A sra. Aster nos passou seu testamento vital quando deu entrada aqui, e conversei com seus médicos em Nova York para entender melhor seu histórico. Mas você deveria saber que o ataque cardíaco e a hospitalização melhoram sua posição na lista de transplante.

— Ela é candidata a um transplante? — perguntei.

O médico olhou de Nora para mim e, outra vez, para Nora.

— Desculpe, mas essa é uma conversa que deveríamos ter em particular. Eu queria sugerir que talvez fosse bom discutirmos as opções, quando você estiver disposta.

Nora forçou um sorriso.

— Estou um pouco cansada.

Meu instinto me disse que aquilo era papo furado e que ela só queria encerrar o assunto. E deu certo.

O dr. Wallace assentiu.

— É claro. Vou pedir um ecocardiograma e um ECG, além de novos exames de sangue. Isso pode nos dar uma noção melhor da situação em que estamos. Passo aqui de manhã para ver se você está disposta a conversar.

Depois de agradecimentos murmurados e despedidas pela sala, voltamos a ficar em três. O silêncio era ensurdecedor. E não aguentei.

Joguei as mãos para o alto.

— Será que alguém poderia me explicar por que você desistiu de lutar quando ainda existem opções? Porque, pelo visto, só eu não faço parte do clube aqui.

Minha avó me encarou com os olhos semicerrados.

— Não levante a voz. Não ligo que você tem mais de 30 anos e que eu estou morrendo. Vou bater no seu traseiro.

Frustrado, suspirei profundamente e balancei a cabeça.

— Preciso de um minuto. Vou dar uma volta.

⁓

— Oi.

Abri os olhos e dei de cara com Nora me encarando. Provavelmente, cochilei enquanto ela dormia. Então, endireitei a postura e limpei a boca.

Nora sorriu.

— Do outro lado.

Merda. Esfreguei a outra bochecha, mas o sorrisinho de Nora me dizia que eu estava perdendo tempo.

— Não tem baba nenhuma, tem?

— Não.

Dei uma risada.

— Que horas são?

Nora ergueu os olhos em direção ao relógio na parede de frente para a cama. Acho que nem tinha reparado que aquilo estava ali.

— Quase três da manhã.

Olhei ao redor. Os leitos da UTI pareciam casulos de vidro, mas, naquele momento, a cortina estava parcialmente fechada. Era a primeira vez que eu não tinha a sensação de estarmos em um aquário.

— Bem mais aconchegante — comentei.

— A enfermeira me disse que meu namorado é bonito, então fechou as cortinas de privacidade.

— É mesmo? — Eu me espreguicei e fiquei em pé. — Terei que trazer flores para ela. Dê-me um espacinho. Você está ocupando a cama toda.

Nora sorriu e chegou para o lado. A cama porcaria do hospital não era maior que uma de solteiro, então meu ombro direito ficou para fora. Mas era o melhor lugar em que eu tinha ocupado em dias. Dei uma cutucadinha em Nora para que ela se sentasse um pouco mais para cima e a envolvi com o braço, aconchegando-a perto de mim.

— Venha aqui.

Ela apoiou a cabeça no meu peito e olhou para mim.

— Obrigada por ter vindo — sussurrou.

— Imagine.

Ela abriu um sorriso triste.

— Acho que vou adiantar minha mudança para a Califórnia.

— Para quando?

— Para quando eu me sentir disposta.

Uma sensação de pânico me invadiu.

— Por que sequer ir embora? Todos os seus médicos estão em Nova York.

— Eu acho que a mudança seria melhor.

— Melhor para quem? Para mim ou para você?

Ela desviou o olhar.

— Para mim.

Eu não sabia se acreditava nela, mas não estava na hora de discutir. Suspirei.

— Posso fazer algumas perguntas a respeito da sua saúde? Quer dizer, sinto que estou praticamente qualificado para fazer uma cirurgia sozinho depois de tudo que li nos últimos dias, mas queria entender do seu ponto de vista.

Nora fez que sim.

— Eu contei a você que minha mãe morreu quando eu era nova. Ela tinha rabdomiossarcoma cardíaco. Algumas pessoas só têm um tumor, mas outras, como a gente, têm vários, e eles voltam o tempo todo. Na verdade, a maioria dos casos não é hereditário, mas às vezes envolvem fatores genéticos, como no nosso caso.

— Quando você foi diagnosticada?

— No dia seguinte à minha festa de formatura. Eu estava com muita dificuldade para respirar. Parecia até que alguém estava sentado no meu peito. Mas, como eu tinha bebido na noite da festa, não reclamei imediatamente. Achei que fosse só a pior ressaca do mundo. Mas, depois de um tempo, fiquei tão exausta que não consegui mais andar. William, meu pai, me levou ao pronto-socorro, e fui internada. O diagnóstico veio na manhã seguinte. Fiz quimioterapia e radioterapia, aí entrei em remissão poucos meses depois. A maioria dos pacientes com rabdomiossarcoma localizado pode ser curada. Mas o meu voltou dois anos depois. E o tumor trouxe amigos. Foi a primeira vez que fui operada. Cirurgia cardíaca de peito aberto aos 20 anos. Os tumores tiveram que ser ressecados e retirados. Depois, fiquei bem por três anos, acho. Em seguida, mais uma cirurgia. Então, um ano depois, o tumor estava de volta. Passei por três cirurgias como essa nos últimos dez anos e por três rodadas de quimioterapia e radioterapia.

— Meu Deus.

— Os tumores voltaram seis meses depois da última cirurgia, e agora são irressecáveis. Meus cirurgiões os descreveram como hera enrolada em uma treliça, mas a treliça é meu coração. Eles se infiltraram de um jeito que os torna inoperáveis.

— O dr. Wallace chegou a falar de transplante e que você tinha subido na lista de prioridade, certo?

Nora suspirou.

— Meu sangue é tipo O, que tem o tempo de espera mais longo para encontrar um doador. O tipo AB leva em geral menos de um mês. O tipo O demora mais de um ano. Mesmo que eu tenha subido na lista de prioridade, é improvável que eu consiga um transplante. Além disso, a taxa de sobrevivência média para pessoas com meu tipo de problema é de só dezesseis meses depois da cirurgia.

— Você não para de falar de médias, mas há pessoas que conseguem ter uma vida plena? Que continuam saudáveis até os 70 ou 80 anos?

Nora envolveu minha bochecha com a mão.

— Eu aceitei meu destino. Quero aproveitar o tempo que me resta. Sinto muito, sei que vai ser difícil. Mas não sinto muito por ter conhecido você, Beck.

Minha voz falhou enquanto eu encarava os olhos dela.

— Nora, não posso te perder. Estou apaixonado por você.

— Ah, Beck. Não era para você se sentir assim.

Balancei a cabeça.

— Não deu para evitar. Não era uma opção. Acabar me apaixonando por você foi uma necessidade.

CAPÍTULO 26

Nora

— Eu estou bem. Pode deixar.

Afastei a mão de Beck ao me levantar da cadeira de rodas do lado de fora do saguão, quatro dias depois. Eu me sentia fraca, mas nunca havia estado tão pronta para sair do hospital. Tinha passado tempo demais em lugares assim naquela década. Fechei os olhos e respirei fundo. *Ar fresco*. Algo que eu tinha subestimado pela maior parte da vida.

Beck se manteve diligentemente ao meu lado enquanto eu seguia em direção ao carro que nos esperava. Ele abriu a porta e observou, com toda a atenção, enquanto eu me acomodava no banco do passageiro. Assim que me sentei, ele puxou a alça do cinto de segurança e começou a me afivelar.

— Será que você poderia fingir que não tive um ataque cardíaco? Você está me tratando como se eu fosse uma criança de 5 anos. Eu sei me virar sozinha.

Beck deu um sorrisinho.

— Você sabe que não perde a carteirinha de feminista só por deixar um homem ajudá-la, né? Ainda mais quando o homem *quer* cuidar de você porque está apaixonado.

E de novo — *apaixonado por mim*. Era como se a rolha tivesse saído da garrafa e não desse mais para encaixá-la no lugar. Eu não disse a Beck que o amava, mas ele tinha repetido aquilo pelo menos uma meia dúzia de vezes nos dias anteriores.

Dei a língua para ele. Beck a observou e grunhiu.

— Que saudade dessa boca. Vão ser "quatro a seis semanas" bem longas.

Beck encaixou meu cinto de segurança, e eu o segurei pela camisa quando ele começou a se levantar.

— O médico disse nada de sexo de quatro a seis semanas, mas existem outras coisas...

— Boa tentativa, mas pedi ao médico para definir sexo. É qualquer atividade que faça sua frequência cardíaca se elevar demais. Se depender da gente, provavelmente não devemos nem discutir, já que isso tende a ser nossa preliminar.

Fiz beicinho.

Beck riu, mas fechou a porta e correu para o lado do motorista. O hotel ficava a vinte minutos de carro dali. Alguns dias antes, eu tinha pedido a Louise que fizesse o check-out do meu quarto e colocasse minha mala no dela. Não fazia sentido pagar por um hotel enquanto eu estava no hospital. Então, pedi para Beck ver se havia algum quarto disponível para mim antes de me buscar naquele dia. Ele disse que sim. Mas, quando chegamos ao hotel, Beck seguiu em direção aos elevadores, antes de eu poder passar na recepção.

— Tenho que fazer check-in e pegar minha mala com Louise.

— Não tem, não. Sua mala está no meu quarto. Reservei uma suíte para a gente. E vamos almoçar com a minha avó.

Parei de andar.

— Acho que isso não é uma boa ideia, Beck.

— Bom, é melhor se acostumar logo, porque não vou aceitar não como resposta.

— Beck...

Ele colocou as mãos nos meus ombros.

— Cansei dessas suas regras. Entendo que estava tentando me proteger, que não queria que eu me aproximasse demais e ficasse mal depois. Mas, agora, acabou. Não importa se estamos em quartos separados ou se você está na minha cama. Estou com você, não vou a lugar nenhum.

— Mas...

Beck me interrompeu com um beijo. Em menos de dois segundos, eu estava derretida nos braços dele. Ficamos daquele jeito, no meio do saguão, por um bom tempo. Quando finalmente nos afastamos, senti falta da cadeira de rodas do hospital, porque estava tonta. Como se pudesse sentir aquilo, Beck continuou a me segurar firme.

— Um quarto — disse ele, a voz firme. — Quero você ao meu lado. E se acha que é porque quero ficar de olho em você e garantir que esteja bem, então está me dando crédito demais. Quero você pelada ao meu lado, seu corpo coladinho no meu, por mais que eu ainda não possa ter você.

Com uma declaração daquela, como eu poderia dizer não? Portanto, respirei fundo e assenti.

— Ótimo. Vamos subir, porque minha avó está esperando almoçar com a gente hoje, mas quero você só para mim por um tempinho antes.

Beck disse que tinha reservado uma suíte, não um quarto, mas esqueceu de mencionar que era a Suíte Presidencial, que ocupava o andar superior inteiro do hotel. Tinha vista panorâmica para a cadeia de montanhas, um piano de cauda, uma mesa de jantar que podia acomodar pelo menos doze pessoas e um elevador interno que levava ao quarto principal no segundo andar.

— Puta merda. — Fui até as janelas. — Acho que não quero saber o preço desse lugar.

Beck chegou por trás. Então, afastou meu cabelo e beijou meu ombro.

— Não importa. Você merece.

Eu me virei e o abracei pelo pescoço.

— Obrigada. E não digo isso por ter largado tudo e ido ao hospital, ou por ter gastado uma fortuna com esse quarto absurdo. Obrigada por você ser você, por sempre saber, de alguma forma, quando insistir e quando recuar.

Beck deslizou as mãos para cima e para baixo na minha coluna.

— Venha. Vamos lá para cima para você se deitar por uma ou duas horinhas antes do almoço. O médico disse que você precisava descansar.

Arqueei a sobrancelha.

— Descanso não é o que normalmente acontece quando estamos juntos em uma cama.

Ele grunhiu.

— Acredite. Não vai ser nada fácil.

No entanto, vestir roupas decentes e sair do hospital para chegar àquele quarto chique já tinha sido exaustivo. Beck me envolveu com os braços e me segurou tão firme, que foi como se eu não tivesse nenhum problema no mundo. Ou talvez tivesse, mas ele seguraria as pontas enquanto eu me dava um tempo. Peguei no sono quase na mesma hora. Quando acordei, Beck não estava mais ao meu lado, mas deu para ouvi-lo falando em algum lugar ao longe, então apoiei-me nos cotovelos para escutar.

— Então tudo certo, ótimo. Entre em contato com Phillip Matthews. Ele é o CEO do Sloan Kettering. A filha dele é dona de uma empresa de suprimentos médicos, e ele foi um dos investidores. Eu a ajudei a abocanhar os dois maiores concorrentes há alguns anos. O pai dela é uma boa pessoa. Ele ficou grato por todo o trabalho que fizemos e disse que, se eu precisasse de alguma coisa, deveria ligar sem nem pensar duas vezes. Preciso cobrar o favor agora. Se você conseguir marcar uma chamada para mim, eu dou um jeito no resto.

Ele ficou em silêncio por alguns segundos, então...

— Ainda não sei quando posso levá-la de volta. Vamos nos falando. E bom trabalho por ter arranjado uma consulta com aquele médico do Reino Unido. Estou ansioso para falar com ele amanhã.

Fechei os olhos. Eu deveria ter percebido que Beck não desistiria facilmente. Ele era determinado demais para aceitar que não poderia dar um jeito e me curar. E eu me iludi acreditando que ele havia aceitado o fato de eu não querer mais tratamentos, porque, assim, eu não precisaria voltar a afastá-lo. Mas ele jamais aceitaria. Então, eu me deitei na cama e fiquei encarando o teto.

Achei que abrir mão dos meus desejos e sonhos para o futuro tinha sido a coisa mais difícil que precisei fazer. Mas abrir mão de Beck talvez fosse ser ainda mais difícil. As lágrimas começaram a se acumular nos meus olhos, e meu peito ficou pesado.

Beck voltou ao quarto uns dez minutos depois. Estava sem camisa, e doía pensar que eu não poderia mais passar os dedos naqueles cumes e vales do abdômen dele.

Ele sorriu.

— Você acordou. Como está se sentindo, dorminhoca?

Comecei a me espreguiçar, fingindo não ter entreouvido a conversa.

— Bem. Onde você estava?

— Tive que fazer algumas ligações de trabalho.

Forcei um sorriso.

— Ah. Tudo bem. Que horas é o almoço com Louise?

— Eu disse a ela que avisaria quando você estivesse pronta.

— Certo. — Tirei as cobertas de cima de mim. — Vou tomar um banho.

— Quer companhia?

Balancei a cabeça.

— Hoje não.

O sorriso desapareceu do rosto de Beck, mas ele lidou bem com a situação.

— Deixe a porta um pouco entreaberta, assim posso ouvir se você precisar de alguma coisa, pode ser?

— Obrigada.

Comecei a lamentar a perda de Beck no banho, antes mesmo de pensar em um plano para me afastar dele. Uma sensação profunda de vazio me atingiu enquanto a água quente escorria pelo corpo. Um nó se formou em minha garganta, mas me recusei a derramar as lágrimas. Eu já havia chorado demais. Mas, mais importante que aquilo, Beck tinha aprendido a me ler muito bem. E eu não queria ter que explicar os olhos inchados e o rosto vermelho. Então, de alguma maneira, consegui me segurar.

Mas Beck estava mais observador que nunca. Para um homem que levou o bebê errado para casa e manteve o cachorro errado no apartamento por dois dias, pareceu que ele havia aprendido a não deixar mais nada passar.

— Você está bem? — perguntou Beck quando finalmente saí do banheiro, quase uma hora depois.

Eu havia secado o cabelo, mas não tinha energia para passar maquiagem.

— Estou. Apenas cansada. Minha bateria está se esgotando bem mais rápido que o normal, mesmo depois de um bom tempo carregando.

— Bom, era de se esperar. Seu corpo precisa de tempo para se recuperar. Eu disse a Louise que nos encontraríamos com ela lá embaixo, no restaurante do hotel, à uma da tarde. Mas podemos pedir comida no quarto para nós três, se você não estiver bem para sair... ou posso até cancelar tudo.

— Na verdade... você se importaria se eu almoçasse sozinha com ela?

O sorriso de Beck murchou.

— Desculpe. Não quero deixar você chateado. Mas quero ver como ela está, e sei que vai se abrir mais comigo sem você por perto. Ela quer proteger o neto.

Beck franziu os lábios.

— É claro. Como você achar melhor.

— Posso trazer alguma coisa para você almoçar.

Ele fez que não.

— Não tem problema. Posso pedir serviço de quarto. Tenho que trabalhar, de qualquer maneira.

Dei um beijo na boca dele.

— Obrigada por entender. Não vou demorar.

Quando cheguei ao restaurante do hotel, Louise já estava esperando. Ela abriu um sorriso enorme e se levantou ao me ver me aproximando da mesa.

— Finalmente, um abraço de verdade. Aquelas porcarias de fios e monitores só atrapalhavam.

Abracei minha amiga. Àquela altura, nenhuma de nós sabia quando um abraço poderia ser o último, então quis que aquele fosse um bem gostoso. Os olhos de Louise estavam úmidos quando finalmente nos soltamos.

— Bem, conseguimos de novo, madame — falei. — Desafiamos as probabilidades.

Ela fez que sim.

— Com a gente, ninguém pode.

Dei uma risadinha enquanto nos sentávamos.

Louise tirou o guardanapo de pano da mesa e o ajeitou no colo.

— Achei que Beck viria também.

— Ele queria. Mas pedi a ele para almoçarmos sozinhas.

— Ele está irritando você de novo? Ele sempre foi um garoto mandão.

Abri um sorriso. Aquele lado mandão era uma das coisas de que eu gostava nele.

— Eu queria ver como você estava. Quando esteve internada no hospital, foi um choque para mim. Enquanto estamos aprontando por aí, é bem mais fácil fingir que não nos resta pouco tempo. Mas, ao ver uma amiga no hospital, presa a um monte de máquinas... somos obrigadas a encarar nosso futuro de um jeito bem alarmante.

— Sei bem o que quer dizer. Não foi fácil ver uma moça tão jovem e vibrante, com a vida inteira pela frente, deitada naquele leito de hospital, e conhecendo a gravidade da doença... — disse Louise, balançando a cabeça. — Foi bem mais difícil do que eu imaginava. Na verdade, a experiência me fez ter uma noção melhor de como meu neto se sente. Porque não tenho tanta certeza de que, se eu não estivesse passando pela mesma situação, ao mesmo tempo, eu não acabaria achando que você deveria lutar por sua vida. Não parece justo ter tão pouco tempo. Eu mesma quase cheguei aos 80 anos.

Estendi o braço por cima da mesa e apertei a mão dela.

— É por isso que precisamos aproveitar ao máximo o tempo que nos resta. Devo estar bem o suficiente para visitarmos Charles amanhã.

— Não preciso visitar Charles agora. Eu falei com ele, e podemos fazer uma chamada pelo Zoom daqui a alguns dias, quando eu estiver de volta em Nova York. Até *eu* acho que você precisa descansar mais que um dia.

— Não, eu posso ir...

— Está cancelado. Não estou mais com vontade de ir, de qualquer maneira.

— Desculpe. — Encarei os olhos dela. — Minha hora está chegando, Louise. O ataque cardíaco foi um aviso. Vou voltar para a Califórnia antes do esperado, para estar com William no fim. Foi a única coisa que ele me pediu, que eu o deixasse cuidar de mim quando a hora chegasse. — Engoli em seco. — E está quase na hora.

— Ah, querida... — Louise ficou em pé para me abraçar de novo. Quando voltamos a nos sentar, estávamos chorando. — Que merda — declarou.

A forma como ela disse aquilo me fez rir. Enxuguei as lágrimas que escorriam pela minha bochecha.

— Você é a única pessoa no mundo capaz de me fazer rir enquanto digo que não tenho muito tempo de vida.

— Considero uma honra ser essa pessoa para você, Eleanor.

O garçom se aproximou para anotar nosso pedido, e a interrupção trouxe consigo um alívio muito necessário. Mal tínhamos olhado o cardápio, então pedi uma salada, basicamente pela força do hábito.

Louise me interrompeu.

— Você realmente gosta mais dessa comida de coelho do que de costelinhas ou de macarrão com queijo gratinado?

Dei de ombros.

— Não. Mas tento manter o equilíbrio e ter uma refeição saudável no almoço para comer o que quiser no jantar.

— Eu diria que está na hora de parar de se preocupar com comida saudável e começar a saborear cada refeição.

Olhei para o garçom.

— Poderia mudar meu pedido para macarrão com queijo gratinado?

Ele sorriu.

— É claro.

Entreguei o cardápio para que ele o levasse.

— Na verdade... poderia trazer umas costelinhas também?

— É isso aí, garota — incentivou Louise.

Meu olho era definitivamente maior do que meu estômago. Não consegui terminar nenhum dos pratos. Mas ambos estavam deliciosos, e muito melhores do que uma salada de alface. Quando o garçom trouxe a conta, resolvi me abrir com Louise e falar da minha situação com Beck.

— Louise, eu gosto muito do seu neto.

— Tenho certeza de que ele sente o mesmo. Fazia muito tempo que ele não abria o coração para alguém.

Suspirei.

— Essa é justamente a questão. Não estava nos meus planos ficar com ele, machucá-lo.

— Não dá para planejar o amor.

— Não, com certeza não dá. E, em outra vida, eu estaria nas nuvens. Eu me sinto atraída por Beck desde que nos conhecemos, mas me apaixonei pelo homem que ele é por baixo de toda aquela pompa e arrogância. Beck não tem nada a ver com o que esperei depois que o vi pela primeira vez.

Eu só baixei a guarda porque imaginei que não teria problema... porque achei que ele fosse um homem por quem eu nunca me interessaria.

Louise sorriu.

— Certos homens são como lobo em pele de cordeiro. Meu neto é um cordeiro vestido de lobo.

— É uma ótima analogia.

— Conheço bem o neto que tenho. Ele não permite que muitas pessoas se aproximem, mas, quando deixa, ele as ama intensamente. Beck entrega o coração, a alma e tudo que tem.

Franzi a testa.

— É exatamente por isso que preciso me afastar. Não sei quanto tempo eu tenho, mas cada dia a mais vai deixar tudo ainda pior no fim. Ele não deveria ter que ver nós duas morrendo.

— Agradeço por se preocupar com ele, mas acho que é tarde demais para poupá-lo do sofrimento.

— Talvez. Mas um pouco de tempo e espaço entre a gente pode ajudar.

Louise fez que sim.

— Apoiarei tudo que você quiser fazer ou dizer.

— Obrigada. Quando eu estiver na Califórnia, vai ser mais fácil. Mas acho que vou ter que terminar as coisas com ele quando voltarmos para Nova York.

— Não se preocupe. Dou minha palavra de que cuidarei dele quando isso acontecer — afirmou Louise.

Abri um sorriso triste.

— E dou minha palavra de que ficarei de olho nele. — Olhei para cima. — Para sempre.

CAPÍTULO 27
Beck

Odiei ter que envolver minha avó. Mas, depois de quatro dias em Nova York, as coisas entre mim e Nora tinham mudado. Então, não tive escolha a não ser ligar e sondar.

— Oi. Como você está?

— Se eu tivesse um rabo, eu o estaria abanando.

Sorri.

— Algum plano para hoje?

— Beber e pintar. Mal posso esperar.

— Como assim?

— É uma aula de pintura na qual os alunos bebem vinho. Vou com a minha amiga Lucille. Ela achou um lugar em que a referência para a pintura vai ser um modelo masculino nu. Vinho, homens que não são velhos carcomidos e minha amiga... Não sei se tem como ficar melhor que isso.

Ali estava minha deixa.

— Lucille? Por que não vai com Nora? Isso parece a cara dela.

— Ela tinha outros planos.

— Que planos? — Assim que as palavras saíram da minha boca, soube que tinha cometido um erro. Minha avó fecharia ainda mais o bico quando percebesse que eu estava jogando verde para colher maduro, não apenas puxando papo.

— Isso é uma pergunta para Nora, não para mim.

Passei a mão pelo cabelo.

— É difícil fazer uma pergunta para alguém que não retorna as ligações.

— Ela deve estar ocupada.

— Fazendo o quê?

— Beck...

— Certo — resmunguei. — Divirta-se com seu homem pelado.

— Ah, eu vou. Vou *mesmo*.

Depois que desliguei, Jake entrou na minha sala. Eu ainda não tinha contado tudo o que havia acontecido em Utah nem a respeito da saúde de Nora.

— Escute só... — Como sempre, ele se jogou na cadeira de frente para mim e se reclinou como se estivesse sentado em uma poltrona de casa. — Uma mulher me ligou à uma da manhã, isso há uns dias, e começou a me xingar.

— O que foi que você fez?

— Nada. Foi engano. Mas acabamos conversando por quatro horas.

Balancei a cabeça.

— Você não bate bem da cabeça.

— Por quê? Ela me xingou em italiano. Foi sexy pra cacete. — Meu irmão estreitou os olhos e passou a analisar meu rosto. — Você emagreceu? Seus olhos parecem ter afundado na cabeça.

— Obrigado.

— Não, é sério. Você não está nada bonito. — Ele apontou para a porta com o polegar. — Está doente? Não quero pegar nenhum vírus e perder meu encontro amanhã à noite com a mulher mal-humorada do telefone.

Suspirei.

— Não, não sou eu que estou doente.

Jake franziu a testa.

— Nossa avó não está bem? Falei com ela noite passada, e ela pareceu ótima.

— Não, ela está bem.

— Não estou entendendo. Então, quem está doente?

Eu realmente precisava de alguém com quem conversar além da minha avó. Jake era mais novo e não era a pessoa mais madura do mundo, mas eu não tinha ideia de como lidar com toda a situação de Nora, e a opinião de outra pessoa seria bem-vinda.

Apontei para a porta da sala.

— Pode fechá-la, por favor?

— Comigo do outro lado?

Aquilo me fez sorrir.

— Não, acredite ou não, quero que você fique *aqui*.

— Ih, caramba. — Ele se levantou. — O irmão mais velho tem um segredo para me contar. Acho que isso não acontece desde que me fez jurar não falar nada para ninguém depois que fui mordido pelo cachorro do vizinho... sendo que o segredo era que eu tinha me transformado em um ser meio cão e meio humano.

Balancei a cabeça.

— Você passou um mês fazendo xixi com a perna levantada e começou a fungar cocô. É tão fácil enganar você...

Jake fechou a porta e voltou à cadeira. Daquela vez, ele se sentou com a postura reta, talvez até me dando atenção total.

— Então? — perguntou ele. — O que está rolando?

Não havia uma boa forma de começar, então fui direto ao ponto.

— Nora não conheceu nossa avó porque moram no mesmo prédio. Elas se conheceram em um encontro do grupo Vivendo o Fim da Vida. É um grupo de apoio. As duas participam.

Ele franziu as sobrancelhas e, segundos depois, arregalou os olhos.

— Nora está morrendo?

Nos vinte minutos seguintes, contei toda a história a Jake: as cirurgias, o diagnóstico e o ataque cardíaco que ela havia sofrido em Utah.

— Caramba. E não tem nada que os médicos possam fazer? Ela é tão nova...

— Conversei com seis médicos, todos especialistas de alto nível na área deles. Disseram que a única chance que ela tem é um transplante de coração. Mas a espera é longa, e a taxa de sobrevivência pós-operatória é baixa para alguém com a doença dela. Quando marquei as consultas, eu esperava que Nora fosse falar com os médicos, mas ela é igualzinha à nossa avó. Decidiu aproveitar o tempo que ainda tem e não fazer mais nenhuma cirurgia ou tratamento.

— Cara... — Jake balançou a cabeça. — Eu sinto muito. Eu sabia que você gostava dela, e ela e nossa avó parecem bem próximas.

Olhei fundo nos olhos do meu irmão.

— Nós temos nos encontrado. Eu me apaixonei por ela.

— Ah, que merda.

Passamos alguns minutos em silêncio. Jake precisou de tempo para absorver tudo, e eu, de tempo para conter minhas emoções.

— Enfim — falei. — Nora está me evitando. Quando voltamos de Utah, ela começou a se afastar. Ela acha que não tem muito mais tempo, então não quer me machucar. Tenho dado espaço a ela porque estou com medo de que, se não fizer isso, ela vai me cortar de vez. Mas não sei como lidar com a situação. Quer dizer, se ela estiver certa e não tiver... — Fiz uma pausa e engoli em seco. — Se ela não tiver muito mais tempo, quero passar o tempo que lhe resta ao lado dela.

— Então por que diabo está sentado aqui?

— Acabei de falar. Tenho medo de forçar a barra e ela acabar me afastando completamente.

— Quando foi a última vez que a viu?

— Faz quatro dias, quando o carro a deixou em casa. Tentei convencê-la a ir para casa comigo, porque ela ainda está fraca. Mas Nora quis ir para o próprio apartamento. Liguei na manhã seguinte, e ela me disse que estava ocupada trabalhando. No dia seguinte, foi uma desculpa diferente. E, nos últimos dois dias, ela nem retornou minhas ligações. — Puxei o cabelo pela raiz. — Porra, estou enlouquecendo.

— Parece que ela já se afastou de você. Então, o que teria a perder forçando a barra?

Ele tinha razão. Assenti.

— Sabe o que eu acho?

— O quê?

— Você é muito mais esperto que eu. Você sabe que a única coisa que pode fazer agora é forçar a barra, mas você tem medo de que, se fizer isso e, ainda assim, ela não ceder, esse seja o fim. Mas, se continuar sentado aqui, infeliz desse jeito, não precisa encarar essa possibilidade. Pode fingir que não acabou.

Merda. Ele estava certo. É claro que eu sabia o que precisava fazer, mas estava sendo um covarde porque temia que ela fosse confirmar meu pior pesadelo: que tudo tinha acabado.

Jake observou meu rosto e, depois, abriu um sorrisão.

— Você acabou de perceber que estou certo, né?

— Cale a boca.

Ele deu uma risadinha.

— Aceitarei isso como um sim.

Meu irmão se inclinou para a frente, o semblante sério.

— Eu sinto muito, cara. Fiquei feliz de ver que você realmente estava interessado em alguém. Se eu puder fazer alguma coisa, qualquer coisa, avise. Posso ajudar mais com a nossa avó para você ter um tempo com Nora. Você é o neto de ouro e tudo o mais, mas o mais divertido sou eu, de qualquer maneira.

— Obrigado, Jake.

A caminho da saída, Jake parou na porta.

— Com a situação da nossa avó e a da Nora, não vai ser fácil daqui para a frente.

— Eu sei. Mas as duas valem cada dia difícil que está por vir. E muito mais.

∽

Eu estava do lado de fora do prédio de Nora, estudando os nomes nos interfones. Por sorte, o Google sabia onde ela morava, porque aquela informação nunca tinha sido compartilhada comigo. O prédio de tijolos no West Village parecia mais a cara dela do que o arranha-céu da minha avó.

Sacudindo as mãos, respirei fundo algumas vezes para me acalmar. Sempre detestei visitas-surpresa e não me lembro de, algum dia, ter feito aquilo na minha vida adulta. Mas eu tinha ligado para Nora duas vezes depois da conversa com Jake, e ela não me deu outra escolha. Eu nem sabia se ela estaria em casa. Ou, pior, mesmo se estivesse, eu não tinha certeza de que me deixaria entrar.

Mesmo assim, toquei a campainha do apartamento 2D. Uma onda de adrenalina percorreu minhas veias enquanto eu esperava.

— Alô?

Soltei um suspiro de alívio.

— É o Beck.

— Ah. Hum... Certo.

Ouvi um zumbido, depois a porta externa se abriu. Nora esperava no segundo andar com a porta do apartamento entreaberta.

Eu sorri.

Ela não.

— Desculpe — falei. — Também odeio quando as pessoas chegam sem avisar. Mas você não tem retornado minhas ligações.

Nora suspirou.

— Andei ocupada.

Ela não saiu da porta quando cheguei ao topo da escada.

— Posso entrar?

Ela hesitou, mas, por fim, assentiu.

Eu mal tinha dado dois passos para dentro do apartamento quando congelei. A cozinha estava cheia de caixas de papelão.

— O que é tudo isso?

Ela olhou para baixo.

— Estou empacotando. Adiantei a mudança.

— Para quando?

Nora não olhou para mim, então soube que a resposta acabaria comigo.

— Segunda-feira.

— Segunda-feira? Daqui a três dias?

Ela fez que sim.

Senti como se não pudesse respirar.

— Você pelo menos estava planejando me contar?

— É claro que sim.

— Quando?

Nora não tirou os olhos do chão.

Eu estava tão irritado e magoado que foi difícil me controlar. Envolvi o rosto dela com as mãos, forçando-a a erguer a cabeça até encontrar meu olhar.

— Quando, Nora? Quando você ia me contar? Depois de ter se mudado? Você ia me enviar a porra de um cartão-postal?

Os olhos dela se encheram de lágrimas.

— Não sei. Eu ainda não tinha decidido.

— Por quê? Por que vai se mudar tão cedo?

— Esse sempre foi o plano. Você sabia desde o começo.

— Mas por que ir embora antes?

— Porque está na hora. — As lágrimas escorreram pelo rosto dela, deixando marcas. — Eu prometi ao meu pai que me mudaria quando fosse o fim.

— Mas não precisa ser o fim, Nora. Eu falei com alguns médicos, e você tem uma chance. Pelo menos entre na lista.

Nora recuou um passo. Minhas mãos caíram do rosto dela.

— É melhor você ir embora, Beck.

— Não.

— *Por favor*, Beck. Tudo isso já é difícil o suficiente.

Caí de joelhos na frente dela. As lágrimas rolavam pelo meu rosto sem parar.

— *Por favor*, Nora. — Minha voz falhou. — Entre na lista. Se não quiser fazer isso por você, faça por mim. Por Louise. Por William.

Ela balançou a cabeça.

— Por favor, vá embora.

— Nora, *por favor*. Eu posso arranjar os melhores médicos, o melhor cirurgião. É legal comprar um coração em algum lugar? Quer saber, eu não ligo. Posso comprar um no mercado paralelo, se precisar. Só... não desista de mim. Faço tudo que você quiser — implorei. — *Por favor, querida*.

Ela começou a soluçar. Fiquei arrasado por causar aquela dor, mas eu não sabia como fazê-la entender de outra maneira. Por outro lado, eu não poderia ficar a meio metro de distância e vê-la desmoronar. Então, eu a abracei. Ela se debateu por alguns segundos, mas logo cedeu, quase desabando nos meus braços. Os ombros dela tremiam, e o lugar ficou estranhamente silencioso. Eu sabia exatamente o que estava por vir. Mas saber daquilo não me ajudou a me sentir mais preparado. O silêncio foi interrompido pelo som mais excruciante que eu já tinha ouvido na vida. Era mais do que um lamento; era uma onda angustiante de pura agonia. Assim como sons agudos quebram vidros, meu coração se partiu em mil pedaços.

— Não chore, Nora. Eu te amo. Por favor, não chore.

Mas ela não parou. Nem eu. Ficamos naquela cozinha pelo que pareceu uma eternidade, os dois chorando sem parar. Mas, depois de um tempo, nosso pranto se acalmou, até restarem apenas respirações entrecortadas, e o tremor do nosso corpo se estabilizou. Eu me sentia um egoísta de merda.

— Desculpe por ter chateado você. É que não sei como fazê-la entender. — Em seguida, forcei-me a encarar seu olhar desolado. — Sinto muito, Nora.

Ela engoliu em seco e pigarreou.

— Você falou sério quando disse que faria qualquer coisa que eu quisesse?

— É claro.

Nora me olhou nos olhos.

— Então preciso que você me deixe ir.

CAPÍTULO 28

Nora

— Seus batimentos cardíacos estão fracos, mas isso é esperado nessa fase da doença, ainda mais depois do que você passou no mês passado. Talvez seja por isso que esteja se sentindo um pouco letárgica — explicou o dr. Hammond. — Bom, isso e a poluição de Los Angeles.

Abri um sorriso.

— Certo.

— Faz quanto tempo que sofreu o ataque cardíaco?

— Amanhã completará seis semanas.

O dr. Hammond anotou algo no meu prontuário novo. Assim que terminou, fechou-o e me observou com um sorriso.

— Você é mesmo a cara da sua mãe.

— Meu pai diz a mesma coisa.

— Como ele está?

— Bem. Vem agindo como se não houvesse nada de errado, mas sei como é difícil ver alguém que se parece com minha mãe passar pela mesma coisa que ela.

O dr. Hammond fez que sim.

— Imagino.

Ele tinha sido o cardiologista da minha mãe quando eu era pequena. Embora eu não estivesse fazendo mais nenhum tratamento, precisava repor o monte de remédios que eu tomava para continuar respirando. Imaginei que seria mais fácil marcar uma consulta com alguém que estava familiarizado com a doença. Nem todo cardiologista tinha muita experiência, por ela ser rara.

— O resto me parece bom. — O dr. Hammond fechou meu prontuário. — Os pulmões estão limpos, a pressão arterial está estável com a ajuda dos medicamentos e seu ECG não teve nenhuma alteração em relação ao que o médico de Nova York enviou.

— Ótimo.

— Você pode voltar a viver normalmente. Mantenha a rotina de exercícios leves e tome cuidado para não ficar ofegante. Também pode retomar as atividades sexuais e voltar ao trabalho.

A menção ao sexo me fez sentir um vazio no peito. Fazia quinze minutos que eu não pensava em Beck.

— Certo, obrigada.

— Nos vemos daqui a três meses para analisar se precisaremos ajustar alguma coisa.

Três meses.

Ultimamente, toda menção a uma data futura pesava o clima. Eu ainda estaria por ali?

Quando voltei para casa, meu pai ainda não tinha chegado do trabalho. Ele havia deixado roupas na secadora, então as dobrei e fui ao quarto dele para guardá-las. Olhei ao redor. Aquele quarto não tinha mudado muito desde minha infância: a mesma mobília de nogueira escura, as mesmas persianas brancas de madeira e o roupão marrom-escuro pendurado na porta do pequeno banheiro anexo. Em cima da cômoda, havia fotos em porta-retratos, que também não mudavam havia vinte anos. Peguei a primeira que chamou minha atenção. Era uma da minha mãe rindo, tirada no dia do casamento dela com William. Ela usava uma pequena coroa de pérolas, e, como já estava no fim da festa, o véu que estivera preso ali antes já tinha sido retirado. O rosto dela estava todo sujo de bolo. Depois da morte da minha mãe, vi o álbum de casamento deles um monte de vezes. Havia fotos dos dois cortando um bolo de três andares, e outra da minha mãe esmagando uma fatia gigante no rosto do meu pai.

Senti um nó na garganta enquanto eu olhava para a foto. Então, devolvi aquele porta-retratos à cômoda e peguei outro. Era uma foto de minha mãe e William caminhando na praia, e eu, com 2 anos de idade, estava nos ombros dele. Os dois pareciam tão felizes... Crescer sem mãe não foi fácil, mas fiquei feliz por minha mãe ter tido a chance de ter uma família — mesmo que por pouco tempo. Eu sempre havia sonhado em ter uma porção de filhos, provavelmente por ter crescido sendo filha única. Mas aquilo não era para ser.

— Você fez xixi no meu pescoço nesse dia.

Levei um susto com a voz do meu pai. Eu não o tinha ouvido chegar. Ele se apoiou casualmente no batente da porta do quarto com um sorriso.

— Ah, eu não fiz isso... — falei.

— Fez, sim. Estávamos caminhando e, de repente, senti algo quente. No começo, achei que fosse suor. Estava quente para caramba naquele dia.

— Por que nunca me contou isso?

Meu pai deu de ombros.

— Não sei. Acho que nunca conversamos a respeito dessa foto. Mas você tinha 2 anos e meio e estava aprendendo a usar o banheiro. Não foi nada de mais. Dei um mergulho, e terminamos nosso passeio.

Encarei a foto por mais alguns segundos antes de devolvê-la à cômoda.

— Posso fazer uma pergunta, pai?

— Qualquer pergunta que você quiser.

— Você saiu com outras pessoas depois que a mamãe morreu?

Ele fez que sim.

— Tive um ou outro encontro. É bom ter companhia de vez em quando, para ir ao cinema ou a algum restaurante.

Sorri.

— Que bom.

Eu vinha pensando muito na morte da minha mãe desde que tinha voltado para casa. Mas, por outro lado, tentava imaginar as consequências daquilo na vida de William. Eu era nova demais quando tudo aconteceu. Não me lembrava de como tinha sido para ele.

— Deve ter sido difícil para você depois que mamãe morreu...

Meu pai entrou no quarto. Ele se sentou na beirada da cama e deu um tapinha no espaço ao lado dele.

— No que você está realmente pensando, meu amor?

— Como assim?

Ele cutucou minha têmpora.

— Você tem andado cabisbaixa, perdida em pensamentos, desde que chegou. Sei que o que está acontecendo com você é um fardo pesado, mas tem algo mais. Posso ver.

Apoiei a cabeça no ombro do meu pai.

— Você sempre me lê direitinho.

— Tem a ver com aquele cara de quem você me contou? Beck?

Suspirei.

— Sinto muita saudade dele.

— Então faça uma visita. Ou o convide para vir aqui. Temos espaço de sobra. Acho que eu finalmente estou pronto para abolir a regra de você ter que deixar a porta do quarto aberta na presença de um garoto.

Abri um sorriso.

— Não posso. Não quero dificultar as coisas para ele.

Meu pai se endireitou e olhou para mim.

— Dificultar as coisas para ele? Por favor, não me diga que se afastou de um homem que gosta de você porque acha que isso vai ajudá-lo a superar algum dia.

Como não respondi, meu pai balançou a cabeça.

— Nora, eu preferiria uma vida inteira de tristeza se isso significasse ter mais um minuto com a sua mãe. A vida não é uma equação matemática simples de se resolver. Às vezes, quarenta e dois dias bons superam centenas de dias ruins.

— Eu sei... mas se você e a mamãe nunca tivessem se apaixonado, você provavelmente estaria casado agora, teria alguém para lhe fazer companhia. Teria tido uma vida mais plena.

— E, se eu pudesse fazer tudo de novo, se eu pudesse escolher entre ter quatro anos com a sua mãe e um pouco de solidão nos anos seguintes ou nenhum ano com ela, mas nunca ficar sozinho... eu escolheria sua mãe. Sem qualquer dúvida. Eu a escolheria todas as vezes. Sua mãe foi o amor da minha vida. Nem todo mundo tem a sorte de encontrar seu alguém. Eu tive, e, por isso, sinto que sou um homem sortudo, não um homem arrependido.

— Ah, pai... — Meus olhos se encheram de lágrimas, e eu o abracei.
— Seu amor pela mamãe é uma inspiração para mim. É lindo.
— Então deixe essa inspiração guiar suas ações, meu amor.
— Não posso. É diferente comigo e Beck. Você estava casado com a mamãe e apaixonado por ela quando ela adoeceu pela última vez. Era tarde demais para você, mas não é tarde demais para Beck.
Meu pai fez que não.
— Eu me apaixonei no dia em que conheci sua mãe. — Ele acariciou meu cabelo. — Você fez escolhas bem difíceis e esperou que todo mundo as respeitasse. Mas não está permitindo que esse rapaz faça a escolha dele. Você está escolhendo por ele.

Na noite seguinte, às oito, meu celular tocou. Sorri ao ver o nome que piscava na tela.
— Oi, Louise. Tudo bem?
— Meu coração continua batendo. Então, imagino que seja um bom dia. — A fibra na voz ainda estava lá, mas havia alguma outra coisa estranha. Louise pareceu quase sem fôlego.
— Você está ofegante?
— É só uma alergia — respondeu ela. — Maddie e eu trabalhamos no distintivo de jardim hoje. Devo ter inalado muito pólen.
— Ah. — Suspirei. — Como Maddie está?
— Bem, hoje ela voltou da escola com um desenho. Desenhou um monte de gente, mas deu nome apenas a si mesma, Princesa Maddie. A professora avisou que ela tinha que identificar as outras pessoas como lição de casa. Então, eu a estava ajudando. Apontei para a pessoa ao lado dela na imagem. A figura tinha o dobro do tamanho da dela, então imaginei que fosse o pai. Perguntei: "Se você é uma princesa, quem é essa pessoa?" Ela disse que era o papai. Depois, perguntei qual era o título dele, já que ela era uma princesa. Aquilo fazia dele um rei? Ela pensou por um tempo. Então, respondeu toda séria: "Isso faz dele um servo."
— Ah, meu Deus.

— Eu ri tanto que quase fiz xixi. Mas a ajudei a soletrar "servo" para identificá-lo corretamente.

Dei uma risadinha.

— É claro que ajudou. — Fiquei alguns segundos em silêncio. — E como Beck está?

— Aguentando firme — disse Louise. — Voltou a trabalhar demais. Quando não está no escritório ou no laptop, geralmente anda cabisbaixo pelos cantos. Acho que sente mais sua falta do que admite.

O sentimento era mútuo.

— Sinto muito por ele estar sofrendo, Louise.

— Sem pedidos de desculpas desnecessários, querida. Eu entendo.

Ela começou a tossir, uma tosse seca que durou um tempo considerável.

— Isso não me soou bom, Louise.

— É só alergia.

— Pode até ser. Mas, se não estiver melhor amanhã, acho que deveria ir dar uma olhada nisso.

Ela mudou de assunto sem concordar comigo.

— Recebi um e-mail da Frieda, nossa amiga das Bahamas. Ela queria saber como eu estava, e me passou aquela receita de biscoito doce que gostamos de comer quando estivemos por lá. O nome do biscoito é Johnny Cake. Você tem que experimentar. Vou encaminhar a receita por e-mail.

Abri um sorriso.

— Pode deixar, vou experimentar.

Conversamos por mais meia hora, mas, perto do fim da ligação, parecia que Louise tinha corrido uma maratona.

— Eu acho mesmo que, talvez, você precise ir dar uma olhada nessa respiração ofegante.

— Vou pensar. Não sei se você se lembra, mas eu tenho câncer de pulmão.

— Pode ser que só precise de algo simples, tipo um esteroide de novo.

Era difícil insistir para que ela fosse ao médico quando eu mesma não estava fazendo nenhum tratamento. Mas dei meu melhor. Depois que nos despedimos, eu estava prestes a encerrar a chamada, mas ouvi Louise gritar meu nome.

— Eleanor!

Trouxe o celular de volta ao ouvido.

— Sim?

— Nenhuma de nós sabe quando pode ser nossa última conversa, então queria dizer que te amo.

Engoli em seco.

— Eu também te amo, Louise.

Na manhã seguinte, resolvi fazer uma caminhada pela praia. Eu não conseguia me livrar da melancolia que sentia desde que havia saído de Nova York, então esperei que um pouquinho de sol e mar pudessem ajudar. Andei alguns quilômetros antes de encontrar um píer de pedras. Estava na hora de voltar, mas decidi me sentar um pouco primeiro.

Encarei o Oceano Pacífico, depois fechei os olhos, obrigando-me a pensar em todas as coisas boas que eu tinha na vida enquanto ouvia as ondas batendo nas rochas. Fazer aquilo normalmente ajudava, mas, naquele momento, não consegui tirar da cabeça a ideia de que algo ruim estava para acontecer. Minutos depois, fiquei em pé e retomei a caminhada. Quando estava quase chegando ao ponto de partida, meu celular tocou com um código de área de Manhattan. Não reconheci o número, mas deslizei a tela para atender mesmo assim.

— Alô?

— Oi. Nora?

A voz soou familiar, mas não consegui identificar de quem era.

— Sim?

— Aqui é o Jake Cross.

Parei de andar.

— Oi, Jake. Como você está? Tudo bem por aí?

Ele ficou em silêncio por tempo o suficiente para que meu coração acelerasse.

— Jake?

— Nossa avó teve outro derrame, Nora. E foi grave.

— Ah, não.

Levei a mão ao peito e cerrei-a ali mesmo.

— A situação não é nada boa. Os médicos disseram que não existe mais função cerebral. Estão basicamente a mantendo viva para podermos nos despedir. Faremos isso hoje à noite, se ela não... Você sabe. O padre dirá algumas palavras, então...

Lágrimas escorriam por minhas bochechas.

— Meu Deus. Eu sinto muito, muito mesmo.

— Obrigado. Sei que as coisas entre você e Beck estão... do jeito que estão, mas pensei que talvez você fosse querer vir, para se despedir e estar ao lado dele. E dela.

— Você acha que Beck se importaria?

— Não acho que Beck esteja em condições de saber do que ele precisa. Foi ele quem encontrou nossa avó. Ele nem sabe que estou ligando para você, Nora. Ele está péssimo, e pensei que... — Jake soltou uma lufada de ar do outro lado da linha. — Não sei o que pensei. Mas senti que deveria ligar para você.

— Obrigada por ter ligado. Em que hospital ela está?

— Lenox Hill.

Assenti.

— Farei de tudo para estar lá.

CAPÍTULO 29
Nora

Beck piscou algumas vezes quando levantou a cabeça e me viu parada na porta.

— Nora? O que está fazendo aqui?

Abri um sorriso triste e movi o olhar em direção ao irmão dele, que estava sentado do outro lado da cama.

— Um passarinho me ligou.

Beck passou a mão pelo cabelo.

— Eu não sabia.

Eu me aproximei e abracei Jake primeiro. Em seguida, contornei a cama. Houve um momento constrangedor, mas, então, Beck me deixou abraçá-lo.

— Eu sinto muito, Beck.

— Vou descer para pegar um café — disse Jake. — Querem alguma coisa?

— Não, obrigada — respondi.

Beck fez que não.

Quando ficamos a sós, analisei os monitores.

— Alguma mudança desde hoje cedo, quando Jake me ligou?

— Não.

Olhei para minha amiga.

— Ela parece estar em paz.

Beck assentiu.

— Parece mesmo. — Então, ele ergueu o rosto e encontrou meu olhar. — Como está a Califórnia?

Forcei um sorriso.

— Ensolarada.

— Como você está se sentindo?

— Bem.

Ele assentiu. Um bom tempo se passou enquanto ficamos simplesmente observando Louise.

— Quando minha mãe morreu — disse Beck, a voz baixa —, fiquei com muita raiva acumulada. Eu não queria falar do que tinha acontecido, então comecei a colocar tudo para fora em brigas. Entrei em quatro confusões depois da escola em dois meses. Minha avó decidiu que eu precisava de uma válvula de escape. A maioria das pessoas inscreveria o filho em uma aula de karatê ou boxe, para canalizar a raiva. — Ele balançou a cabeça e sorriu. — Mas não ela. Minha avó levou para casa um toco de árvore, um martelo e pregos. Pensando bem agora, não faço ideia de onde ela encontrou aquele toco enorme de, tipo, um metro de diâmetro, nem como subiu com aquilo até o nosso apartamento em Manhattan. Mas ela me falou que, se eu acordasse com raiva de novo, deveria pegar um prego e martelá-lo no toco, até me sentir melhor. Acho que gastamos umas três ou quatro caixas grandes de pregos. Mas, no fim das contas, parei de martelar. Um dia, cheguei da escola e todos os pregos tinham sido arrancados do toco. Ela me fez sentar ao lado da madeira e me fez passar o dedo pelos buracos. Então, disse que era aquilo que acontecia quando descontávamos a raiva nos outros: cicatrizes. E as cicatrizes das pessoas não desaparecem com tanta facilidade. Hoje de manhã, ela não estava atendendo o celular, então passei na casa dela para saber como as coisas estavam. Ela devia estar achando que isso aconteceria, porque, quando eu a encontrei, havia um pote de vidro cheio de pregos enferrujados na mesinha de cabeceira, com um bilhete embaixo: "Só por precaução, caso precise deles de novo." — Os olhos de Beck brilharam. — Não há pregos suficientes no mundo para me ajudarem a superar a perda dela.

— Ah, Beck. — Não consegui conter as lágrimas. Entrelacei os dedos nos dele e apertei. — Eu conheço Louise há pouco tempo, mas ela teve um impacto enorme na minha vida. Não consigo nem imaginar como deve ser difícil para você.

— Fico feliz que tenha vindo — sussurrou ele. — Ela ia querer você aqui.

Encostei a cabeça no ombro dele.

— Também estou feliz por ter vindo.

Ele sorriu, mesmo com a dor estampada no rosto. Então, olhou para Louise.

— Todos os médicos e enfermeiros parecem surpresos por ela estar resistindo há tanto tempo. Agora, sei por que fez isso.

— Por quê?

— Ela estava esperando você.

∽

Menos de uma hora depois de eu ter chegado ao hospital, Louise May Aster faleceu, às 22h04. Os médicos não precisaram intervir. A respiração de Louise foi desacelerando aos poucos até cessar. Então, ela se foi.

A enfermeira sugeriu que cada um de nós se despedisse de Louise individualmente. Fui a primeira. Beck e Jake saíram do quarto.

Fiz uma oração e segurei a mão dela quando falei:

— A morte encerra uma vida, não uma amizade. Então, espero encontrar você do outro lado, seja com um traje de *wingsuit* ou com um paraquedas nas costas, pronta para causar. Eu te amo, Louise.

Jake foi logo depois de mim. Do outro lado do vidro, Beck e eu o observamos falar por um tempo, depois inclinar-se e dar um beijo na bochecha da avó antes de sair outra vez.

Eu sabia que a vez de Beck não seria fácil. Ele era um homem tão grande e forte, que ninguém o imaginaria perdendo o controle. Mas ele perdeu. E senti sua dor no peito enquanto o observava do outro lado do vidro. Os ombros de Beck sacudiam, mas ele pareceu tentar se controlar, se recompor. Até que perdeu a batalha, e todos os sentimentos começaram a extravasar. Beck se inclinou e abraçou o corpo da avó, soluçando por um longo tempo. Quando, por fim, levantou-se e saiu, eu me sentia tão arrasada quanto ele estava.

— Merda.

Jake puxou o irmão para um abraço, e Beck mal conseguiu retribuir. Quando os dois se separaram, foi minha vez. Envolvi Beck nos braços e o segurei. Ele tentou se soltar segundos depois, mas me recusei a abrir os braços. Não muito tempo depois, Beck cedeu e, de repente, estava chorando de novo, todo o seu peso apoiado em mim.

Não o soltei — eu o segurei como se nossa vida dependesse daquilo, até ser impossível saber de quem eram as lágrimas derramadas no chão, já que nós dois chorávamos copiosamente.

— Tem alguma coisa que eu possa fazer? — Ao me afastar, usei a manga da minha camisa para enxugar as bochechas dele. — Quer dar uma volta? Talvez um pouco de ar fresco possa ajudar.

Beck encarou o chão, balançando a cabeça.

— Talvez uma bebida — sugeri.

— Eu estou bem.

— Não está, não, Beck. Deixe-me ajudar. Do que você precisa?

Ele ficou um bom tempo de cabeça baixa. Quando ergueu os olhos, estavam vermelhos e inchados.

— Eu preciso de ajuda para esquecer — disse Beck.

E o ciclo tinha recomeçado. Aquilo foi o que eu tinha dito a ele na primeira vez que ficamos juntos, e agora seria a última. Fiz que sim e peguei a mão dele.

— Vamos esquecer juntos.

∽

O apartamento de Beck estava escuro quando entramos. Ele nem tentou acender as luzes. Em vez disso, colou os lábios nos meus enquanto ainda estávamos no saguão de entrada. Ele havia ficado quieto no caminho até ali, e tudo que eu queria era fazê-lo se sentir melhor. Então, quando interrompemos o beijo, fiquei de joelhos. Beck me surpreendeu ao me levantar.

— Assim, não. Não quero algo rápido. Quero fazer amor com você.

Recuei um passo.

— Beck...

Ele estendeu a mão para mim.

— Eu sei o que está disposta a me dar, e não estou pedindo nada além. Mas quero dar a você tudo que tenho.

— Ah, Beck.

Ele estendeu a mão de novo. Hesitei, mas não tinha como negar àquele homem o que ele precisava. Por mais que fosse partir meu coração aceitar e, depois de tudo, ainda ir embora no final. Então, peguei a mão dele e o segui até o quarto.

Os olhos de Beck não desviaram de mim enquanto ele tirava minha roupa. Pelo jeito como ele me olhou — com toda aquela intensidade —, eu soube, antes mesmo de começarmos, que aquela noite acabaria comigo.

Ele me ergueu e me carregou até a cama, deitando-me com muito cuidado. Normalmente, Beck era dominador, descaradamente ousado, mas, naquela noite, estava diferente. Quase delicado. Ele cobriu meu corpo com o dele, beijou a cicatriz no meu coração e encarou meus olhos por muito tempo antes de entrar em mim. Assim que se acomodou por completo, fechei os olhos.

— Não. Por favor, olhe para mim.

Eu os abri.

O olhar de Beck transbordava emoção.

— Eu te amo pra caralho, Nora. Não importa quantos dias eu ainda tenha, ou quanto sofrimento isso me traga no final, eu *nunca* vou me arrepender de te amar.

Ninguém nunca tinha me dito algo tão bonito nem me olhado daquela maneira. Lágrimas brotaram no canto dos meus olhos enquanto Beck deslizava para dentro e para fora, sem desviar o olhar em momento algum. Eu tinha ouvido as palavras "fazer amor" milhares de vezes na vida, mas, até aquele momento, eu nunca as tinha entendido de verdade. Beck não estava apenas dentro do meu corpo, ele havia tocado minha alma.

O quarto estava tão silencioso que ouvi apenas o som da nossa respiração e do nosso corpo se encontrando. Pouco tempo depois, Beck contraiu a mandíbula, e entendi que ele estava quase lá.

— Eu te amo — repetiu ele, por entre os dentes. — Eu te amo pra caralho.

Aquilo bastou. Eu não aguentaria muito mais tempo. Então, envolvi a cintura dele com as pernas e esmaguei meus lábios nos dele. As coisas se tornaram frenéticas depois daquilo. Beck aumentou a velocidade e a intensidade. Quando alcancei o orgasmo, fiquei sem fôlego. Os músculos pulsavam, e eu gemia a cada espasmo. Beck deve ter sentido que eu estava me recuperando, porque foi a vez dele de chegar ao clímax. Os quadris dele colidiam com força e velocidade, e, por fim, ele deu um grunhido alto.

Depois, fiquei completamente exausta — emocional, física e mentalmente. Não conseguia imaginar o peso daquele dia para Beck. Mesmo assim, ele não parou de entrar e sair de mim, ainda semiduro.

— Uau. Isso foi...

Beck se inclinou e me beijou.

— Fazer amor, com a mulher que eu amo.

Eu não soube o que responder, então apenas assenti.

— Obrigada. Acho que eu não tinha percebido o quanto precisava disso hoje.

— Só hoje?

— Beck...

Ele abriu um sorriso triste.

— Eu sei. Mas será que não poderíamos, só por essa noite, fingir que você não vai me deixar assim que o dia amanhecer?

CAPÍTULO 30
Beck

— Seu esquisito... — Um sorriso preguiçoso se espalhou pelo rosto de Nora antes de os olhos se abrirem. — Você sabe que o Estrangulador do Quarto ficava observando as vítimas dormirem, né?

— Quem?

— Eu ando maratonando documentários sobre *serial killers*.

— Parece que está fazendo bom uso do seu tempo na ensolarada Califórnia. — Dei um beijo nos lábios dela. — Bom dia.

Nora se espreguiçou.

— Que horas são?

— Onze e pouco.

Os olhos dela se arregalaram, e Nora se apoiou nos cotovelos.

— É sério? Não acredito que dormi tanto.

— Bom, na costa oeste ainda são oito da manhã. Provavelmente, ainda não se adaptou.

— Ah. É verdade. Há quanto tempo está acordado?

Eu nem sabia se tinha sequer conseguido dormir. Dei de ombros.

— Faz um tempinho.

— E você ficou me encarando o tempo todo?

Esbocei um leve sorriso.

— Eu me levantei, fiz café e conversei com meu irmão a respeito dos preparativos.

— Ah. — Ela caiu de costas na cama e se virou de lado, colocando as mãos embaixo da bochecha. — Louise... chegou a falar com você do que ela queria?

— Não, não falamos disso. Mas ela deixou uma carta para os netos. Ela escreveu que não quer um velório. Ela os acha mórbidos demais. Em vez disso, ela prefere uma festa de celebração da vida no aniversário de um ano da morte dela. — Balancei a cabeça. — Acho que ela sabia que eu encheria o saco dela se me contasse tudo, então resolveu deixar para quando eu não pudesse mais discutir.

Nora abriu um sorrisinho traiçoeiro.

— Foi exatamente por isso que ela não lhe contou nada.

— Então você sabia?

Ela fez que sim.

— Vai respeitar os desejos dela?

— É claro. Que escolha eu tenho agora? Apesar da sensação de que eu preciso fazer *alguma coisa*. Mas ainda não sei o quê.

— Você vai pensar em algo. — Ela cobriu a boca, e aquele narizinho lindo dela se franziu. — Eu preciso muito de uma escova de dentes. E de um café depois. Ainda tem?

Eu estava preocupado com o momento em que ela abriria os olhos e sairia correndo. Mas não pareceu que ela estava com pressa. Ainda não, pelo menos.

— Acabei de preparar um. Bem forte, do jeito que você gosta.

— Obrigada.

— Já comprou o voo de volta?

Ela fez que sim.

— Nove da noite.

Ótimo, só dez horas para convencê-la a ficar.

Nora escovou os dentes e tomou duas xícaras de café, como se fosse um remédio de que ela precisasse para melhorar. Depois, perguntou se podia usar o chuveiro. Enquanto ela tomava um banho, eu me sentei no sofá com o papel que tinha encontrado no apartamento da minha avó no dia anterior. A lista de últimos desejos dela. Estava na mesinha de cabeceira, ao lado do pote de vidro com pregos enferrujados. Não sei nem por que a coloquei no bolso, mas eu a havia lido cinco vezes desde então. A lista nada mais era que uma série de tópicos com coisas que ela queria fazer, todos riscados a caneta, menos um.

"Rainbow Falls em Watkins Glen."

Fiquei triste por ela não ter conseguido terminar a lista, e triste que, depois de Nora ter voltado para a Califórnia, eu não tenha tirado um tempo para fazer aquele passeio com ela. Eu estava arrependido. Tinha me jogado no trabalho para esquecer o que a ida de Nora tinha feito comigo e, como um bom egoísta, não saí daquele estado de martírio antes que fosse tarde demais. *Sempre achamos que temos mais tempo...*

Nora voltou para a sala, de banho tomado e cabelo escovado. Eu ainda tinha a lista em mãos. Olhei para Nora, depois para o papel, e então uma ideia me ocorreu — uma que resolveria mais de um problema.

— Acho que descobri o que vou fazer para honrar a morte da minha avó.

— O quê?

Ergui a lista.

— Vou terminar isso aqui.

Nora pegou o papel e o examinou.

— A lista de desejos dela?

Fiz que sim e me levantei.

— Uau. Que ideia ótima, Beck.

Abri um sorriso.

— Que bom que gostou. Porque quero que venha comigo.

Ela fez que não.

— Ah, não é uma boa ideia.

— Por que não? Sua saúde não permite?

— Permite... mas...

— Você foi cúmplice dela em tudo que está aqui. Não queria que tivessem terminado a lista juntas?

— É claro, mas... — Ela fez um gesto entre nós e suspirou. — Não quero magoar você, Beck.

— E por que você me magoaria? Eu superei você.

Ela semicerrou os olhos.

— É mesmo?

Dei de ombros.

— No fim das contas, não foi tão difícil superar você.

— Ah, é? Então o que foi que aconteceu ontem à noite?

— Eu precisava não pensar por um tempo. Esquecer. Você entende a necessidade disso, né?

— Você fez amor comigo, Beck. Não foi uma transa qualquer.

— O dia foi cheio de emoções.

Ela me olhou de soslaio.

— Não acredito em você.

— É porque você é egocêntrica.

Os olhos dela se acenderam.

— *Eu* sou egocêntrica?

— Bom, você está achando que é impossível alguém superá-la.

Ela balançou a cabeça.

— Beck...

Apoiei as mãos nos ombros dela.

— Venha comigo. São só quatro horas e meia de viagem. Podemos ir em um dia e voltar no outro. Não vai demorar. Eu sinto que preciso fazer isso... por mim e pela minha avó. Mas acho que você também deveria terminar a lista, Nora.

Ela mordeu o lábio inferior.

— Eu nunca fui ao norte do estado...

— Então vamos. Pode ser amanhã ou depois de amanhã.

Nora parecia estar cogitando a ideia.

— Isso não mudaria nada entre a gente, Beck. Eu voltaria para a Califórnia depois.

Dei de ombros e menti descaradamente:

— Não será um problema.

Ela torceu a boca.

— Acho que minha avó ficaria ficar feliz de saber que tiramos um tempo para fazer isso — comentei.

Nora estreitou os olhos.

— Isso é jogo sujo. Você sabe que não posso dizer não se usar esse argumento.

Sorri de orelha a orelha. Não pude evitar.

— Vou começar a planejar tudo.

CAPÍTULO 31
Nora

— Esta deve ser uma cachoeira muito especial para estar na lista da Louise.

Beck me olhou de relance, depois voltou a se concentrar na estrada. Viajávamos havia mais ou menos quatro horas.

— Acho que tem menos a ver com a cachoeira e mais com as lembranças que ela tem do lugar.

— Eu não sabia que ela já tinha visitado. Falamos muito dos outros itens da nossa lista, porque a maioria exigia muitos preparativos. Como esse era perto e daria para ir de carro, não tocamos no assunto.

— Watkins Glen foi um lugar especial para meus avós. Eles têm um chalezinho lá. É para onde estamos indo.

— É sério? Meu Deus. Por que Louise não colocou isso no topo da lista, então?

— Porque ela não voltou lá desde a morte do meu avô. As cinzas dele estão na cachoeira. Por mais que o lugar guarde várias lembranças boas, acho que algumas eram difíceis. E, além disso, imagino que ela tenha achado que fosse ter mais tempo. Eu também.

Suspirei.

— É. Eu entendo.

Beck ficou em silêncio por um tempo.

— Meu avô a pediu em casamento na cachoeira. *Duas vezes.*

— Ela disse não na primeira vez?

— Não. Ela aceitou as duas vezes. Uma, quando tinham 22 anos, e a segunda, quando tinham 62.

— Então quer dizer que ele pediu para renovar os votos.

— Eu acho que, tecnicamente, foi o que fizeram. Mas meu avô pensou que estava pedindo a mão dela pela primeira vez. Ele tinha Alzheimer precoce.

— Eu sei que ele morreu de Alzheimer, mas não sabia que tinha começado tão cedo.

Beck fez que sim.

— Ele só tinha 58 anos quando foi diagnosticado. Quando fez 61, estava morando em uma instituição, porque minha avó não conseguia ficar de olho nele vinte e quatro horas por dia, como era preciso. Ele saía do apartamento no meio da noite, enquanto ela dormia, ou deixava o forno ligado. Minha avó o visitava todo dia e quase sempre o levava para sair. No quadragésimo aniversário do dia em que ele a pediu em casamento, ela o levou até a cachoeira. Ele não se lembrava que ela era esposa dele, mas ainda gostava das visitas. Ele dizia ao pessoal da clínica que minha avó era a namorada dele. — Beck olhava para a frente, um sorriso no rosto. — Enfim, quando ela o levou até a cachoeira, ele disse que estava apaixonado. Então, ajoelhou-se e a pediu em casamento.

— Meu Deus, Beck. — Estendi os braços. — Estou arrepiada. Essa é a coisa mais fofa que ouvi na vida.

Ele sorriu.

— Eu só tinha 11 ou 12 anos na época. Mas me lembro dela convidando todos os amigos e familiares para o chalé no dia seguinte. Ela chamou um pastor, e eles se casaram no gazebo do quintal. Meu avô não fazia ideia de que estava se casando com alguém com quem já era casado fazia quarenta anos, mas passou o dia todo sorrindo. — Beck riu. — Na época, achei tudo aquilo meio estranho. Anos depois, percebi como o dia tinha sido especial e como o casamento dos dois era incrível. Um homem que não se lembrava da esposa acabou se apaixonando por ela pela segunda vez.

— Uau. Que história inacreditável. Se bem que, se existe alguém que poderia fazer o mesmo homem se apaixonar duas vezes por ela, seria Louise. Ela era muito especial.

Beck concordou.

— Sim. Era mesmo.

Chegamos ao chalé pouco tempo depois. Era rústico e pequeno, realmente feito de toras de madeira, o que eu não esperava, mas qualquer coisa diferente destoaria da paisagem, em meio a riachos ruidosos, árvores altas e entorno exuberante. Beck disse que fazia tempo que ninguém aparecia ali, o que explicava a persiana pendurada, as duas cadeiras de balanço tombadas na varanda e o emaranhado de trepadeiras começando a crescer por cima da porta da frente. O caminho de acesso era feito de pedrinhas, que estalaram embaixo das rodas enquanto estacionávamos.

Respirei fundo, enchendo o pulmão de ar fresco.

— Que cheiro gostoso.

Beck olhou ao redor e fez que sim.

— Eu tinha me esquecido de como o lugar é isolado.

O interior do chalé parecia coisa de filme. Havia lençóis cobrindo os móveis e teias de aranha penduradas em algumas das vigas altas. Uma lareira enorme de pedra ocupava quase uma parede inteira da sala, e uma escada levava a um mezanino.

— É, acho que faz um tempinho mesmo — disse Beck. — Prefere ver a cachoeira hoje ou descansar e irmos amanhã de manhã?

— Vamos hoje. Talvez a gente possa tirar as capas dos móveis, limpar a poeira e as teias de aranha e deixar as janelas abertas, para arejar, enquanto estivermos fora.

— Parece um bom plano.

Beck e eu colocamos a mão na massa. Assim que terminamos, voltamos ao carro para a curta viagem ao Parque Estadual de Watkins Glen. Do estacionamento até a cachoeira foi uma boa caminhada, mas cada passo valeu a pena. Eu esperava uma cachoeira, não cachoeiras — no plural. Nada menos que dezenove quedas d'água desciam por um desfiladeiro natural de tirar o fôlego. Degraus de pedra serpenteavam em direção ao fundo, e pontes naturais ligavam as diferentes áreas. Parecia algo saído de um conto de fadas.

— Como está se sentindo? Quer parar para descansar mais um pouco? — perguntou Beck. Ele tinha insistido em duas pausas ao longo do caminho até ali.

Eu não estava cansada, mas verifiquei a frequência cardíaca no Apple Watch, de qualquer maneira.

— Estou bem. Podemos continuar.

Embaixo, no fundo do desfiladeiro, Beck apontou para um refúgio em meio à rocha.

— Foi ali que meu avô fez o pedido de casamento pela primeira vez, a segunda foi lá em cima. Ele não conseguia mais descer.

— Agora entendo por que esse lugar é tão especial. É mágico, Beck.

Ele olhou para mim e pegou minha mão, entrelaçando nossos dedos.

— É mesmo. Estou feliz por termos vindo.

Apertei os dedos dele.

— Eu também.

— Vamos. — Ele fez um sinal com a cabeça. — Vamos nos sentar um pouco ali.

Acabamos nos sentando lado a lado em cima de um muro de pedras, depois observamos as quedas d'água, apontando um punhado de coisas um para o outro — até Beck olhar para o relógio.

— É melhor voltarmos — disse ele. — Vai escurecer logo, e não sei até que horas aquele mercadinho na cidade fica aberto. Temos que comprar alguma coisa para comer.

— Tudo bem. — Olhei ao redor mais uma vez e vi meu reflexo na água abaixo de nós. — Espere. Temos que fazer um pedido.

A testa de Beck se franziu.

— Um pedido?

Fiz que sim.

— Louise falava que tínhamos que fazer um pedido sempre que a água se acalmava e dava para ver nosso reflexo. — Apontei. — Olhe.

As quedas d'água principais tinham perdido um pouco da intensidade, o que fez a água amainar. O brilho do sol refletia nossa imagem com uma nitidez impressionante.

Beck sorriu.

— Isso é a cara dela.

Fechei os olhos e respirei fundo, desejando algo que eu tinha parado de desejar havia muito tempo. Quando abri os olhos, Beck me encarava.

— É para você fazer um pedido.

— Já fiz. — Ele me olhou nos olhos. — Sei exatamente o que quero, então não demorou muito.

Senti um aperto no peito. Tive a sensação de que havíamos feito o mesmo pedido impossível.

∽

— O que entraria na sua lista? — perguntei.

Beck tinha acendido a lareira quando voltamos ao chalé, e estávamos esparramados no chão, com a cabeça apoiada nas almofadas, enquanto o fogo crepitava. Ele estava muito calado desde que tínhamos voltado da cachoeira.

— Desculpe. O que foi que você disse?

— Perguntei o que estaria na sua lista de desejos, se fosse fazer uma.

Beck se sentou. Ele pegou a garrafa de vinho na mesinha de centro e reabasteceu nossas taças.

— Preciso de mais uma dose para refletir a respeito dessa pergunta.

Sorri.

— É uma pergunta bem difícil mesmo.

Ele tomou um gole de vinho.

— Acho que minha lista não seria tão aventureira quanto a sua e a da minha avó, mas teria muitas viagens, provavelmente. Visitei vários lugares a trabalho, mas não muitos a passeio.

Tomei um gole.

— Viagens tipo para onde?

— Corrida de touros na Espanha. Ilhas gregas. Degustação de vinhos na Toscana.

— Interessante. Continue.

— Assentos na primeira fileira em um jogo dos Knicks contra os Celtics, em que os Knicks ganhem. De preferência nas eliminatórias. Assentos na linha de cinquenta jardas em um Super Bowl entre Giants e Patriots, em que os Giants ganhem.

Abri um sorriso.

— Você é muito nova-iorquino. Basicamente, quer que os times de Nova York vençam os de Boston, é isso?

Ele esboçou um sorriso.

— É por aí.

— E o que mais?

— Viajar de trailer pelos Estados Unidos. Ver a aurora boreal na Islândia. — Ele sorriu. — Fumar um baseado com o Snoop Dogg.

Dei uma risadinha.

— E você sequer fuma maconha?

— Não, mas, com o Snoop Dogg, eu fumaria.

— Mais alguma coisa?

Ele deu de ombros.

— Safári na África. Aulas de pilotagem. A Trilha Inca em Machu Picchu, no Peru.

— Todas essas são ótimas ideias.

Beck encarou a lareira.

— Mas... sabe de uma coisa?

— Do quê?

— Eu trocaria tudo isso para passar o resto dos meus dias com você.

— Beck...

— Eu sei. Eu sei. Essa viagem não muda nada, e você vai embora quando voltarmos para a cidade. Mas você perguntou, e essa é a droga da verdade.

Abri um sorriso triste e apoiei a cabeça no ombro dele.

— Espero que você encontre alguém, Beck.

Ele apoiou a cabeça na minha.

— Eu já encontrei, meu bem. Já encontrei.

Pouco depois, ele ficou em pé.

— Quero ver uma coisa.

— O quê?

— Meus avós trocaram cartas na noite em que ficaram noivos pela primeira vez. Minha avó leu a que ela tinha escrito para o marido no velório dele. Estavam escondidas na parte de trás da foto de casamento, ainda pendurada no mezanino. Quero ver se a que meu avô escreveu continua lá.

Beck subiu a escada para o mezanino e desceu com uma foto de casamento em preto e branco, emoldurada e empoeirada.

Peguei o porta-retratos. Eu nunca tinha visto uma foto de Louise tão nova.

— Ela era linda. E você é a cara do seu avô... Os dois têm o mesmo maxilar, quadrado e másculo.

— Vire. Vamos ver se continua aí.

Virei a moldura e soltei as travas que prendiam o fundo de madeira. De fato, havia um envelope escrito "Louise" ali. Peguei-o e passei o dedo pela caligrafia.

— Isso foi escrito há sessenta anos.

— Abra — disse Beck.

— Será que deveríamos? É uma carta íntima, escrita por um homem para a mulher que ele amava.

— Acho que deveríamos, sim. Minha avó leu a dela para cem pessoas no velório dele. Ela iria querer que alguém a lesse, já que ele não pode mais.

— Tem certeza?

Beck fez que sim.

— Absoluta. Ela se orgulhava do amor deles.

— Tudo bem. — Entreguei o envelope a ele. — Mas você que vai ler.

Ele respirou fundo e assentiu. O papel dentro do envelope estava amarelado, e a tinta, desbotada, mas ainda dava para ler a carta.

Beck pigarreou.

— "Minha querida Louise,

"Hoje tentei me lembrar do exato momento em que me apaixonei por você. Mas, mesmo tentando, não consegui. Porque isso não aconteceu apenas uma vez. Isso acontece todos os dias, e me apaixono com prazer de novo e de novo. Então, em vez de lhe dizer quando aconteceu, vou lhe contar por que te amo. Amo que a única coisa que compete com sua boca grande é o tamanho do seu coração. Amo que seja destemida e não viva a vida com medo do que vem a seguir, mas, sim, com anseio para enfrentar as coisas que tentam ficar no seu caminho. Eu te amo porque você é linda, mas se esquece de olhar no espelho de vez em quando. Eu te amo porque, não importa onde estejamos, se estou com você, sempre estou em casa. Meu amor por você é tão grande que transborda dentro de mim. Eu te amo porque você me faz um homem melhor.

"Você é, minha querida, tudo. E até 'tudo' me parece uma palavra pequena demais.

"Sempre seu, Henry."

Levei a mão ao coração.

— Que coisa mais romântica...

— Sim. — Beck balançou a cabeça. — Caramba. Isso foi lindo.

Ergui os olhos.

— Espero que Louise tenha ouvido.

Beck assentiu.

— Ela ouviu. Antes de a gente vir, eu estava me sentindo mal por ela não ter conseguido vir aqui pela última vez, por ela não ter conseguido terminar a lista. Mas, na verdade, ela poderia ter vindo a qualquer momento. Então sabe o que eu acho?

— O quê?

— Que ela sabia que nós dois viríamos. Que ela queria que tivéssemos esse momento, para que nos lembrássemos do que é o amor. Eu sei que você me ama, por mais que se recuse a colocar para fora.

Senti um aperto no peito. Eu queria dizer a Beck que o amava do fundo do coração e que não precisava daquele lembrete. Mas como aquilo ajudaria? Aquilo apenas dificultaria ainda mais as coisas no fim.

No fim.

Que estava cada dia mais próximo.

Beck me observou com esperança nos olhos. Foi fisicamente doloroso acabar com aquela esperança outra vez. Mas, ainda assim, foi o que fiz, porque um pouco de dor naquele instante era melhor do que ele acabar sentado ao meu lado no meu leito de morte. Eu não queria que ele acabasse sozinho como William... não importava o que William tinha dito a respeito de não ter nenhum arrependimento.

— Desculpe, mas eu não te amo.

— Ama, sim. Você só é covarde demais para admitir.

CAPÍTULO 32
Beck

Os dias se transformaram em semanas, e as semanas, em meses.

Fazia oitenta e quatro dias que eu não via Nora, que eu não ouvia a voz nem lia uma mensagem dela. As coisas ainda não tinham ficado mais fáceis. Mas a perda era dupla: minha avó e Nora. Às vezes, eu esquecia de que minha avó tinha partido, mas só por um segundo — como quando Maddie dizia ou fazia alguma coisa que eu sabia de que ela gostaria, então eu pensava que deveria ligar para minha avó e contar. Porém, logo em seguida, a ficha caía e eu lembrava.

Toda vez que aquilo acontecia, eu sentia um vazio no peito que era impossível de ser preenchido, não importava o quanto eu me escorasse no trabalho ou na garrafa ao finalmente chegar em casa no meio da noite.

E havia Nora, que mexia com o meu coração de tal maneira que talvez fosse melhor eu procurar um cardiologista. Eu tinha superado a raiva por ela ter ido embora. Naquele momento, eu sentia raiva do mundo em geral.

Meu irmão surgiu na minha sala. Ele trazia a bolsa de couro às costas, a alça pendurada no ombro e cruzada no peito.

Olhei de relance para o relógio na parede.

— Está cedo até mesmo para os seus padrões, né?

Ele entrou e se apoiou no encosto de uma das cadeiras.

— Estou indo para a gráfica.

Fiz que sim.

— Tenha uma boa noite.

Meu irmão não entendeu o recado. Ele nunca entendia. Então, inclinou a cabeça.

— Você deveria vir comigo hoje à noite.

Arqueei a sobrancelha.

— Ir aonde?

— Beber alguma coisa. Vou encontrar uns amigos da faculdade. Ryan e Grande Ed. Lembra deles?

Vagamente. Fiz que não.

— Obrigado, mas tenho muito trabalho a fazer.

— Você tem trabalhado dezoito horas por dia desde que voltou daquela viagem. Já deve ter dado tempo de colocar tudo em ordem.

— Estamos em uma época movimentada.

Jake fez cara de quem não tinha acreditado nem um pouco.

— Só uma bebida.

— Acho que não.

Ele suspirou e tirou algo do bolso de trás da calça.

— Eu não queria ter que fazer isso, mas você não está me dando nenhuma escolha.

Jake colocou um envelope sem nada escrito em cima da mesa.

— O que é isso?

— Um bilhete da nossa avó.

— Como assim?

— Sabe as cartas que ela deixou para cada um de nós?

Assenti.

— Bom, a minha tinha outra dentro para você. Ela me disse para entregá-la a você se eu achasse necessário.

— O que está escrito?

Ele deu de ombros.

— Não sei. Eu não abri.

Rasguei o envelope. Ver a caligrafia inclinada da minha avó me fez sentir mais uma vez aquele vazio no peito. O bilhete tinha apenas um parágrafo.

"Meu querido Beckham,

Pare de olhar para o próprio umbigo. Se está lendo esta carta, é porque está lamentando pelos cantos, trabalhando demais e, provavelmente, bebendo demais. Nos meus 78 anos, achei que já tivesse aprendido todas as lições que precisava aprender. Mas descobri que havia uma que eu gostaria de ter aprendido antes: VIVA. Merdas acontecem. Negócios fracassam. Pessoas morrem. Só temos uma vida, então não a desperdice remoendo o passado. Engula o choro e crie um futuro. Sem desculpas. Se não quiser fazer isso por você, então faça por mim.

Eu te amo, seu teimoso safado.

Agora, levante-se e vá fazer alguma besteira com seu irmão. Ele é bom nisso.

Com carinho,

Vó.

P.S.: Feche a carta e devolva ao Jake. Tenho a sensação de que ele terá que dá-la a você mais de uma vez."

Balancei a cabeça assim que terminei de ler, mas estava com um sorriso no rosto. *Mesmo tendo partido, ela ainda deu um jeito de me encher o saco.* Jake estava em pé, aguardando.

— O que diz aí?

— Ela pediu para eu ser sua babá. — Então, levantei-me e peguei o paletó pendurado no encosto da minha cadeira. — Vamos. Vamos beber.

༄

Tudo que eu queria era ir para casa dormir, mesmo depois de uma morena deslumbrante ter se aproximado de mim no bar e colocado a taça de vinho no balcão.

— Oi, meu nome é Meghan.

— Beck — respondi, cumprimentando-a.

Ela inclinou a cabeça, tímida.

— Posso pagar uma bebida para você, Beck?
Ergui meu copo cheio.
— Tenho uma bem aqui. Obrigado.
A mulher olhou para minha mão esquerda.
— É casado, mas não usa aliança?
Tomei um gole do uísque.
— Não.
— Gay?
— Definitivamente não.
Ela franziu a testa.
— Então... tudo bem. O problema deve ser eu. Entendi.
Ela pegou a bebida dela, e percebi que eu tinha sido um babaca, então a impedi de se afastar.
— O problema, com certeza, não é você. — E não era mesmo. Ela era pequena, tinha a pele bronzeada, olhos azuis grandes, lábios carnudos e muitas curvas perigosas. — Você é linda.
Ela voltou a se virar para mim com um sorriso.
— Obrigada. Isso ajuda com o orgulho ferido, pelo menos um pouco. — Meghan tomou um gole do vinho. — Não costumo ser do tipo que chega em um cara sentado no bar. Normalmente, isso acaba passando a impressão errada. Mas você parece triste, então resolvi tentar.
— Desculpe. As coisas têm sido difíceis ultimamente.
Ela se debruçou no balcão.
— Terminou recentemente com alguém?
Eu não sabia nem se já *havia tido* Nora de uma maneira que me permitisse definir o ocorrido entre a gente como um término. Ainda assim, assenti.
— Sim.
— O que aconteceu?
Não havia a menor possibilidade de eu falar da doença de Nora com alguém. Então, contei uma meia verdade, que não me faria chorar como um bebê.
— Ela se mudou para a Califórnia.

— Relacionamento a distância é complicado. Meu ex-marido tentou com a amante dele. Mas acabou sendo difícil demais, então ele arrumou as malas e foi para Miami. — Ela deu uma piscadela e sorriu.

— Sinto muito.

— Não precisa. O casamento já tinha acabado, de qualquer maneira. Mas obrigada. — Meghan suspirou. — Meu término foi há dois anos. E o seu?

— Oitenta e quatro dias.

Ela arqueou a sobrancelha.

— Não que você esteja contando, né?

Eu sorri.

— É claro que não.

Meu irmão se aproximou. Em seguida, animou-se todo quando viu Meghan.

Ele jogou um braço ao redor do meu pescoço e estendeu a mão.

— Oi. Sou o irmão não carrancudo, Jake. Como você se chama?

Meghan deu uma risadinha e apertou a mão dele.

— Meghan. Prazer em conhecê-lo, Jake. — Ela olhou para mim. — Não sabia que você estava acompanhado. Ele arrastou você pra cá... Adivinhei?

Esbocei um sorriso.

— Foi mais ou menos isso.

Pouco tempo depois de termos chegado, Jake e os amigos se juntaram a uma mesa de garotas que pareciam ainda estar na faculdade. Recusei o convite para me sentar com eles, na esperança de poder sair de fininho logo que fosse possível. Por mim, eu já havia atendido ao pedido da carta acusatória da minha avó fazia tempo.

— Vamos ao The Next, aqui pertinho, para dançar — disse Jake para Meghan. — Por que vocês dois não vêm?

Meghan ficou pensativa.

— Imagino que seu irmão vá dizer que ele não está a fim.

Jake deu um tapa no meu peito.

— É claro que está. Não está, Beckinho?

— Na verdade, não, *Jakinho*.

— Ah, fala sério. Deixe de ser um estraga-prazeres o tempo todo. *Lembre-se da carta...*

Ouvi a voz da minha avó na cabeça:

"Pare de palhaçada e vá. Pare de bancar o pessimista. Só temos uma vida. Engula o choro e crie um futuro."

Merda. Suspirei.

— Tudo bem.

— Bom, não é assim que se deve convidar sua nova amiga Meghan, né, irmão?

Os olhos de Meghan brilharam. Ela estava se divertindo com a interação entre mim e Jake.

— Você gostaria de se juntar a nós em alguma boate idiota com meu irmão pentelho?

Ela sorriu.

— Parece uma ideia maravilhosa.

Dez minutos depois, eu estava em uma boate. A música eletrônica rugia tão alta que mal dava para ouvir meus pensamentos. Jake e os amigos estavam na pista de dança, enquanto Meghan me fazia companhia no bar.

Apontei para o bando de idiotas e me inclinei para falar com ela, mas, mesmo assim, tive que gritar:

— Vá dançar com eles!

— Você não vem junto? — ela gritou de volta.

— Ainda não bebi o suficiente para me arrastar até lá.

Ela abriu um sorrisinho malicioso e acenou para o atendente do bar.

— Vamos dar um jeito nisso!

Meghan pediu duas doses com o nome de Apagadora de Mentes. Por mais que o nome parecesse nefasto, o gosto era bem parecido com café adocicado. Mas, depois de três delas, comecei a pensar se não seria melhor pegar leve. Eu gostava de saborear um uísque, mas não costumava entornar doses nem três drinques em uma noite.

— O que tem nisto aqui? — perguntei, apontando para o copo vazio.

— Vodca, licor de café e um pouco de água com gás. Uma delícia, né?

— É gostoso, sim. Mas acho que está começando a bater. Não sou de beber muito.

Ela sorriu.

— Quer dizer que você está pronto para dançar?

Meu instinto era recusar, mas... por que não? O que custava dançar um pouco? Então, fiz que sim e peguei a mão dela.

— Foda-se, vamos nessa.

Uma dança virou duas, e duas viraram mais de uma hora. Meghan e eu ríamos, suados, quando saímos da pista.

— Você leva jeito, carrancudo — disse ela.

— Você também — respondi com um sorriso.

Por um tempo, dançamos coladinhos na pista, mas, quando saímos de lá e ela roçou os peitos em mim, a sensação foi outra.

— Sempre vejo que homens que sabem dançar são ótimos de cama. — comentou Meghan, umedecendo o lábio superior com a língua. Ela era sensual pra cacete.

— Ah, é?

Ela me abraçou pelo pescoço.

— Você é divertido quando se solta. Mas também gosto do seu lado carrancudo. Que tal a gente dar o fora daqui? Sei que não está emocionalmente disponível, mas gostei de você. Não precisa ser nada mais que uma noite divertida.

Uma proposta daquela vinda de uma mulher como Meghan era quase impossível de recusar. Seis meses antes, estaríamos dançando sob os lençóis àquela altura. E eu *queria* estar a fim de transar com ela. Mas eu me sentiria pulando a cerca. Idiotice da minha parte, é claro, porque Nora nem estava mais falando comigo. Eu não fazia ideia do que raio ela andava fazendo na Califórnia. Até onde eu sabia, talvez tivesse voltado a sair com caras do Tinder para passar uma noite e nada mais. Mas, ainda assim, eu não consegui.

Peguei a mão de Meghan e a levei à boca para um beijo.

— Você é incrível. E, se eu não estivesse ainda tão a fim de outra pessoa, sentiria como se tivesse ganhado na loteria. — Balancei a cabeça. — Mas não posso.

— Uau. — Meghan sorriu. — É a primeira vez que alguém me rejeita.

— Tenho certeza disso. E também tenho certeza de que sou um idiota e provavelmente vou me arrepender disso. — Beijei a bochecha dela. — Mas vou para casa.

— Foi um prazer conhecer você, Beck.

— Igualmente.

Eu tinha andado alguns passos quando Meghan gritou meu nome. Virei-me.

— Se estiver a fim, encontro você aqui daqui a três meses.

Abri um sorriso.

— Cuide-se, Meghan.

Pouco depois, eu estava me acomodando na cama. Tinha acabado de fechar os olhos quando o celular tocou na mesa de cabeceira. Era uma da manhã, então imaginei que fosse Jake me enchendo o saco por eu ter ido embora sem me despedir. Em vez de atender e ser culpabilizado de novo, virei para o lado e ignorei o barulho. Mas, quando tocou pela segunda vez, peguei o aparelho.

O número não era local, então atendi.

— Acho bom ser importante — falei.

— Oi. Hum… Estou falando com Beck Cross?

— Sim. Quem é?

— Meu nome é William Sutton.

Eu me sentei na mesma hora, meu corpo todo entrando em alerta máximo. O que será que tinha acontecido? Nora estava bem?

Durante os poucos e dolorosos segundos de silêncio que se seguiram, meu coração parou de bater.

— Ela está na UTI. Não era para eu ligar para você a menos que… — Ele fez mais uma pausa. — Mas acho que ela precisa de você.

Pulei da cama e vesti a calça às pressas.

— Onde ela está?

— No Cedars-Sinai, em Los Angeles.

— Pode ficar com ela até eu chegar? Não sei que horas consigo pegar um voo, mas estou indo para o aeroporto agora mesmo.

— Não vou a lugar nenhum, filho. A gente se vê quando você chegar.

CAPÍTULO 33
Beck

Um homem me deteve no corredor enquanto eu voava em direção às portas duplas da UTI.

— Beck?

— William?

Ele fez que sim e estendeu a mão.

— Obrigado por ter vindo.

— Sem problema.

Fui estúpido o suficiente para não pedir o número dele mais cedo, quando ele ligou. Tentei ligar para o que eu tinha no identificador de chamadas, mas William devia ter ligado do hospital, porque a ligação foi parar na central do Cedars-Sinai, e não consegui convencer ninguém a me passar informação nenhuma, não importava o quanto eu tentasse. Não preciso nem dizer que estava a ponto de arrancar os cabelos nas que vieram a ser nove horas entre a ligação de William e minha chegada. Eu não parava de pensar que o pior poderia acontecer antes de eu chegar ao hospital. E como, naquela hora, ele estava no corredor, não com ela... Engoli em seco.

— Ela está bem?

William fez que sim.

— Mais ou menos igual a quando telefonei. As enfermeiras estão trocando os acessos dela, então me pediram para sair por quinze minutos.

Dei uma olhada nas portas duplas, depois voltei a olhar para ele e passei a mão pelo cabelo.

— Certo.

Ele apontou para fora da UTI.

— O café da máquina dá para o gasto. Que tal se eu pegar dois?

Fiz que sim. Precisei de toda minha força de vontade para aguardar enquanto ele digitava números na máquina e pegava dois copos descartáveis. Mas William parecia tão exausto quanto eu, então imaginei que talvez ele precisasse de alguns minutos de tranquilidade.

Ele me passou um dos copos de papel.

— Aqui está. Lama com leite.

— Obrigado.

— Então... — Ele suspirou. — Como disse ao telefone, minha filha foi bem específica com as instruções quando me passou seu número. Eu só poderia usá-lo se ela...

Coloquei a mão no ombro dele.

— Eu entendo. Não precisa falar. Acho que nem eu conseguiria.

Ele abriu um sorriso triste.

— Obrigado.

— O que aconteceu? Ela sofreu outro ataque cardíaco? Ou simplesmente piorou nos últimos dois meses e meio?

William franziu as sobrancelhas.

— Você não sabe da cirurgia?

— Cirurgia?

Ele fechou os olhos.

— Vou matar minha filha.

— Que cirurgia ela fez?

— Nora fez um transplante de coração há quatro dias. Antes de ser operada, ela me disse que tinha avisado a você. Eu não fazia ideia de que não sabia.

Meu cérebro ainda estava agarrado à primeira frase.

— Nora fez um transplante?

Ele fez que sim.

— Mas ela não estava na lista.

— Até poucos meses atrás, não estava mesmo. Um dia, recebeu um FedEx com uma carta dentro. Passou o dia todo trancada no quarto e chorando, mas, na manhã seguinte, saiu e me avisou que tinha mudado de ideia e marcou uma consulta com um cardiologista para entrar na lista.

Minha avó. Só podia ser.

— Você sabe de quem era a carta? — perguntei.

— Achei que fosse sua. Mas, obviamente, estava errado.

Não importava mais.

— Então, fizeram o transplante? Ela tem um coração novo?

William sorriu.

— Um coração saudável que bate forte. Ela resistiu muito bem à cirurgia, que era a parte mais arriscada. As chances de sobrevivência estavam um pouco abaixo de cinquenta por cento. A reconstituição dos vasos foi complicada por conta da localização dos tumores. Mas ela lutou com bravura.

— Mas o que aconteceu, então?

— Um coágulo de sangue ficou preso na artéria perto dos pulmões. Os médicos a mantiveram sedada por dois dias para que o corpo se recuperasse depois da cirurgia. Na tarde em que reduziriam os sedativos, ela começou a ter dificuldade para respirar por conta própria. Ela está entubada agora. — Ele passou a mão pela nuca. — E uma infecção se desencadeou. A situação não é boa.

Merda.

Merda.

Merda!

— Acha que dá para conferir se podemos entrar? Quero muito vê-la.

— É claro. — O pai de Nora colocou a mão no meu braço. — Mas, filho, preciso avisar que ela não está com uma aparência boa. O corpo inteiro está inchado por causa do coágulo, e há máquinas com alarmes fazendo o trabalho todo por ela. É bem impactante.

Engoli em seco.

— Tudo bem.

Nenhum aviso do mundo teria me preparado para o que encontrei no quarto de Nora. Se William não tivesse me levado ao leito e segurado a mão da filha, eu provavelmente teria passado direto, achando que era outra pessoa. Nora estava péssima. A pele estava pálida, havia um tubo grosso enfiado na garganta e fixado no rosto com fita, e outro tubo menor em seu nariz.

Eu não consegui sair da porta. Algum tempo depois, William veio até mim. Ele apoiou a mão no meu ombro.

— Se for demais, eu entendo.

— Não. Não. Desculpe. É só que...

— Eu quero falar com as enfermeiras, de qualquer maneira. — Ele apontou para a cama. — Vou deixar você sozinho por alguns minutos. Dizem que talvez ela consiga ouvir, então tenho conversado com ela.

Eu me forcei a ocupar o lugar de William ao lado da cama de Nora. O que eu não daria para trocar de lugar com ela naquele momento... Por que as mulheres que eu amava sempre passavam por tanta coisa enquanto eu raramente pegava um resfriado?

Eu me inclinei e dei-lhe um beijo suave na testa.

— Oi, linda. — Balancei a cabeça. — Não acredito que fez a cirurgia e não me contou. Eu deveria estar bravo com você por isso, mas estou absurdamente feliz por ter decidido se arriscar. — Afastei o cabelo do rosto dela. — Eu sabia que você era corajosa. É a pessoa mais forte que conheço. Uma mulher que nada com tubarões e salta de aviões não vai deixar um coagulozinho a derrubar. Você vai se recuperar, meu bem. E, sinceramente? Eu estava morrendo de medo no caminho para cá, sem fazer ideia do que estava acontecendo. Deixei minha mente seguir para caminhos horríveis. Mas, agora, você tem um anjo olhando por você. E, por mais que eu desconfiasse da capacidade dos médicos de trazerem você de volta para mim, não tenho *a menor dúvida* de que minha avó consegue.

William voltou alguns minutos depois.

— Tudo bem?

— Agora, sim. — Sorri e peguei a mão de Nora. — Nunca estive tão certo de nada na minha vida. Ela vai melhorar.

William retribuiu o sorriso.

— Ela vai me dar uma surra quando descobrir que liguei para você.

— Não tem problema. Aposto que você ficaria muito feliz em vê-la irritada.

Ele deu uma risadinha.

— É, ficaria.

— Eu também.

Nas quarenta e oito horas seguintes, a situação não mudou muito. Nora estava sendo tratada com anticoagulantes pesados para evitar coágulos adicionais, além da dose forte de antibióticos para tratar a infecção. A certa altura, ela teve febre, mas os médicos conseguiram controlá-la. Porém avisaram que a frequência cardíaca de Nora havia diminuído — provavelmente, por conta da infecção — e que, a cada dia, as chances de ela se recuperar diminuíam.

Convenci William a ir para casa e descansar um pouco, mas apenas sob a condição de que eu descansaria quando ele voltasse. Eu não queria, mas, por outro lado, não quis voltar atrás na minha palavra com o pai dela, que eu havia acabado de conhecer. Pensei em descansar no carro alugado por um tempo, assim eu continuaria por perto.

William voltou, parecendo um pouco mais desperto, mas, justo quando eu estava prestes a me retirar, uma mulher mais velha entrou no quarto. Ela usava maquiagem vibrante e ostentava o tipo de sorriso que se espalhava pelo rosto todo. Combinava com seu blazer rosa e alegre e com os adesivos colados no carrinho que ela empurrava.

— Bom dia. — Ela parou na porta. — Sou uma das voluntárias.

William e eu a cumprimentamos.

— Bom dia.

— Tenho um carrinho cheio de itens, caso queiram alguma coisa. Tenho desodorantes pequenos, escova de dente, pasta de dente e até lâmina e creme de barbear, se precisarem. Também, alguns livros e jornais. Sabemos que a família não gosta de ficar saindo com muita frequência, então trazemos os itens básicos para vocês. Como posso ajudá-los?

William balançou a cabeça com um sorriso educado.

— Estou bem, mas obrigado.

— Idem.

— Tudo bem. — Ela tirou um objeto pequeno e embrulhado em plástico de dentro de uma caixa na parte de cima do carrinho. — Mas vou deixar isso aqui com vocês. É sempre bom ter pessoas olhando por nós.

Então, ela entrou no quarto e estendeu a mão.

William aceitou o que quer que fosse aquilo.

— Obrigado.

— Fico por aqui até as três. Então, se mudarem de ideia e precisarem de alguma coisa, podem discar zero em qualquer telefone do hospital e pedir para chamarem a Thelma.

Ela acenou e se afastou com o carrinho.

Olhei para William.

— O que ela deu para você?

Ele abriu a mão.

— Um broche dourado. É um anjo segurando um coração. — Ele o virou. — Tem uma oração atrás, a oração da santa padroeira dos enfermos… Santa Louise.

— Santa… Louise?

William fez que sim.

Olhei para cima e fechei os olhos, sorrindo. O broche de anjo teria bastado para me fazer acreditar, mas Thelma e Louise? Ah, aquele só podia ser o senso de humor da minha avó.

CAPÍTULO 34
Beck

— Também não gosto da Califórnia. Tem sol demais. É como alguém que sorri o tempo todo. Não dá para confiar em gente assim.

Dois dias depois, decidi mudar a tática. Nora ainda não tinha acordado. Os médicos haviam retirado o tubo de respiração e cortado todos os sedativos, mas ela continuava deitada, imóvel. Eram três da manhã, e eu tinha me deitado ao lado dela na cama, falando de tudo que eu discordava dela. Dizer o quanto eu a amava não tinha dado certo. Implorar também não. Sendo assim, só me restou tentar acordá-la irritando-a.

— E mulheres de 78 anos não deveriam *saltar de wingsuit*. — Olhei para o monitor, esperando... Não sei o que eu esperava, um sinal, um ruído... *alguma coisa*. Mas nada mudou. — E os Yankees são o melhor time de beisebol. Quarenta campeonatos, e os números não param de subir. A única coisa boa dos seus Dodgers é aquela camisetinha sexy que você usa para dormir.

Continuei por pelo menos uma hora, listando coisas que eu sabia que a irritariam. Nenhuma mudança. Então, quando bocejei, deixei meus olhos descansarem um pouco.

Eu não fazia ideia de quanto tempo tinha cochilado quando acordei com o sussurro de alguém.

— Candy fax — disse a voz.

Abri os olhos, que quase saltaram das órbitas ao verem Nora me olhando.

— Puta merda. Você acordou.

— Candy fax — sussurrou ela de novo. — Do sider. — Nora engoliu e tocou o pescoço. — Seca.

— É claro. Você passou quase uma semana com um tubo enfiado na garganta. Cacete. Será que estou sonhando, ou você realmente acordou?

Com a mão que estava na garganta, ela fez um sinal para que eu me aproximasse.

— Sandy — sussurrou ela no meu ouvido.

Eu me afastei para observá-la.

— Ah, "sandy", não "candy". Mas como assim?

Ela voltou a fazer sinal com o dedo. Então, voltei a me inclinar para a frente.

— Koufax.

Franzi a testa.

— Sandy Koufax? O antigo jogador dos Dodgers?

Ela fez que sim e sussurrou de novo:

— Jackie Robinson. Duke Snider.

Meu queixo caiu. Ela estava listando os melhores jogadores do LA Dodgers para rebater meu comentário sobre os Yankees serem o melhor time da história. *Nora tinha me ouvido.*

Ela usou o dedo para me chamar outra vez, então sussurrou no meu ouvido:

— Saltar de *wingsuit* é mais seguro que andar pelas ruas de Manhattan à noite.

Comecei a chorar igual a um bebê.

— Você acordou. Você realmente acordou.

Ela sorriu.

— Não sou covarde.

— Não, meu bem. Definitivamente, não é. Você é a mulher mais corajosa do mundo. Mas como está se sentindo? Está com dor?

— Parece que um elefante se sentou no meu peito.

— Acho que deve ser normal, mas vou chamar o médico.

Eu me virei para sair da cama, mas Nora agarrou minha camisa.

— Cinco minutos.

— Você quer que eu espere cinco minutos para chamar o médico?

Ela fez que sim.

Eu me virei para o lado e fiquei de frente para ela, meus olhos arregalados.

— Não acredito que acordou. Você sobreviveu a um bendito transplante de coração.

Nora franziu a testa.

— Muita coisa pode dar errado.

— Muita coisa pode dar errado qualquer dia da semana. A vida é assim. Cheia de riscos, de altos e baixos.

— Mesmo que eu sobreviva até o fim, vou morrer nova, Beck.

Segurei as bochechas dela.

— Aproveitarei todos os dias que pudermos ter. O foco será na qualidade, não na quantidade. Prefiro ser feliz por pouco tempo com você a passar uma vida inteirinha infeliz sem você.

As lágrimas escorreram pelo rosto dela.

— Foi isso que meu pai falou da minha mãe. Eu te amo, Beck. Desculpe por nunca ter dito, mas eu te amo praticamente desde o início.

— Eu sabia mesmo sem você dizer, meu bem. — Sorri. — Mas ouvir é bom demais. — Levei a mão em forma de concha ao ouvido e me aproximei mais de Nora. — Talvez você devesse dizer de novo.

— Eu te amo, Beck. Eu te amo, eu te amo, eu te amo.

— Com certeza, é melhor ouvir do que só saber.

— Desculpe por ter magoado você. Eu sinto muito mesmo.

— Não me importo com isso. Mas queria que você tivesse me contado da decisão de entrar na lista e fazer a cirurgia. Eu teria ficado ao seu lado o tempo todo.

— Eu sei. Foi por isso que não contei. Eu não queria criar falsas esperanças e acabar machucando você de novo se eu não sobrevivesse.

— Vamos conversar a respeito disso quando você melhorar. Agora, se espera que eu aceite as suas decisões, precisa aceitar a minha de ficar com você para o que der e vier.

Ela abriu um sorriso triste.

— Meu pai também disse isso.

— William é um homem inteligente.

Ela olhou ao redor do quarto.

— Ele está aqui?

— Ele foi embora perto da meia-noite para dormir um pouco. Provavelmente, vai voltar logo. Começamos a nos revezar. Mas eu deveria ligar para ele. Ele iria querer que eu o acordasse avisando para voltar para cá.

— Certo.

— Eu deveria chamar a enfermeira também — falei. — Mas, só mais uma coisa: o que fez você mudar de ideia e entrar na lista do transplante?

— Louise.

— O que ela disse?

Nora fez que não.

— Foi o que ela fez. Pouco tempo depois da morte de Louise, Jake me ligou para dizer que um médico da Rede de Transplante de Órgãos ligou. Louise tentou me deixar o coração dela.

Franzi as sobrancelhas.

— Como assim?

— Aparentemente, ela consultou um cardiologista para discutir a possibilidade de fazer uma doação direcionada do coração dela. Ela tinha câncer, então não seria o órgão ideal para transplante, mas ela se cadastrou na organização como doadora, caso fôssemos compatíveis.

— Vocês eram?

Nora balançou a cabeça.

— Não. Mas o fato de Louise ter tentado me doar o coração dela me comoveu. Depois que voltei de Nova York, também recebi uma carta. Ela devia saber que o fim estava próximo, pois escreveu poucos dias antes de morrer e pediu para que uma amiga a mandasse para mim depois que ela tivesse partido. Sua avó, literal e figurativamente, me deu o coração dela. Naquele dia, liguei para o médico e entrei na lista.

— Cacete.

— Pois é. É muita coisa para absorver.

— Não, não é isso. Estou falando da voluntária.

— Que voluntária?

Eu me sentei e estiquei a mão até a bandeja portátil, que tinha se transformado em uma mesa de cabeceira improvisada. Peguei o broche de querubim que a mulher tinha nos dado havia uns dias. O anjinho que segurava um coração.

— Uma voluntária passou por aqui. Eu estava bem nervoso naquela manhã, porque seria a primeira vez que eu sairia do hospital desde que tinha chegado. Mas eu sabia que, se não descansasse, seu pai também não descansaria, e ele precisava dormir um pouco. A voluntária deixou um broche para você e disse que era sempre bom ter anjos olhando por nós. Na parte de trás, tem a oração de Santa Louise. Eu não fazia ideia de que Santa Louise era a padroeira dos enfermos. Isso me deu o conforto de que eu precisava para sair por algumas horas. Mas esse anjinho está literalmente dando um coração para você.

Nora levou a mão à boca.

— Louise me deu o coração dela quando nos conhecemos e, no fim, tentou deixá-lo para mim. É ela. É nossa Louise.

— Uau. — Passei a mão pelo cabelo. — Se isso não for uma mensagem do além, não sei o que é.

〜

Sete semanas depois, Nora e eu estávamos a caminho do consultório médico para mais um check-up. Aquela era a consulta mais importante de todas — em que ela receberia o sinal verde *para retomar todas as atividades*. E, com certeza, havia uma atividade pela qual eu ansiava mais que as outras.

Nos meses anteriores, eu tinha estado na Califórnia por três dias em uma semana e quatro dias na seguinte. Voltava para casa apenas nos dias em que ficava com Maddie. O médico de Nora queria que ela continuasse por perto até receber a liberação completa, e o grande dia poderia ter chegado. Acompanhei Nora até o carro e abri a porta do carona para ela. Depois, corri até o lado do motorista. Assim que entrei, apertei o botão para abrir o teto. Alguns dias depois da alta de Nora, eu havia trocado meu carro alugado por um conversível. Nora precisava descansar bastante, mas ficávamos inquietos trancados em casa, por isso, tínhamos começado a fazer longos passeios de carro, e manter o teto aberto fazia com que nos sentíssemos vivos e livres.

Coloquei os óculos escuros, e Nora me deu uma cotovelada de leve.

— Tem alguém se acostumando com a luz do sol todo dia — provocou.

— Não é tão ruim quanto eu achava, mas prefiro uma cidade um pouco menos alegre, mais cética.

— Tipo sua personalidade. — Nora deu uma risadinha.

O consultório do médico dela ficava no Cedars-Sinai, então deixei Nora na entrada principal e fui estacionar o carro. O estacionamento estava lotado, por isso demorei um tempinho. Quando cheguei ao andar em que ela estava, Nora já caminhava em direção à porta que levava aos consultórios. Corri para alcançá-la.

— Achei você — disse ela. — Pensei que tivesse me dado um perdido.

— Não. Eu jamais perco consultas. Minha parte favorita delas é ver você trocar de roupa e vestir a camisola.

Ela sorriu.

— Seu pervertido.

Eu me inclinei para perto.

— Você não faz ideia. Se o médico a liberar para transar hoje, vai ficar um pouco assustada. Tenho várias sacanagens acumuladas que mal posso esperar para fazer com você.

Uma enfermeira passou por nós, então Nora me silenciou.

— Controle-se.

— É isso que você vai me dizer mais tarde também. Porque, assim que eu a pegar, vai ser difícil me controlar. — Abri um sorrisinho malicioso.

No consultório, uma enfermeira conectou Nora a um punhado de cabos e fez um ECG rápido. Depois, o cirurgião, dr. Meachum, entrou e fez um ultrassom do coração, seguido de uma breve avaliação. Ele passou mais tempo que o normal com o estetoscópio no peito dela, o que me deixou levemente em pânico. Quando terminou, colocou o aparelho no pescoço.

— Tudo parece perfeito. O ECG está limpo e o ultrassom não mostra inchaço nem anormalidades pós-operatórias.

Soltei um suspiro audível, e os dois olharam para mim.

— Desculpe. — Ergui a mão. — Acho que eu estava um pouco nervoso.

Ele sorriu e voltou a se concentrar em Nora, pegando o prontuário dela.

— Então, passaram-se o quê, sete semanas?

— Sete desde a alta, mas oito semanas e meia desde a cirurgia — corrigi.

O dr. Meachum sorriu de novo.

— Certo. Bem, analisei os resultados do monitor cardíaco que você usou na semana passada. Você fez algumas caminhadas e exercícios leves nesse tempo, certo?

Nora assentiu.

— Fiz, sim.

— Ótimo. Tudo perfeito com isso também.

Nora gostava de fingir que só eu ficava nervoso naquelas consultas, mas vi os ombros dela relaxarem.

— Então, posso voltar a ter uma vida normal? — perguntou ela.

O dr. Meachum fez que sim.

— Não vejo motivo para não voltar.

Eles conversaram por mais alguns minutos, depois o médico perguntou se ela tinha alguma pergunta. Nora balançou a cabeça, mas eu levantei a mão.

— Posso fazer algumas perguntas?

— É claro.

O dr. Meachum fechou a pasta e a deixou de lado.

— Então, atividades normais… incluem sexo, né?

Ele sorriu.

— Sim.

— Não quero ser explícito nem nada, mas quero garantir que Nora esteja segura.

— Meu Deus! — exclamou Nora.

— Não existem perguntas inapropriadas quando se trata da segurança do paciente. O que você quer saber?

— Eu estava pensando se o sexo deveria se limitar à posição papai e mamãe... com Nora por baixo e sem gastar muita energia.

— Não. Já testamos atividades leves, então é seguro fazer o que quiserem. Um pouco de exercício durante o sexo não tem problema nenhum.

— E quanto aos seios? Devo evitar a área do peito?

O dr. Meachum sorriu.

— Desde que Nora não sinta desconforto nas costelas ou na cicatriz, você pode explorar as áreas que quiser.

Abri um sorriso.

— Eu gosto de todas elas.

— Beck!

O médico riu.

— Está tudo bem. Foram longas oito semanas. É compreensível.

— Oito e *meia* — frisei.

— Divirtam-se, vocês dois. Um transplante de coração é uma segunda chance para viver. Aproveitem cada momento.

Depois que o médico saiu, tranquei a porta. Nora ergueu a cabeça assim que ouviu o clique.

— Ah, não... — Ela estendeu a mão. — Nem pense nisso, Cross. *Não vamos* fazer isso aqui.

Eu a segurei pela nuca.

— Eu queria apenas um beijo, para comemorar a boa notícia. Mas gostei da sua linha de raciocínio. Safadinha. — Então, beijei-a intensamente, esquecendo-me de onde estávamos por um minuto. Não foi fácil me controlar, mas me afastei antes que ela fizesse isso primeiro. Limpei o lábio inferior de Nora com o polegar e apontei para a porta com a cabeça. — Vamos sair daqui, para que eu possa beijar outros lugares.

Nora mordeu o lábio inferior.

— Seria estranho se a gente fosse até um hotel a meia hora da minha casa? Meu pai provavelmente vai chegar daqui a pouco.

Tirei o celular do bolso e vasculhei os e-mails até encontrar o que procurava. Então, entreguei o aparelho para Nora.

Ela franziu as sobrancelhas e, depois, relaxou-as quando leu a mensagem.

— Você já fez uma reserva?

— Sim. Em um lugarzinho na praia a mais ou menos meia hora daqui. Imaginei que poderíamos começar as preliminares no caminho, batendo boca — comentei, com uma piscadela.

EPÍLOGO

Nora

Sete meses depois

— Tenho um presente para você.
Beck largou a vassoura e abriu um sorriso sacana.
— É mesmo? Passei o dia inteiro ansioso para desembrulhar esse tal presente.
— Desculpe decepcionar, mas tenho um presente *de verdade*.
Ele fez beicinho, e tive que rir.
— Espere aqui. Vou trazê-lo para você.
Fazia uma semana que Beck e eu estávamos trabalhando no novo escritório todas as noites, preparando tudo para o dia seguinte, que seria importantíssimo. Mas ele não sabia do outro projeto em que eu vinha trabalhando havia meses — que tinha começado como uma ideia simples, mas que acabou crescendo muito mais do que eu esperava. Por isso, o presente estava em um carrinho dentro do armário, coberto por um lençol, já que eu não conseguia mais carregá-lo. Inclinei o suporte de aço e empurrei o trabalho de cem quilos, feito com amor, até o cômodo ao lado.
As sobrancelhas de Beck se ergueram.
— O que é isso?
— É o seu presente. Não se empolgue demais. Eu mesma que fiz.
— Estou intrigado...
Assim que estacionei o carrinho na frente dele, de repente, fiquei nervosa. E se ele ficasse chateado por eu não ter pedido para usar as coisas

dele? Bom, naquela altura, era tarde demais para me preocupar. Apontei para a parede vazia.

— Pensei em colocar ali... quer dizer, se você gostar.

No dia seguinte, haveria a inauguração da Lista de Louise — uma organização sem fins lucrativos, ao estilo Make-A-Wish, que ofereceria financiamento e assistência de planejamento para adultos com doenças terminais e que gostariam de cumprir sua lista de desejos. Beck e eu organizaríamos uma arrecadação de fundos no novo escritório na noite seguinte. Na segunda, o site entraria no ar e a equipe do escritório começaria a trabalhar.

— Se foi você que fez, tenho certeza de que vou amar — garantiu Beck.

O engraçado era que havia muita verdade naquela declaração. Beckham Cross me amava de um jeito que nunca imaginei ser possível: altruísta e do fundo do coração. De vez em quando, eu ficava aflita, porque, por mais que minha saúde continuasse ótima desde a cirurgia no ano anterior, eu já estava desafiando as probabilidades.

Respirei fundo antes de tirar o lençol e revelar o que eu tinha feito. O letreiro estava ao lado, então Beck demorou alguns segundos para ler e processar tudo. Ele arregalou os olhos.

— Esses pregos são os...

Fiz que sim.

— Espero que não se importe de eu os ter usado.

Eu tinha tirado os pregos enferrujados do pote de vidro — os mesmos que Louise tinha feito Beck martelar em um toco de árvore havia mais de duas décadas para ensiná-lo uma lição — e os usado para fazer um letreiro de madeira para a Lista de Louise. Usei a cabeça dos pregos enferrujados na borda do letreiro para formar as palavras grandes no meio. O aspecto era rústico, mas achei que tinha ficado incrível, sem falsa modéstia.

Lágrimas surgiram no canto dos olhos de Beck enquanto ele observava.

— É perfeito. As lições de vida dela merecem ficar aqui, expostas. Ela ficaria muito orgulhosa de você por tudo que fez para abrir esse lugar, meu bem.

— Ela ficaria orgulhosa de *nós*. Eu não teria conseguido sem você.

Beck segurou minhas bochechas com as mãos.

— Minha avó me deu muitos presentes ao longo da vida, mas o melhor deles foi *você*.

∽

Na noite seguinte, inauguramos a Lista de Louise com uma grande festa. Beck foi mais cedo ao escritório, com Jake, para pendurar o letreiro antes de as pessoas começarem a chegar. Levei uma eternidade para conseguir um Uber pouco tempo depois, então acabei chegando com alguns convidados. Como a festa de inauguração também seria uma arrecadação de fundos, Beck convidou alguns clientes dele. Quando cheguei, ele estava escondido em um canto conversando com dois homens mais velhos que eu nunca tinha visto, provavelmente clientes. Aproveitei o momento para admirar meu homem de smoking antes que ele notasse minha presença. Levando em conta que praticamente estávamos morando juntos desde minha cirurgia, eu teria imaginado que, àquela altura, não teria mais tanta graça secá-lo. Mas, de alguma forma, a graça nunca passava. Beckham Cross ainda me deixava sem fôlego.

Por fora, ele era um colírio para os olhos — maxilar definido, lábios carnudos, alto, moreno e inegavelmente bonito. Nota dez à primeira vista. Mas era todo o resto que o elevava a uma nota doze — o jeito como se portava, altivo e confiante, a forma refinada como falava na rotina do trabalho, a boca suja que guardava só para mim à noite. E o jeito como todas as facetas se juntavam na cama... Só de pensar naquilo, eu ficava arrepiada.

Como se tivesse sentido que estava sendo observado, Beck se desviou da conversa em que estava absorto. Passou os olhos pelo recinto até encontrar os meus. Notei aqueles olhos descendo até meu vestido azul-royal, depois subindo lentamente. Ele abriu um sorriso travesso e, na mesma hora, entendi que estava me dizendo, em silêncio, que eu tinha escolhido aquele vestido para ele. É claro que tinha.

Beck pediu licença e atravessou a sala a passos largos. A maneira como andava com determinação, concentrando-se em mim, como se mais ninguém existisse, sempre era uma preliminar para mim. Ainda mais quando ele colocava aquela mão grande na minha nuca e me puxava para um beijo.

Assim que terminamos de nos beijar, eu me senti tonta.

— Você está linda. — Beck apoiou a testa na minha. — Obrigado por usar essa cor, ainda mais hoje.

Eu sorri.

— Imaginei que não ficaria triste se me visse de azul. Ainda mais que... não estou usando nada por baixo.

Beck grunhiu.

— Eu sabia que deveria ter feito isolamento acústico no banheiro.

Por sorte, fomos interrompidos. Jake passou o braço em volta do pescoço do irmão, sem se importar que Beck e eu ainda estávamos abraçados.

— O que estão aprontando? — perguntou, enfiando o rosto sorridente entre nós.

— Vá embora. Estou ocupado — resmungou Beck.

— Isso não funciona nem no escritório. — Ele deu uma risada. — Com certeza, não vai funcionar aqui.

Eu ri e dei um passo para trás.

— Oi, Jake. Está elegante hoje.

Ele ostentou aquele sorriso torto e com covinhas característico.

— Mais bonito que o Beck, né?

— Você sabe muito bem que não vou cair nessa. Mas posso dizer que a líder das escoteiras de Maddie me parou quando a busquei depois da reunião ontem para perguntar se o tio gato que a buscou na semana anterior estava solteiro.

Depois de vinte e seis distintivos conquistados sozinha, Maddie, por fim, tinha decidido se juntar a um grupo havia alguns meses. Por mais que ela adorasse conquistar distintivos com o pai, estava gostando muito de conquistá-los com meninas da idade dela.

Beck revirou os olhos, e Jake estufou um pouco mais o peito.

— A ruiva?

— Isso. Srta. Rebecca.

— Acho que vou buscar minha sobrinha favorita nas Escoteiras semana que vem.

— Sua *única* sobrinha — resmungou Beck.

Jake deu um tapinha no ombro do irmão.

— Parece que alguém está com ciúmes, porque a líder das Escoteiras não dá bola para ele. Não fique amargurado. As rugas vão aumentar desse jeito, velhote.

Mais alguns convidados chegaram e, em pouco tempo, a festa estava a todo vapor. Fiquei feliz por ter deixado Jake responsável pelo entretenimento, porque um DJ e alguns dançarinos jovens eram exatamente do que precisávamos para manter o astral da festa em um dia que poderia ter sido melancólico. Às dez horas da noite, o álcool rolava tão livremente quanto as canetas nos talões de cheque que as pessoas haviam trazido. Eu mal conseguia acreditar na quantidade de dinheiro que tinha sido doado. No início daquela semana, Beck havia perguntado se eu queria fazer um discurso no evento. Ele era bem melhor do que eu naquele tipo de coisa, então recusei e sugeri que ele falasse. Por isso, quando a música parou e Beck foi até o meio do recinto, imaginei que ele estivesse se preparando para falar.

— Um momento da atenção de todos, por favor? — pediu Beck.

Os convidados formaram um círculo ao redor dele, e o burburinho diminuiu.

— Eu gostaria de agradecer a todos pela presença hoje. Como a maioria de vocês já sabe, a Lista de Louise foi inspirada na minha falecida avó, Louise Aster. Quando ela soube que o câncer tinha voltado e o tratamento não poderia mais curá-la, decidiu viver o tempo que lhe restava da maneira mais plena possível. Minha avó era assim, ninguém podia detê-la. — Beck olhou para o irmão e sorriu. — Deus sabe que tentei, né, Jake?

— Tentou mesmo — confirmou Jake. — E, por um tempo, adorei ser o favorito da nossa avó, por você ser tão irritante.

Risos ecoaram pela sala.

Beck fez que sim e apontou para o irmão com o polegar.

— Ele não está brincando. Quando a nossa avó faleceu, ela deixou um bilhete para mim e meu irmão dizendo que não queria nenhum velório ou funeral triste. Em vez disso, queria uma festa em homenagem a ela: uma celebração de sua vida no aniversário de um ano da sua morte. —

Ele fez uma pausa e sorriu. — Acho que as palavras exatas que ela usou foram: "Quando você deixar de olhar para o próprio umbigo e se lembrar de mim sem se sentir um pobre coitado." Bom, hoje faz um ano, e não acho que exista uma maneira melhor de celebrar Louise Aster do que com a abertura desta fundação, com a qual vocês contribuíram tão generosamente. Mas não sou o responsável por tornar isso realidade. Tudo isso aconteceu graças a uma mulher muito especial. — Ele se virou para mim. — Nora, pode vir aqui, por favor?

Eu odiava ser o centro das atenções, mas todo mundo me encarava, então, me juntei a Beck no meio da sala. Ele pegou minha mão.

— Obrigado por criar esse lindo legado para minha avó. Sei que ela está nos vendo lá de cima e sorrindo. Na verdade, pensando bem, provavelmente não está sorrindo. Talvez ela esteja se perguntando por que raio não fiz isso antes...

Tudo depois daquilo pareceu acontecer em câmera lenta. A multidão ao redor desapareceu enquanto Beck se ajoelhava. Cobri a boca com a mão trêmula, percebendo o que estava prestes a acontecer.

— Eleanor Rose Sutton, você chegou na minha vida em um momento no qual eu estava decidido a ser infeliz. Tudo que eu queria era me afundar na autopiedade e continuar emburrado, mas era impossível quando eu estava com você. Até uma breve mensagem alegrava meu dia e me fazia sorrir. E isso... Bom, isso só me irritava ainda mais.

Dei uma risada.

— Irritava mesmo.

— Você é a pessoa mais gentil, amorosa e apaixonada que já conheci. Você é tão linda por dentro quanto é por fora. Você me fez entender o que é a vida e, agora que sei o que é importante, não sei como passei meus primeiros 34 anos de vida sem você. — Ele colocou a mão no bolso do paletó e tirou dali uma caixinha preta de veludo. — Passei semanas atrás do anel perfeito para você. Eu queria o melhor e maior diamante que pudesse achar, mas nenhum me pareceu certo. Então percebi que era porque nenhum deles era o ideal. O certo era você ter *este* anel.

Beck abriu a caixa e, no mesmo instante, reconheci o que havia ali dentro. *O anel de noivado de Louise.* Meus olhos se encheram de lágrimas.

— Você é minha melhor amiga, meu amor e meu universo, Nora. Tenho certeza absoluta de que não a mereço como esposa, mas prometo que, se você se casar comigo, passarei todos os dias tentando ser um homem merecedor da sua companhia. Você me ensinou como a vida é preciosa, e não quero mais desperdiçar nem um minuto sem você ao meu lado. Você aceita se casar comigo, Nora?

Eu me inclinei e encostei a testa na dele.

— Não sei quanto tempo teremos.

— Nem se vivermos até os 100 anos vai ser o bastante — declarou ele. — Uma eternidade com você não seria suficiente. Mas aceito o que eu puder ter.

Lágrimas rolaram pelas minhas bochechas quando assenti.

— Tudo bem.

— Tudo bem, você quer se casar comigo?

Talvez o sorriso que iluminava o rosto dele tenha sido a parte mais fofa do pedido de casamento — meu homem sempre confiante precisando de confirmação.

— Sim, eu quero me casar com você. Como não? Esse é o *segundo* coração que se apaixona por você.

AGRADECIMENTOS

Para vocês — os *leitores*. Vocês me deram uma carreira com a qual eu apenas sonhava anos atrás. Obrigada por mais de uma década de apoio e entusiasmo. É uma honra tantos de vocês continuarem comigo, e espero que ainda tenhamos muitas décadas juntos!

Para Penelope — a mulher que aguenta meu lado neurótico mais que meu marido! Obrigada por ser o yin do meu yang.

Para Cheri — obrigada pelos anos de amizade verdadeira e pelas risadas.

Para Julie — pinte as unhas dos pés! Fire Island, aí vamos nós! Finalmente!

Para Luna — obrigada pela amizade e lealdade inabaláveis.

Para meu incrível grupo de leitoras do Facebook, Vi's Violets — mais de 25 mil mulheres inteligentes (e alguns homens incríveis) que amam livros! Vocês são tudo para mim e me inspiram todos os dias. Obrigada por todo o apoio.

Para Sommer — obrigada por descobrir o que eu quero, muitas vezes antes de mim.

Para minha agente e amiga, Kimberly Brower — obrigada por ser minha parceira nesta aventura!

Para Jessica, Elaine e Julia — obrigada por polirem minhas imperfeições e me fazerem brilhar!

Para Kyle e Jo, da Give Me Books — eu não me lembro de como eu me virava antes de vocês, e espero nunca ter que descobrir! Obrigada por tudo que fazem.

Para todos os blogueiros — obrigada por sempre estarem presentes.

Com muito amor,
Vi.

Este livro foi impresso pela Lisgráfica, em 2024, para a Harlequin Brasil. O papel do miolo é pólen natural 70g/m², e o da capa é cartão 250g/m².